0

TRAITÉ ÉLÉMENTAIRE

DE

NUMISMATIQUE ANCIENNE,

TOME PREMIER.

IMPRIMERIE D'ÉVERAT, RUE DU CADRAN, N° 16.

TRAITÉ ÉLÉMENTAIRE

DE

NUMISMATIQUE ANCIENNE,

GRECQUE ET ROMAINE,

COMPOSÉ D'APRÈS CELUI D'ECKHEL,

AUGMENTÉ D'UN GRAND NOMBRE D'ARTICLES, DE REMARQUES ET OBSER-
VATIONS DES MEILLEURS AUTEURS MODERNES, AVEC VII PLANCHES
DE MÉDAILLES, CONTENANT PLUS DE 150 SUJETS GRAVÉS AU TRAIT,
POUR SERVIR A L'INTELLIGENCE DU TEXTE.

PAR GÉRARD JACOB K.,

ASSOCIÉ CORRESPONDANT DES ACADÉMIES ROYALES DES ANTIQUAIRES DE
FRANCE ET DE CHALONS-SUR-MARNE.

Heu! veterum monumenta jacent; tristesque ruinæ
Splendida sub tumulis populorum insignia condunt!
Fodite humum, docti, jam rudera sancta loquuntur,
Æternisque docent inscripta numismata fastis.

Masson, Litt. Prof.

TOME PREMIER.

PARIS,

Chez { AIMÉ-ANDRÉ, libraire, quai des Augustins N° 59.
{ DESPLACES ET Comp., libraires, rue de Seine N° 29.

ET SE TROUVE A RHEIMS, chez FREMAU, libraire.

1825.

AU ROI.

Sire,

Si Votre Majesté daigne agréer l'hommage de ma Numismatique ou Science des Médailles, et parcourir les Annales du premier Peuple du Monde, elle y remarquera que la sagesse et l'équité accompagnèrent les Titus et les Marc-Aurèle sur le Trône des Césars, afin, pour ainsi dire, de consoler les Romains de l'avoir vu si long-temps occupé par des Empereurs qui n'inspirent que l'hor-

AVERTISSEMENT

DE L'ÉDITEUR.

———

Le Traducteur d'Eckhel, en exécutant le plan de son *Traité élémentaire de Numismatique*, n'a pas cru devoir se restreindre à une simple traduction, mais il a tâché de la compléter par d'utiles augmentations, et par des Notes qui servent à l'explication de plusieurs parties du texte ou à indiquer ses autorités. Il s'est particulièrement attaché à introduire, dans cet ouvrage, un ordre simple et méthodique, afin de le rendre, pour ainsi dire, *classique*, et de remplir, par-là, le but qu'il s'était proposé.

La Table chronologique des Empereurs Romains pour lesquels on a frappé des Médailles, augmentée du degré de rareté et du prix de ces mêmes Médailles en or, en argent et en bronze ; celle des abréviations des légendes Latines, avec leur explication, et enfin le Catalogue complet des ouvrages qui traitent de la Numismatique, lui ont paru devoir être très-utiles à ceux qui cultivent cette science.

On verra que ce Traité était susceptible d'un très-grand développement ; mais en lui donnant plus d'extension, l'auteur a pensé qu'il dépasserait les limites d'un ouvrage élémentaire, bien persuadé, d'ailleurs, que les deux volumes que nous présentons au public renferment tout ce que la science des Médailles offre de plus intéressant et de plus instructif.

Les planches font honneur au talent de *M. Cousinéry* fils, qui les a gravées avec un soin particulier, après avoir consulté les pièces originales du Cabinet des Antiques de la Bibliothèque du Roi. Elles sont non-seulement supérieures à celles qui ont été publiées par Eckhel, mais rectifiées et augmentées d'une septième planche des Médailles les plus rares et les plus curieuses que la Numismatique ait pu produire.

DISCOURS PRÉLIMINAIRE.

La connaissance des Médailles se rattache à l'Histoire, à la Mythologie, et aux arts ; et sous ces trois points de vue, elle intéresse également le savant, le littérateur et l'artiste. Cette science, qu'on nomme *Numismatique*, n'est plus, comme elle l'a été longtemps, une science conjecturale : elle repose maintenant sur des bases solides, et les travaux des *Vaillant*, des *Pellerin*, de l'Abbé *Barthélemy*, et d'*Eckhel*, en la dépouillant du fatras qui la rendait si ridicule et qui faisait regarder un médailliste comme un fou, ont ouvert une nouvelle route où l'on fait tous les jours des découvertes utiles.

Il est certain qu'avant le célèbre *Eckhel* on n'avait fait que des pas incertains dans la Numismatique ; peu-à-peu les ténèbres se sont dissipées, les chemins ont été frayés, et on a applani les principales difficultés de cette étude intéressante.

Le mot de *Numisma*, que nous rendons en français par *Médaille*, signifie, dans son origine, *Monnaie*, où seulement un morceau de métal portant l'empreinte de quelque figure particulière.

Pour pouvoir transmettre à la postérité le nom et les actions des hommes célèbres, l'industrie humaine n'a rien trouvé de plus convenable que les pierres et principalement les métaux. Il n'y a aucun doute qu'un des premiers témoignages de la reconnaissance dont les peuples honorèrent ceux qui leur avaient paru dignes d'être mis au rang des Dieux, fut de les représenter sur leurs monnaies. C'est ainsi que les *Égyptiens* et les habitans de la *Lybie* y plaçaient le *Nil*, leur Dieu *Sérapis*, leur *Canope*, ou bien *Jupiter-Ammon;* que ceux de *Crête* y représentaient *Jupiter*, parce qu'il avait été élevé dans leur île; de même, les habitans d'*Ephèse* et ceux des environs, qui tiraient leur plus grande gloire de leur *Diane*, en retraçaient l'image sur des médailles.

Les *Grecs* avaient coutume d'enrichir leurs monnaies des choses qui étaient particulières à leurs provinces. Les habitans de *Delphes*, par exemple, y représentaient un *dauphin*, à cause de la conformité de nom; les *Athéniens*, la *chouette*, pour honorer leur Minerve dont elle était l'oiseau; les *Béotiens* avaient adopté *Bacchus*, une *grappe de raisin*, ou une *coupe*, pour marquer l'abondance et la bonté de leurs vins; les *Macédoniens* y figurèrent *Alexandre-le-Grand*, ou le *bouclier* dont ils armaient leur milice connue sous le nom d'*Argyraspides;* les *Rhodiens* y représentaient la figure du *Soleil*, dont leur fameux colosse était l'emblême; et les *Héraclides*, leur *Hercule*.

A *Rome,* du temps de la République, les *Trium-virs monétaires* s'étaient attribué le droit de faire graver sur les monnaies dont ils avaient la direction, les noms et les figures de leurs ancêtres, ou les signes de leurs actions les plus célèbres ; ils appelaient ce droit *jus imaginis*. Les médailles de ces anciens Romains, que l'on nomme communément: *Médailles des Familles Romaines ou Consulaires,* forment, dans les différens métaux, une des plus belles et des plus intéressantes suites latines.

« A la variété des types et des symboles qui se
» trouvent sur ces médailles, dit M. *Mionnet,* les
» simulacres des Divinités, les portraits des per-
» sonnages illustres, les noms des premières fa-
» milles Romaines, qu'elles nous transmettent,
» tout sert à l'étude de la Mythologie, à celle de
» l'Histoire, à la connaissance des mœurs, des
» usages civils et militaires des Romains, et même
» à suivre les progrès de l'art monétaire, depuis
» le commencement de la fabrication des mon-
» naies d'or et d'argent (*a*), jusqu'au beau siècle
» d'Auguste. Ce n'est pas seulement sous ce point

(*a*) L'an 269 avant J.-C., époque de la réduction de l'as romain.

» de vue que la suite des familles Romaines offre
» de l'intérêt ; c'est aussi sous celui de la géogra-
» phie ancienne : en la consultant, on trouve un
» grand nombre de médailles curieuses des colo-
» nies et des municipes qui se rattachent naturelle-
» ment à cette suite. Ces médailles, en nous trans-
» mettant également les noms des *Duumvirs* et
» des *Décurions* qui les ont fait frapper, nous
» attestent en même temps à quel degré d'agran-
» dissement était parvenue la puissance Romaine,
» du temps même de la République (*a*). »

Les *Médailles* des *Rois*, des *Villes* et des *Colonies*,
ainsi que les *Médailles Impériales*, c'est-à-dire
celles qui ont été frappées à Rome et dans d'autres
villes, sous les *Empereurs*, peuvent servir également à l'histoire de l'art. Il est facile, dit M. *Millin*, d'y suivre, comme sur les pierres gravées, les
différentes époques ou nuances des styles, leur
perfection sous les *premiers Empereurs*, et leur
décadence vers le *Bas-Empire*. »

L'histoire des Empereurs peut être partagée en
quatre époques ; la première, depuis Auguste jusqu'à Constantin ; la seconde, depuis Constantin
(qui embrassa le christianisme), jusqu'à *Théodose*,
en qui finit l'unité de l'Empire ; la troisième, de-

(*b*) *V*. Vaillant , *Num. ærea impp. in col. percussa.*

puis Théodose, jusqu'à la fin de l'Empire d'Orient;
et la quatrième, depuis le même Théodose, jusqu'à *Charlemagne*.

Aristote prétend que les portraits des souverains
ont été imprimés sur les *monnaies*, afin d'assurer
la liberté du commerce : suivant lui, cette marque
de leur puissance servait aux marchands de ga-
rantie de leur juste valeur et de la bonté de leur
poids (*a*).

On voit, par tout ce que nous venons de dire,
combien la *Numismatique* ou *Science des Médailles* est utile pour la connaissance de l'antiquité,
et que ces monumens, échappés aux ruines du
temps qui a détruit tant d'autres ouvrages, peuvent
être regardés, en quelque sorte, comme les pièces

(*a*) Le Gouvernement avait seul le droit de faire graver
des portraits sur la monnaie. Dès que les Grecs eurent inventé et répandu l'usage de ce signe si utile au commerce,
il fallut des empreintes qui attestassent la surveillance des
magistrats et servissent à garantir le titre et le poids des
monnaies. Ces types furent les images des divinités tuté-
laires des nations, les emblêmes de ces divinités, ou les
symboles des peuples et des villes. Les noms de ces peuples y étaient empreints, souvent même ceux des magistrats qui surveillaient la fabrication des monnaies. (*V.*
Visconti, *Iconographie Grecque*, tome I, *Discours préli-
minaire*).

justificatives de l'Histoire, puisqu'on y découvre les fonctions mystérieuses de la Religion des anciens ; qu'on y trouve presque toutes les divinités qu'ils adoraient ; les instrumens en usage dans les sacrifices ; la représentation de plusieurs monumens célèbres, tels que les *temples*, les *cirques*, les *arcs de triomphe*, les *obélisques*, les *forum* ou *marchés*, les *ponts*, les *mausolées*, et autres édifices publics.

Le but de l'invention des médailles n'a pas été uniquement de transmettre les événemens de l'Histoire, puisque ces pièces n'étaient que les monnaies courantes des nations qui les ont fait frapper ; mais les anciens y ont fait graver un si grand nombre d'événemens, qu'elles sont aujourd'hui du plus grand secours pour la confirmation des faits historiques, aussi bien que pour l'interprétation des différents passages des anciens auteurs, qui, sans elles, seraient inexplicables. Aujourd'hui, au contraire, les gouvernemens de l'Europe ne font d'autre usage des *Médailles*, que celui que les anciens regardaient comme étant d'un usage secondaire : leur but est de perpétuer le souvenir des événemens dont ils veulent consacrer la mémoire.

M. Beauvais a publié un assez bon ouvrage sous le titre d'*Histoire abrégée des Empereurs Romains et Grecs pour lesquels on a frappé des Médailles, depuis Pompée jusqu'à la prise de Constantinople ;*

mais cet ouvrage n'ayant rapport qu'aux seules Médailles Impériales , ne présente point un traité complet de la science numismatique ; nous avons donc pensé qu'il était indispensable de le faire précéder d'un recueil abrégé de tout ce que la Numismatique peut offrir d'intéressant dans les différentes parties quelle embrasse , et comme les livres qui traitent de cette science sont presque tous écrits en Latin , en Italien ou en Espagnol , et la manière dont leurs auteurs décrivent les Médailles, différant beaucoup de la méthode actuelle, nous avons réuni en un seul corps d'ouvrage , ce que les modernes ont publié de plus curieux et de plus important sur cette intéressante matière.

EXPLICATION

Des différens termes consacrés dans les Ouvrages qui traitent de la Numismatique ou science des Médailles.

MÉDAILLE.

Du mot latin *metallum*, métal. On appelle Médaille toute pièce d'or, d'argent et de bronze, qui porte une empreinte destinée à conserver la mémoire d'un grand homme, d'un souverain, ou d'un événement remarquable.

L'*Art Numismatique* a, comme les autres arts, ses termes d'usage dont voici les principaux.

Buste d'une Médaille.

C'est un portrait à mi-corps qui ne présente que la tête, le cou, les épaules, une partie de la poitrine et quelquefois les deux bras de celui pour lequel la médaille a été frappée.

Champ d'une Médaille.

C'est le fond de la pièce qui est vide et dans lequel on n'a rien gravé.

Grenetis.

C'est un encadrement formé de petits points ronds, qui entoure la tête ou le sujet, et qui occupe le champ de la médaille.

Coin d'une médaille.

C'est la même chose que le carré ou la matrice. Ces mots s'emploient pour désigner des monnaies gravées avec le poinçon.

Matrice.

Quelques auteurs, qui ont traité de la science des médailles, ont adopté ce mot pour désigner ce qu'on appelle plus communément en français, coin, carré ou poinçon, c'est-à-dire cette masse de métal très-dur, sur laquelle on a gravé, en sens inverse, le type de la médaille, afin de l'imprimer en sens droit sur le flan qu'on expose à la pression. On ignore par quel mot les Romains désignaient le coin d'une médaille; des auteurs modernes l'ont aussi appelé *typarium*, *marculum*, *iconium*, *forma*; mais aucun de ces noms ne se trouve dans les auteurs anciens, dans le sens de coin de médaille. Le cabinet des Médailles de la bibliothèque royale possède deux coins antiques de figure conique; il en est question dans le quatorzième volume des Mémoires de l'Académie des Belles-Lettres, et dans le premier du recueil du comte de Caylus. Il y avait, dans le cabinet de M. d'Ennery, un coin antique en bronze avec la tête de Néron. La bibliothèque publique d'Auxerre et M. Fournier, libraire dans la même ville, possèdent également des coins antiques trouvés dans les environs d'Auxerre. Autrefois il y avait des antiquaires qui avançaient que, pour chaque médaille, on avait un coin différent. Cette opinion bizarre, qu'on avait fondée sur la très-grande variété des médailles antiques, a été réfutée par le P. Jobert, par son commentateur, Bimard de la Bastie, par Beauvais, Eckhel et d'autres antiquaires célèbres. On observe que souvent le coin était plus grand que le flan, et qu'une partie du type ne pouvait pas s'y exprimer. Souvent le type n'est pas bien imprimé sur le flan destiné à recevoir l'empreinte. Dans plusieurs cabinets on conserve des moules en terre cuite, qui ont servi anciennement, probablement à des faux-monnoyeurs, pour couler des médailles (*V.* Millin, Dictionnaire des Beaux-Arts) (*a*).

Corps d'une Médaille.

Ce sont toutes les figures qui se trouvent gravées sur la médaille.

Exergue d'une médaille.

C'est un mot ou bien ce sont des chiffres qui se trouvent marqués dans les médailles au-dessous des têtes qui y sont représentées, soit sur le revers (ce qui est plus ordinaire), soit sur la tête.

Ce mot signifie *œuvre*. C'est un hors-d'œuvre relativement au type et à la légende. Les lettres placées à l'exergue des médailles servent le plus souvent à indiquer dans quelles villes elles ont été frappées, surtout dans les médailles du Bas-Empire.

(*a*) Dans notre dissertation sur les antiquités d'*Augusta rauracorum* (*Augst.* ancienne colonie romaine près de Bâle en Suisse), nous avons fait mention d'un atelier monétaire des Romains, et des coins qui y ont été découverts. *V.* p. 40, Pl. IV de cet ouvrage, Rheims 1823, in-8°. *Jacob. K.*

Epigraphe.

C'est une inscription ou un signe qui se trouve sur le type même de la médaille.

Inscription d'une Médaille.

Ce sont les paroles qui tiennent lieu de revers et qui remplissent le champ de la médaille au lieu de la figure.

Les inscriptions forment en un mot les types des revers.

Légende de la Médaille.

Ce sont les mots qu'on a gravés autour de la médaille, et qui servent à expliquer les figures qu'on remarque dans le champ.

Module d'une Médaille.

C'est une grandeur déterminée des médailles d'après laquelle on compose les différentes suites.

Monogramme d'une Médaille.

Ce sont des lettres entrelacées qui dénotent ou le prix de la monnaie, ou une époque, ou un nom de ville, etc., etc.

Ce mot est formé de ΜΟΝΟΣ, qui signifie *seul*, et de ΓΡΑΜΜΑ, lettre, caractère ou chiffre composé de plusieurs lettres entrelacées qui paraissent n'en faire qu'une, et qu'il faut bien distinguer des lettres initiales et des abréviations ou *sigles*. Les monogrammes que l'on voit sur les médailles antiques consistent ordinairement en deux ou trois lettres liées ensemble, dont la plupart sont estimées être les initiales du nom des villes où elles ont été frappées; mais comme il y avait beaucoup de villes qui portaient le même nom, et d'autres dont les noms commençaient par les mêmes lettres, il en résulte des doutes par rapport à celles de ces villes auxquelles ces sortes de monogrammes doivent être attribués. Il y en a d'autres qui ne sont que des marques des monétaires ou les initiales de noms des magistrats qui gouvernaient les colonies romaines. Les monogrammes qu'on rencontre sur les médailles du Bas-Empire peuvent bien indiquer le prix de la monnaie tels que l'I et le X. qui marquent des oboles, le K ou les XX, 20, etc, (*V.* Pellerin).

Nimbe d'une Médaille.

C'est un cercle rayonnant qu'on remarque principalement sur les médailles du Bas-Empire.

Ordre des Médailles,

Ce sont des classes générales sous lesquelles on distribue les suites. Ces ordres sont ordinairement au nombre de cinq: le 1er contient la suite des Rois, le 2e la suite des Villes, le 3e la suite des Consulaires, le 4e la suite des Impériales et le 5e toutes les divinités, les héros, les hommes célèbres de l'antiquité.

Panthées des Médailles.

Ce sont des têtes ornées de symboles de plusieurs divinités.

Parazonium dans une médaille.

C'est une sorte de poignard, de courte épée, de bâton ou de sceptre, tantôt attaché à la ceinture, tantôt appuyé par un bout sur le genou, et tantôt placé d'une autre manière. Le baron Bimard de la Bastie le regarde comme une espèce de bâton de commandant. (*V.* ses Remarques sur la science des Médailles du P. Jobert, Paris, 1739, t. Iᵉʳ pag. 423).

Médaille Quinaire.

C'est une médaille du plus petit volume en tout métal. En argent le quinaire valait cinq as ou un demi denier, environ 5 sous 6 deniers de France.

Relief d'une Médaille.

C'est la saillie des figures et des types.

Revers d'une Médaille.

C'est le côté d'une médaille opposé à la tête.

Suite de Médailles.

C'est l'arrangement qu'on donne aux Médailles dans un cabinet, soit d'après leur différente grandeur, soit d'après les têtes ou les revers, ou bien d'après l'ordre chronologique.

Symbole ou type des médailles.

C'est un terme générique qui désigne l'empreinte de tout ce qui est marqué dans le champ des Médailles.

Tête de Médaille.

C'est le côté de la médaille opposé au revers.

Volume d'une Médaille.

C'est l'épaisseur, l'étendue, le relief d'une médaille et la grosseur de la tête.

Médailles contrefaites.

Celles qui sont fausses et imitées.

Médailles dentelées ou crenelées.

Celles en argent dont les bords forment une dentelure, elles sont communes parmi les Médailles Consulaires jusqu'au temps d'Auguste, depuis lequel il n'y en a peut être pas une.

Médailles éclatées ou fendues.

Celles dont les bords sont éclatés ou fendus par la force du coin.

Médailles fausses.

Celles qui, faites à plaisir, n'ont jamais existé chez les anciens.

Médailles fourrées.

Celles de bas aloi avec un faux revers ; le plus ordinairement celles de l'antiquité sont couvertes d'une petite feuille d'argent sur le cuivre ou sur le fer, battues ensemble avec tant d'adresse, qu'on ne les reconnaît qu'à la coupure.

Médailles non frappées.

Pièces de métal d'un certain poids qui servaient à faire

des échanges contre des marchandises et des denrées ayant qu'on eût trouvé l'art d'y imprimer des figures ou des caractères, par le moyen des coins ou du marteau.

Médailles frustes.

Celles qui sont défectueuses dans la forme, et qui pêchent, soit en ce que le métal est rogné, le grénétis effleuré, la légende effacée, les figures biffées, ou la tête méconnaissable.

Fleur de coin.

Qualité, beauté d'une médaille qui est si bien conservée, qu'elle paraît toute neuve et semble sortir des mains de l'ouvrier; on dit alors : cette Médaille est à fleur de coin.

Médailles affrontées, opposées, et Médailles conjuguées.

Une Médaille offre quelquefois plusieurs têtes; elles sont affrontées ou opposées, selon qu'elles se regardent ou qu'elles sont placées en sens inverse; elles sont conjuguées quand il y en plusieurs du même côté.

Médailles inanimées.

Celles qui sont sans légende, la légende étant regardée comme l'ame de la Médaille.

Médailles incertaines.

Celles dont on ne peut déterminer ni le temps ni l'occasion pour laquelle on les a fait frapper.

Médailles incuses.

Celles qui ne sont frappées que d'un côté. Ce défaut,

qui provient de l'oubli ou de la précipitation du monnayeur, est commun dans les monnaies modernes (depuis Othon jusqu'à Henri l'Oiseleur). On en trouve aussi dans les Consulaires et dans les Impériales de bronze et d'argent.

Médailles martelées.

Celles dont on a fait une Médaille rare d'une Médaille commune en se servant du marteau.

Médailles moulées.

Ce sont des Médailles antiques qui n'ont point été frappées, mais qui ont été jetées en sable dans des moules, et ensuite réparées.

Médailles réparées.

Ce sont des médailles antiques qui étaient frustes, endommagées, et qu'on a rendues, par artifice, entières, nettes et lisibles.

Médailles saucées.

Celles qui sont battues sur le seul cuivre et ensuite couvertes d'une feuille d'étain.

Médailles sans tête.

Celles qui n'ont que des légendes et point de tête.

Médailles Contorniates.

Celles en bronze qui ont une certaine enfonçure tout autour, qui laisse un rond des deux côtés et avec des figures qui n'ont presque point de relief, en comparaison des vraies Médailles.

Médailles contremarquées.

Ce sont des Médailles grecques ou latines sur lesquelles se trouvent empreintes, par autorité publique, différentes figures, types, symboles ou lettres, après qu'elles ont eu cours dans le commerce. Les contremarques sont imprimées en creux, le plus souvent sans égard pour le type principal de la Médaille ; et elles se trouvent sur le bronze comme sur l'argent. Celles des Médailles grecques sont ordinairement des figures accompagnées d'inscriptions, tandis que, sur les monnaies romaines, elles ne consistent qu'en inscriptions et en monogrammes.

Médailles rares.

Celles qui ne se trouvent que dans le cabinet des souverains, des grands seigneurs ou de quelques curieux ; par exemple l'*Othon* est rare dans toutes les suites de bronze; on sait que celui de grand bronze, s'il en existait de coin Romain, n'aurait pas de prix.

Médailles restituées.

Ce sont des médailles, soit Consulaires, soit Impériales, sur lesquelles, outre le type et la légende, qu'elles ont eues dans la première fabrication, on voit, de plus, le nom de l'empereur qui les a fait frapper une seconde fois, suivi du mot *rest.* (*restituit*).

Plusieurs empereurs, entre autres Trajan et Gallien ont fait restituer, l'un les monnaies des familles romaines dites *Consulaires*, et le second celles de plusieurs de ses prédécesseurs. Ces pièces reproduisent exactement les types et les légendes. Quant au mot *rest.* (*restituit*) les savans en ont donné différentes interprétations : les uns ont pensé que

ce mot était consacré aux vertus des prédesseurs du prince
qui avait fait frapper ces monnaies ; d'autres à la restauration d'anciens monumens publics ; d'autres enfin qu'ils se
rattachaient à la gloire des siècles précédens ; mais il faut
avouer que les restitutions sont encore enigmatiques sous
plus d'un rapport.

Médailles uniques.

Celles que les antiquaires n'ont jamais vues dans les cabinets de renom, et dont on présume qu'il n'existe qu'une
seule de cette forme et de ce métal. Ainsi l'*Othon* de véritable grand bronze de coin Romain, serait unique s'il s'en
rencontrait, de même que le médaillon de *Pescennius* en
argent (*a*); l'*Annia Faustina* d'argent est unique (*b*).

Médailles votives.

Celles où l'on inscrivait des vœux publics que l'on faisait
pour la santé des empereurs, de cinq ans en cinq ans, de
dix ans en dix ans, et quelquefois de vingt ans en vingt ans.

(*a*) C'est la plus rare des têtes impériales en argent, quoique l'on
en connaisse plus de vingt revers différens. Les médailles grecques
d'argent en sont d'une rareté extrême et valent 600 fr.; mais la
médaille d'or de cet empereur, qui est au Cabinet des Antiques à
Paris, vaut le double, et c'est, suivant Beauvais, la seule que l'on
remarque comme unique. (*Voy.* son *Histoire abrégée des Empereurs Grecs et Romains*, Paris, tome 1, pages 282 et suivantes).

(*b*) Cette médaille appartenait à l'abbé d'Orléans Rothelin, à la
mort duquel elle a été vendue au roi d'Espagne; on l'estime 1,000
à 1,200 fr.

Médailles sur les allocutions.

Ce sont certaines médailles de plusieurs Empereurs Romains, sur lesquelles ils sont représentés haranguant des troupes, et la légende de ces sortes de médailles est *allocutio.*

Médailles spintriennes.

Ce sont les Médailles qui représentent les débauches de quelques Empereurs et particulièrement de *Tibère* dans l'île de *Caprée.* On en connaît de ce prince plus de cinquante avec des sujets différens.

Médailles de consécration.

Ce sont celles frappées en l'honneur des Empereurs après leur mort, lorsqu'on les mettait au rang des Dieux.

Médailles Cistophores.

Ce sont celles qu'on frappait par autorité publique au sujet des orgies ou des fêtes de Bacchus.

Médailles bractéates.

On appelle ainsi des monnaies du moyen âge, fabriquées grossièrement avec de légères feuilles de métal, et dont le relief d'un côté est formé ordinairement par le creux de l'autre. Il paraît que le mauvais goût des Médailles du Bas-Empire, la rareté des métaux précieux, et plus encore l'ignorance du monnayage, produisirent de ces mauvaises monnaies (*V.* Millin, *Dictionnaire des Beaux-Arts*).

La Suède a aussi donné naissance à des monumens de cette espèce, sur la fin du dix-huitième siècle.

Médailles d'or.

L'or des anciennes Médailles Grecques est extrêmement pur. Les Romains ne commencèrent à se servir de monnaies d'or que vers l'an de Rome 547, et l'or de de leurs Médailles Impériales est de même aloi que celui des Grecs.

Médailles d'argent.

L'usage des Médailles d'argent commença chez les Romains, l'an 487 de Rome; mais l'argent le plus fin de leurs Médailles est d'un sixième plus bas que nos monnaies de France, tandis que leur or est plus pur que le nôtre.

Médailles de billon.

C'est ainsi qu'on nomme toute Médaille d'or ou d'argent mêlée de beaucoup d'alliage. Depuis le règne de *Gallien*, on ne trouve presque que des Médailles de pur billon, dont les unes sont battues sur le seul cuivre et couvertes d'une feuille d'étain (on les nomme *saucées*), et les autres d'une feuille d'argent battue fort adroitement sur le cuivre (on les nomme *fourrées*).

L'Empereur *Didius Julianus* est le premier qui ait corrompu le titre des médailles d'argent; depuis ce temps, le titre alla toujours en baissant, et depuis *Claude le-Gothique*, jusqu'à *Dioclétien*, qui rétablit la monnaie d'argent pur, il n'y a plus d'argent dans les Médailles, ou s'il s'en trouve quelques unes de ce métal, elles sont si rares que l'exception confirme la règle (a).

(a) Voyez l'*Introduction au Recueil d'Antiquités romaines et gauloises* de la Flandre, par de Bast. Gand, 1808, in-4°, p. 77.

Médailles de bronze.

On donne ce nom à toutes médailles de cuivre que les médaillistes ont cru ennoblir en leur donnant le nom de bronze. Les Médailles en bronze sont si nombreuses, qu'on a été obligé de les diviser en trois classes : le *grand*, le *moyen*, et le *petit bronze*. On juge du rang de chaque bronze par son volume, qui comprend en même temps l'étendue et l'épaisseur de la médaille, la grosseur et le relief de la tête ; ainsi telle médaille aura l'épaisseur du grand bronze, et cependant sera classée dans le moyen si elle n'a qu'une tête du moyen ; et telle autre qui aura peu d'épaisseur, sera classée dans le grand bronze, à cause de la grosseur de la tête : au reste, cela dépend beaucoup de l'arbitraire des curieux.

Médailles anciennes.

Les antiquaires ne sont pas d'accord sur l'époque à laquelle on doit faire remonter les médailles anciennes : les uns s'arrêtent au règne de *Postume* ou de *Constantin*; les autres font descendre l'âge de l'antique jusqu'à la ruine de l'Empire et de Constantinople, en 1453.

Médailles Egyptiennes.

Ou elles ont été frappées en l'honneur des Rois d'Égypte, et alors elles sont très-précieuses pour l'histoire des Rois, ou elles l'ont été en l'honneur des Empereurs Romains, et elles servent à l'éclaircissement de l'histoire des Empereurs.

Médailles Grecques.

Les Grecs commencèrent à battre monnaie long-temps

avant la fondation de Rome, mais il ne reste aucune monnaie de ce temps-là. On croit généralement qu'une des
plus anciennes monnaies Grecques qui soient parvenues jusqu'à nous, est une petite médaille d'or de *Cyrène* (a). Les
Grecs se perfectionnèrent promptement dans l'art de battre
monnaie; on en peut juger par les Médailles de *Gélon*, d'*Aga-
thoclès*, de *Philippe*, d'*Alexandre*, de *Lysimaque*, de *Cas-
sandre*, etc.

Médailles Consulaires.

Ces Médailles portent le titre de *Consulaires* pour les
distinguer des Impériales, et, suivant certains auteurs, parce
qu'elles ont été battues dans le temps que la République Romaine était gouvernée par des Consuls. On les désigne plus
particulièrement sous le nom de *Familles Romaines*. (*V.*
pour ce qui les concerne, *Fulv. Ursini Familiæ Romanæ*,
in-folio, *Romæ*, 1577; et Vaillant, *Numism. antiq.*,
Familiarum Romanarum, Amsterdam, 1703).

(a) D'après de profondes recherches sur les antiquités de la
Grèce, Ephore assure que les premières monnaies d'argent furent
fabriquées dans l'île d'Égine (dont l'ancien nom était *Oenopie*)
par ordre de *Phidon*, roi d'Argos. Ce même fait est raconté par
l'auteur de la Chronique de Paros, par Strabon, par Elien et par
d'autres écrivains.

La Chronique de Paros fait régner *Phidon* 894 ans avant l'ère
vulgaire. Quelques auteurs le disent frère de Caranus, qui fonda le
royaume de Macédoine. Strabon ajoute qu'il régla la valeur des
poids et des mesures, et qu'il introduisit l'usage des monnaies gravées. Beger a placé parmi les monnaies de l'île d'Égine une médaille sur laquelle est inscrit le nom de *Phidon* (*V.* Dumersan,
Numismatique du Voyage du Jeune Anacharsis, t. 2, p. 19).

Médailles Impériales.

Ce sont celles qui représentent les têtes des Empereurs Romains régnants, ainsi que celles de quelques Impératrices. On distingue parmi les Médailles Impériales, le *Haut* et le *Bas-Empire*. Le premier commence à *Jules-César*, et finit aux *trente tyrans*; c'est-à-dire qu'il embrasse tout le temps écoulé depuis l'an 700 de Rome, ou 54 avant J.-C., jusqu'à l'an de Rome 1010, et de l'ère chrétienne 260. Le Bas-Empire comprend près de 1200 ans que l'on peut diviser en deux périodes différentes; l'une, depuis l'empire d'*Aurélien* jusqu'à *Anastase*, qui est d'environ 200 ans; l'autre, depuis ce prince, jusqu'aux *Paléologues*, qui est de plus de 1000 ans, et qui va jusqu'à la ruine de *Constantinople*, dont les Turcs s'emparèrent en 1453. Les curieux estiment d'avantage les Médailles du Haut-Empire, parce qu'elles sont infiniment mieux frappées que les autres.

Médailles Etrusques.

Il n'y a pas très-long-temps que l'on s'occupe à recueillir les Médailles Étrusques; elles peuvent jeter un grand jour sur cette partie si obscure de l'Histoire ancienne : mais on désespère d'en pouvoir jamais former une suite.

Médailles Gothiques.

Ces Médailles, frappées par quelques Rois Goths, sont communément de bronze; mais en général on appelle *Médailles Gothiques*, celles qui, ayant été frappées dans des siècles barbares, sont si mal faites, qu'à peine on peut distinguer les figures.

***

Viennent ensuite les Médailles *Hebraïques, Phénicien-nes* ou *Puniques, Samaritaines;* celles des villes, telles qu'*Athènes, Lacédémone, Crotone, Olba*, etc.

Médailles modernes.

On appelle ainsi les médailles qui ont été frappées depuis environ 350 ans., c'est-à-dire depuis la prise de Constantinople par les Turcs, jusqu'à nos jours.

Médaillons.

Ce sont des médailles d'une grandeur ou épaisseur extraordinaire. C'était communément une espèce de Médaille dont les Princes faisaient présent à ceux qu'ils favorisaient de leur estime; c'est pourquoi les Romains les nommaient *Missilia*. Le baron de la Bastie pense que lorsque ces pièces avaient rempli leur première destination, et qu'elles étaient distribuées, on leur donnait un libre cours dans le commerce, en réglant leur valeur à proportion de leur poids et de leur titre : c'est ce qu'il croit être en droit de conclure des contre-marques qu'il a observées sur plusieurs de ces Médaillons (*a*).

Les antiquaires font beaucoup plus de cas des *Médaillons* que des médailles ordinaires, parce que leurs revers représentent communément des triomphes, des jeux, des édifices et des monumens historiques qui sont les objets qu'un vrai curieux recherche plus particulièrement.

(*a*) Voyez les *Remarques historiques et critiques* du baron de la Bastie, *sur la Science des Médailles* du P. Jobert. Paris, 1739, t. 2, p. 59.

Médailles encastées.

Les pièces bordées par des cercles ornés de moulures, sont celles qu'on nomme *encastées*. Elles ont un volume double de celui des monnaies auxquelles leurs types sont communs, et se placent ordinairement à la suite des Médaillons. Tantôt elles sont composées d'un métal ou plutôt d'un alliage différent de celui du Médaillon avec lequel elles ont été soudées, avant d'être placées entre les coins; quelque fois même le cercle, fait d'un métal ou d'un alliage différent, est lui-même enfermé dans une bordure dont la matière diffère encore de la sienne. On voit, dans ces singularités, un dessein arrêté de les mettre hors du commerce. Ces médailles extraordinaires servaient d'ornemens aux enseignes militaires, soit qu'on les y pendit avec des bélières (anneaux propres à suspendre un objet), soit qu'on les y fixât par des trous percés au milieu de leur diamètre, soit enfin qu'on les y plaçât d'espace en espace : ils portaient alors le nom d'images sacrées, et c'était à ces images que l'on adressait les sermens militaires.

Les Tessères,

En latin *tessera*, étaient des *dés* à jouer. On nommait aussi *tessères*, des billets ou jetons qui servaient de signes de reconnaissance pour être introduit dans un lieu particulier, ou pour avoir part à de certaines distributions, etc., etc.

Médailles de Colonies.

Leur fabrique grossière les fait reconnaître facilement. On distingue les Médailles Égyptiennes à leurs bords particuliers; les Syriennes, à leur épaisseur; les Espagnoles, à leur peu de relief. De plus, les nations étrangères, soumises aux Romains, n'avaient pas le droit de frapper des Médailles d'or. Ces sortes de monnaies, de même que la plupart de celles d'argent, sont d'Italie, aussi bien que les pièces de grand bronze qui portent les lettres S. C. (*Senatus Consulto*).

PROCÉDÉ *pour restaurer les Médailles antiques.*

Dans l'une des dernières séances de l'*Institut Royal de Naples*, le professeur François Lancelotti a exposé, dans un savant mémoire, un procédé pour enlever la rouille qui souvent enveloppe et obscurcit les Médailles antiques d'argent. Il a exécuté ses essais avec beaucoup de succès, en mettant d'abord la Médaille dans l'acide hydro-clorique; puis dans l'ammoniaque liquide, et en la frottant quelque temps après, avec une toile, jusqu'à ce qu'elle fût entièrement nettoyée. Les antiquaires doivent savoir gré à l'auteur d'une découverte qui leur rend l'usage d'un grand nombre de Médailles, devenues tout-à-fait inutiles par la rouille qui en couvrait les inscriptions.

TRAITÉ ÉLÉMENTAIRE

DE

NUMISMATIQUE ANCIENNE,

GRECQUE ET ROMAINE.

CHAPITRE PREMIER.

De la Numismatique ou Science des Médailles ; son objet.

La Numismatique ancienne a pour objet l'étude des monnaies que les peuples qui nous ont précédés ont fait frapper de leur temps (principalement les Grecs et les Romains), et que la terre nous restitue de temps en temps. Elles y ont été enfouies par suite d'événemens de guerre et autres qu'on se figure aisément, ou par l'effet de la superstition qui engageait à les déposer dans les urnes et les tombeaux, ou bien encore par une sorte de prévoyance qui tendait à les soustraire à la cupidité de ceux que le sort des armes rendait maîtres du pays. C'est à de semblables circonstances que nous sommes redevables de la plupart des découvertes. En 1760, on trouva près de Brest, dans des pots de terre, 5o mille médailles romaines ; et, à une autre époque, dans le comté de Foix, 6o mille médailles impériales (c'est-à-dire frappées sous les Empereurs Romains), et qui avaient

1. I

été déposées dans une vieille tonne (1). Laz, le Viennois, écrivain digne de foi, rapporte que, de son temps (sous le règne de Ferdinand I), on découvrit, dans la Transylvanie, au milieu d'une rivière, plus de 40 mille pièces d'or, la plupart frappées au coin de Lysimaque, roi de Thrace (2). Si, par suite de pareilles découvertes, une aussi prodigieuse quantité de médailles ou monnoies anciennes est parvenue jusqu'à nous, et que, cependant, cette quantité ne forme pas, à beaucoup près, une partie remarquable de celles qui ont été frappées dans l'ancien temps, et qu'il soit plus facile de rassembler aujourd'hui cent médailles d'Auguste, de Néron, ou de Dyrrachium, ville peu considérable de l'Illyrie, tandis qu'on en trouverait à peine une seule de Charlemagne, Otton, Henri, ou de tout autre empereur d'Allemagne du moyen âge, on pourra se convaincre aisément de la supériorité des anciens en ce genre ; on jugera combien tout ce qui a rapport à l'étude de la Numismatique est étendu et varié, et ce qu'un si vaste sujet offre d'intéressant pour l'histoire, surtout lorsqu'on pense à ce que le temps peut encore nous dévoiler, la terre offrant presque chaque jour, à notre connaissance, des médailles que nous ne possédions point, et nous révélant ainsi des sujets que l'histoire ne nous avait point encore signalés.

CHAPITRE II.

Limites dans lesquelles se renferme l'étude de la Numismatique ancienne.

Le commerce, dans l'origine, ne se faisait que par échange, et le superflu était employé à se procurer les choses dont on avait besoin; mais comme ce genre d'échange n'était pas sans inconvéniens, on imagina quelque chose qui, à l'aide d'une marque apposée par l'autorité, pourrait représenter la valeur des denrées et des autres objets nécessaires à la vie, en un mot, servir au commerce. Pour parvenir à ce but, on reconnut que les métaux étaient ce qu'on pouvait employer de mieux, parce qu'indépendamment de leur valeur intrinsèque, ils étaient en état, par leur poids et leur dureté, de se conserver plus long-temps, et de prendre toutes sortes de formes ou d'empreintes à la fonte, comme ils étaient susceptibles, par leur malléabilité, d'être divisés à l'infini. Ce fut donc là l'origine de la monnaie. L'utilité qui résulta d'une aussi belle invention fut si généralement sentie, qu'on ne put se persuader que ce pouvait être l'ouvrage des hommes; et on en attribua la découverte à **Saturne**, **Janus**, ou à d'autres divinités en crédit. Cependant il serait impossible de déterminer à quelle époque on commença à faire usage des monnaies: ce qu'il y a de certain, c'est que du temps d'Homère, le commerce par échange était encore en usage; c'est-à-dire qu'on troquait une marchandise contre une autre marchandise. On réglait le prix des objets d'art en raison d'une cer-

certaine mesure conforme à ce principe ; ainsi, du temps d'Homère, un grand trépied d'airain valait six paires de bœufs, et une femme, en état d'exercer plusieurs genres de talens manuels, en valait deux.

Les plus anciennes monnaies auxquelles il soit possible d'assigner une origine certaine sont celles de quelques rois de Macédoine, entr'autres d'Alexandre I et d'Archelaus I, qui remontent au cinquième siècle avant J.-C. Cependant il existe une grande quantité de médailles de villes, surtout de celles qui proviennent de la Grande-Grèce (1) et de la Sicile, dont l'empreinte et les caractères de l'inscription attestent une plus haute antiquité (a) : de ce nombre est la médaille de la Pl. I, fig. 1, où l'on voit, d'un côté, l'image d'un bœuf en relief, tandis que le revers présente la même figure de bœuf en creux. On a remarqué que la Grande Grèce était en usage de frapper cette sorte de monnaie de temps immémorial.

L'inscription ou la marque ѴM désigne l'époque où l'on employait le Ϻ au lieu du Σ et le Ѵ au lieu du Υ, et où l'on avait coutume d'écrire de droite à gauche, à la manière des Orientaux (2) ; Les lettres ѴM sont donc ici pour ΣΥ, qui sont les initiales de Συβαρις (Sybaris), ville de la grande Grèce, ou *Thurium*, dans le royaume de Naples. Excepté cela, on ne peut plus rien déterminer concernant ce genre de médailles, parce qu'elles ne renferment aucune date chronologique, à l'aide de laquelle on pourrait fixer l'époque de son ancienneté. On voit, d'après cela, que l'ancienne Numismatique, c'est-à-dire l'époque où, dans les

---

(a) *V*. ci-dessus l'Explicat. des termes de la Numismatique.

premiers temps , on commença à battre monnaie , ne peut se déterminer d'une manière positive. La connaissance des médailles antiques a dû suivre, en général, les mêmes limites que celles de l'histoire ; car elle s'étend jusqu'à la chute de l'empire d'Occident , qui prit fin sous le dernier empereur *Romulus Augustulus*, l'an 476 de notre ère. La numismatique du moyen âge remonte à Charlemagne , et celle des temps modernes , à Maximilien I , empereur d'Allemagne , qui régnait du temps de Louis XI , Charles VIII et Louis XII , rois de France.

Nous ne nous étendrons pas davantage sur les limites dans lesquelles se renferme la Numismatique ancienne , relativement à ses diverses périodes ; quant aux bornes ou limites de la partie géographique , nous en traiterons dans le septième chapitre.

CHAPITRE III.

Des métaux que les anciens ont employés pour battre monnaie.

Les matières dont la monnaie des anciens était composée, consistaient comme aujourd'hui en or, argent et bronze, ou cuivre jaune et cuivre rouge. D'après les lois de Lycurgue, il n'était permis aux Spartiates ou Lacédémoniens de frapper que des monnaies de fer; et on prétend que Byzance avait imité cet exemple : mais l'expérience n'a point confirmé cette assertion, et quand bien même elle serait fondée, ces mêmes monnaies ne seraient pas facilement parvenues jusqu'à nous, le fer ne pouvant résister long-temps à la rouille. Ce qui nous reste en fait de monnaies ou médailles antiques, consiste donc en pièces d'or, d'argent ou de bronze : nous en avons la preuve dans beaucoup de monnaies de l'empereur Auguste, au revers desquelles on voit que les trois préposés à la confection des monnaies avaient le titre de III vir. A. A. A. F. F. (1), ce qui signifie *Auro, Argento, Ære, flando feriundo :* Triumvirs monétaires pour l'or, l'argent et le bronze. La médaille de la Pl. I, fig. 2, (Æ ou G. B.), porte au revers d'Auguste le nom de *M. Salvius Otho,* l'un de ces triumvirs monétaires. Quant à la formule *flando feriundo,* la première expression doit s'appliquer à la préparation des globules de métal disposés pour être frappés, et la deuxième indique qu'ils étaient livrés au marteau pour recevoir l'empreinte du coin. C'é-taient les deux opérations principales du monnoyage. Quant à celui qu'on nommait *malleator,* une inscription publiée par Gruter, page 1066, n° 5, porte ce mot, qui désigne le monnoyeur, dont la fonction était de frapper sur les coins avec un maillet. Le même auteur rapporte, pag. 1070, n° 1, une autre inscription où on lit : *Signatores, suppostores, malleatores monetæ.* Tous les ouvriers de la monnaie sont ici désignés : les graveurs des coins, *signatores;* les placeurs des flans entre les coins, *suppostores;* et enfin les frappeurs, *malleatores.*

Pecuniæ speculatores, inspecteurs de la Monnaie, autre-ment dits *Triumviri nummularii,* étaient des magistrats à qui l'on présentait les pièces de monnaie pour les exa-miner et pour en faire l'épreuve. Procope, chancelier de l'empereur Justinien, dit qu'il n'était pas permis, de son temps, à aucun monarque, pas même aux rois de Perse, dont la puissance était redoutable, de fabriquer de la monnaie d'or; il n'y avait que les seuls Empereurs Romains et les Rois de France qui eussent ce droit.

L'or et l'argent étaient, chez les Grecs et les Romains, du plus fin titre; cependant l'argent, chez ces derniers, fut par la suite singulièrement altéré, et la pureté de son titre diminua en même temps que les forces de l'empire diminuèrent. Du temps de Septime-Sévère, l'alliage commença à marquer d'une manière assez sensible dans la confection des monnaies; mais depuis Sévère Alexandre et ses successeurs jusqu'au déclin de l'empire, il s'y trouva plus de cuivre que d'argent, ce qui fit donner aux deniers d'argent le nom de *numos œrosos* ou *incoctiles*, le cuivre étant la partie dominante de ces deniers. Depuis Claude-le-Gothique jusqu'à l'empereur Dioclétien, les monnaies d'argent se trouvent remplacées par des médailles saucées, c'est-à-dire par des pièces de cuivre frottées d'un peu d'argent, tels que sont, de nos jours, les bons gros courans de Prusse.

Les monnaies de bronze sont composées en partie de cuivre pur et en partie aussi de cuivre mélangé, ce qui donne aux collections de ce genre de médailles une couleur variée. On a souvent parlé de médailles d'airain de Corinthe qui, selon le témoignage de Pline et de Florus, devaient leur naissance à un pur effet du hasard, car on prétendait que, lors de l'incendie de cette ville, l'or, l'argent et le cuivre qui s'y trouvaient ayant été fondus par la violence du feu, et ne formant plus qu'une seule masse, on en fabriqua par la suite des statues et des vases d'un prix inestimables. Mais lorsqu'on voulut s'assurer plus tard, par la division des métaux, de la composition des monnaies qu'on regardait comme étant d'airain de Corinthe, on n'y trouva aucune trace d'or, et le préjugé cessa d'être accrédité. Ce qu'on prenait pour de l'airain de Corinthe n'était que du cuivre raffiné (2). La rouille ne pouvant attaquer l'or, les médailles de ce métal sont ordinairement d'une belle conservation; mais l'argent en est souvent fort maltraité, et le cuivre est des trois celui qu'elle traite avec le moins de ménagemens. Une seule circonstance a souvent été favorable aux monnaies de bronze, c'est lorsque le hasard les a placées au milieu d'une terre qui les a environnées d'une enveloppe tellement déliée que les traits les plus délicats, la finesse des cheveux ou celle des caractères qui composent les légendes, y ont conservé toute leur pureté. Cette espèce de robe que produit la nature et que l'art n'imite que très-imparfaitement, est de couleurs différentes : il s'en trouve de brunes, d'autres d'un vert clair, quelquefois de violettes ou d'un bleu qui tient de la turquoise. Et comme les médailles ainsi protégées par cette substance ont conservé le brillant d'un beau vernis, on donne à ce vernis le nom de *patine*. Les amateurs font grand cas des médailles de ce genre (3).

Par le plus ou moins grand nombre de monnaies d'or qui sont parvenues jusqu'à nous, ou par leur absence totale, nous pouvons juger des richesses ou de la pauvreté des états anciens. On ne pourrait présenter une seule médaille d'or des premiers rois de Macédoine, qui étaient pauvres, tandis qu'il en existe une quantité étonnante de Philippe II, sous lequel cette province de la Grèce prit un grand essor, et de son fils, Alexandre-le-Grand, qui l'éleva au premier rang des empires, comme aussi de Lysimaque, roi de Thrace, l'un des plus puissans souverains qui leur ait succédé. Celles qui nous restent également de Syracuse, de

Tarente et de Cyrène, attestent l'ancienne splendeur des villes de la Grèce : cependant cette règle souffre quelques exceptions, car il nous reste très-peu de médailles d'or des rois de Syrie, si puissans de leur temps, et il nous serait impossible d'en montrer une seule bien authentique de la ville d'Athènes, l'une des plus florissantes républiques de la Grèce. Rome, cette reine des nations, ne nous offre, jusqu'au temps des Empereurs, presque point de médailles d'or, tandis que plus tard elle en produit une infinité. Les médailles d'argent et de bronze sont celles qui généralement se rencontrent en plus grand nombre : ce qu'il y a de surprenant, c'est de voir que les villes de la Grèce commencèrent à fabriquer des monnaies d'or et d'argent avant de frapper des monnaies de bronze. Dans les premiers temps, on eut de la peine à admettre ce dernier genre de monnaies; et à peine eurent-elles été introduites à Athènes, durant la guerre du Péloponèse, qu'elles furent presqu'aussitôt décriées ou proscrites. Ce fut tout le contraire à Rome, où l'on commença par la monnaie de bronze, en remontant, par gradation, à l'argent et enfin à l'or. La véritable cause de ce contraste apparent provient sans doute de ce que les villes de la Grèce ne frappèrent monnaie que lorsqu'elles furent parvenues à un assez haut degré de splendeur, et ne descendirent de l'or ou l'argent au bronze, qu'à l'époque de leur décadence : mais Rome commença, dès le règne de *Servius Tullius*, à battre monnaie, conséquemment à une époque où elle était encore dans le plus grand état de pauvreté, et elle ne se perfectionna, sous le rapport de l'abondance et du choix des métaux, qu'au fur et à mesure de l'augmentation de sa puissance et du prodigieux accroissement de ses richesses.

CHAPITRE IV.

Du poids, de la valeur et des dimensions des Médailles ou monnaies antiques.

Nous nous occuperons d'abord des monnaies romaines et ensuite des grecques.

D'après le témoignage de Pline, on commença à battre monnaie à Rome sous le règne de *Servius Tullius*, et il paraît que cette monnaie, qui était de bronze, servit à remplacer celles qui n'étaient composées que de terre cuite ou de cuir, et qu'on nommait *asses scortei*. La monnaie de bronze suivit la division que son poids indiquait. Le poids consistait en une *livre* romaine qu'on nomma as, *libra*, laquelle fut divisée en 12 *unciæ* ou onces (1). La demi-livre était appelée *semis*. La marque caractéristique de la livre sur les monnaies était une simple ligne perpendiculaire qui ressemblait à un I; celle de la demi-livre S, lettre initiale du mot *semis*; celle d'une once était figurée par un point en relief, de la forme d'une très petite lentille. Si la pièce était de la valeur de 1, 2, 3, 4, 5 onces, elle portait autant de points qu'elle désignait d'onces. Dans le principe, et même long-temps après, l'*as* était considéré soit comme livre, soit comme monnaie du même poids; mais par la suite, tout en conservant la même valeur numérique, il perdit considérablement de son poids. Cet *as* avait pour type, d'un côté la tête de *Janus*, qu'on nommait *bifrons*, à deux faces, et de l'autre, un vaisseau, faisant allusion à l'arrivée de *Janus*, par mer, dans le Latium. Pour nous reporter un instant à la mythologie, il est bon de rappeler que Saturne, chassé du trône par son fils Jupiter, ayant été accueilli par *Janus*, qui régnait dans le *Latium*, ne fut plus représenté depuis cette époque comme un dieu barbare dévorant ses enfans; mais comme le bienfaiteur des hommes, auxquels il a enseigné les divisions de l'année, l'usage des monnaies, et à vivre heureux sous l'autorité des lois; il devient enfin l'emblème de la civilisation : c'est en mémoire de tant de bienfaits que les premiers Romains ont figuré sur leurs monnaies le vaisseau qui le transporta dans le *Latium*. (Pl. I, fig. 3, 4, 5).

On ne commença à frapper des monnaies d'argent à Rome que peu d'années avant la première guerre punique (*a*). Elles consistaient en *denarius*, *quinarius* et *sestertius*, denier, quinaire et sesterce. Le denier fut appelé ainsi, parce qu'il valait 10 as, *denos asses*, ou 10 livres en monnaie de bronze. Le quinaire en valait la moitié, c'est-à-dire 5 as ou 5 livres, et le sesterce, moitié du quinaire, c'est-à-dire 2 as et demi ou 2 livres et demie, d'après l'acception du mot latin, qui signifie deux et demi. Le sesterce simple ou petit sesterce équivalait à environ 4 sous de France, ou 19 centimes.

La marque du denier romain était figurée par un X, celle du quinaire par un V, et celle du sesterce par HS ou LLS, pour indiquer le nombre d'as, *asses*, que valait chacune de ces pièces. (C'était une abréviation du mot *libra*, *libra semis*, c'est-à-dire deux as et demi). (Pl. I, fig. 6, 7, 8).

(*a*) L'an de Rome 485, suivant Pline.

Dans les premiers temps, elles portaient toutes le même type ou sujet gravé, c'est-à-dire d'un côté la tête ailée de la déesse Pallas, et, au revers, les dioscures (1) (Castor et Pollux) à cheval. Par la suite, on s'attacha à des sujets dont la volonté ou le goût seuls déterminaient le choix, et les Triumvirs monétaires adoptèrent de préférence ceux qui tendaient à illustrer leur origine, comme nous le verrons lorsqu'il sera question des médailles de familles romaines, qu'on nomme médailles consulaires. Une victoire dans un bige ou dans un quadrige (*a*), est presque toujours représentée sur les quinaires; de là le nom de *victoriati* qu'ils portaient communément.

Les Romains étaient dans l'usage de compter par sesterces; mais la manière d'en exprimer exactement la valeur présente quelques difficultés qu'il faut d'abord éclaircir, pour bien entendre les anciens auteurs; ce qui nécessite d'établir les trois règles suivantes :

1° Le mot *sestertius*, pris au masculin, comme si on disait *trecenti sestertii*, exige qu'on sous-entende *numi*, et il exprime autant de sesterces que le nombre l'indique, comme ici où il en exprime 300.

2° Si le mot *sestertius* est d'un genre indéterminé relativement à un nombre composé, comme, par exemple, lorsqu'on trouve *trecenta sestertia*, il est nécessaire, pour connaître le nombre qui est sous-entendu, de multiplier celui qui accompagne le mot *sestertia* par 1000. Par conséquent, *trecenta sestertia* expriment ici 300,000 sesterces.

3° Le mot *sestertius* se présente-t-il dans un genre in-

(*a*) Chars à deux ou à quatre chevaux.

déterminé relativement à un nombre simple , et le nombre qui accompagne le mot sesterce se termine-t-il par
ies , comme lorsqu'on rencontre *decies sestertium* , il faut
multiplier le nombre exprimé par 100,000 ; ainsi , *decies
sestertium* , équivalent ici à un million de sesterces , et
expriment effectivement cette somme.

Les écrits des anciens présentent ces différentes manières
d'écrire les nombres précités, par IIS , *trecenti* , ou IIS ,
trecenta , ou bien enfin IIS , *decies ;* mais si le nombre à
exprimer n'est désigné que par des lettres , il est quelquefois difficile d'en deviner au juste la valeur. Si, par exemple ,
on lit IIS.CCC., cela peut s'interpréter de trois manières
différentes : *sestertii trecenti, sestertia trecenta, sestertium
trecenties :* trois cents sesterces, trois cent mille sesterces, ou
trois millions de sesterces. Ce fut une équivoque de ce genre
qui frustra Galba d'une riche succession dont l'empereur
Tibère se prévalut et profita. Livie, femme d'Auguste, mit
dans son testament : Galba recevra IIS.D ; ce qui devait,
suivant ses intentions , signifier IIS, *quingenties*, c'est-à-
dire, cinq millions de sesterces ; mais il convint à Tibère, son
fils et héritier de lire, dans son intérêt, *sestertia quingena*,
cinq cent mille sesterces. La véritable manière d'interpréter le sens de ces sortes de phrases , doit se déterminer
d'après les circonstances. Quant à ce qui concerne l'ancienne valeur du sesterce , il serait difficile de l'indiquer
aujourd'hui d'une manière positive, parce qu'il faudrait
d'abord savoir quel était alors le rapport du cuivre à l'argent,
et de l'argent à l'or, lesquels sont sujets à de perpétuelles
variations. Il ne nous reste donc d'autre moyen de l'établir , que d'après la valeur actuelle de l'argent. Si on
adopte cette base , l'argent que renfermait un denier ro-

main pouvant valoir 12 à 14 sous de notre monnaie, il
en résulte que le sesterce, qui formait la quatrième partie
d'un denier, pouvait valoir environ 3 sous 6 deniers, ou
4 sous de France. D'après ce genre d'estimation, nous
pouvons nous faire une assez juste idée de plusieurs sommes
dont parlent les anciens, et en fixer à-peu-près l'évaluation.
Par exemple, au rapport d'Aulugelle, Bucéphale, ce
cheval célèbre d'Alexandre-le-Grand, avait coûté *sestertia
trecenta duodecim*. Suétone rapporte que Jules-César
avait fait l'acquisition d'une perle, pour *sexagies sestertio*.
Tacite prétend que Néron avait prodigué en présens, *bis
et vicies millies sestertium;* et suivant le témoignage de
Velleius-Paterculus, le butin que produisit à Paul-Emile
la conquête de la Macédoine, fut de IIS, *bis millies*, deux
cent millions de sesterces, tant en or qu'en argent; ce qui
équivaut à environ 50 millions de notre monnaie.

Une très-belle médaille de l'empereur Hadrien présente
un licteur qui porte de la main gauche un faisceau surmonté d'une hache; il tient de la droite une torche, avec
laquelle il allume un tas de créances. La légende porte :
(G. B.) *Reliqua vetera IIS, novies millies abolita.* Cette
médaille est un monument très-remarquable de la munifi-
cence de cet empereur, qui remit à ses sujets tous les arré-
rages d'impôts dus au fisc, ou autres dettes, et qui en fit
brûler les titres et les rôles dans le *forum* de Trajan. La
somme précitée s'élève à 900 millions de sesterces, c'est-
à-dire, à environ 157 millions de France (V. Pl. I, fig. 9).

La monnaie d'argent, chez les Grecs, était la drachme,
drachma, d'où proviennent les didrachmes, tridrachmes
et tetradrachmes, *numi didrachmi, tridrachmi, tetra-
drachmi*, lorsqu'elles pesaient 2, 3, 4 drachmes. Une

drachme équivalait à un denier romain, dans les monnaies de compte, quoiqu'elle eût plus de poids que le denier. La petite monnaie consistait en obole, *obolus*, d'où dérivent les dioboles, trioboles, formant 2 et 3 oboles, et l'*hemiobolus*, ou demi-obole.

Les Grecs établissaient leurs comptes en talens et en mines, lorsqu'il était question de fortes sommes. Le talent contenait 60 mines, et la mine, 100 drachmes; conséquemment, le talent valait 6000 drachmes. Et comme on avait donné à la drachme des Grecs la valeur du denier romain, il en résulte qu'un talent contenait 6000 deniers ou 24,000 sesterces, environ 4800 francs (*Voy.* les Observations sur les Monnaies grecques, tom. II, pag. 1ʳᵉ).

Aulugelle confirme cette règle par un exemple qui vient à l'appui de ce que nous disons. En parlant de Bucéphale (liv. 5, chap. 1, 2), voici comment il s'exprime : *Emptum Chares scripsit talentis XIII æris nostri summa est IIS CCCXII.* Or, treize talents produisent 78,000 drachmes ou 312,000 quarts de drachmes; ainsi, *trecenta duodecim* équivalent à 312,000 sesterces, environ 62,400 fr. Le sicle des juifs contient 4 drachmes.

Ce ne fut que soixante-deux ans après l'introduction des monnaies d'argent, que l'on commença à frapper des monnaies d'or à Rome (*a*). Le nombre de ces dernières n'était rien moins que considérable du temps de la République; mais il le devint singulièrement depuis Jules César jusqu'à la décadence de l'empire; et cette prodigieuse quantité de pièces d'or, émises sous chaque empereur,

---

(*a*) C'est-à-dire l'an 547 de sa fondation.

fruit d'une suite non interrompue de conquêtes, atteste la grandeur des Romains. Une pièce d'or qu'on nommait *aureus*, est du poids d'environ deux ducats d'empire et plus; elle valait 25 deniers ou 100 sesterces, c'est-à-dire, 20 fr. Il n'est guères possible de rien avancer de positif relativement aux monnaies d'or des Grecs et à leur valeur réelle, pendant le cours de leur circulation primordiale. Les monnaies ou médailles de bronze sont communément partagées en trois classes, suivant leur module, c'est-à-dire la grandeur de leurs dimensions : la première indique le grand bronze, la seconde, le moyen, et la troisième, le petit bronze. Voyez ci-dessus les médailles Nᵒˢ 3, 4 et 5, Pl. I. On les nomme, en latin, *Numi* I, II, III, *formæ vel moduli*. Celles qui excèdent d'une manière sensible le module du grand bronze, se nomment *médaillons, numi maximæ formæ vel moduli*. Cette division est à-peu-près la même pour les médailles d'or et d'argent; mais comme ceci ne tient qu'à des considérations purement mécaniques, on me dispensera d'entrer ici dans de plus amples explications à ce sujet.

CHAPITRE V.

Mots techniques employés dans la dénomination des Médailles.

LES Romains nommaient une pièce de monnaie *numus* ou *numisma*, terme qui dérive du mot grec νόμος, qui signifie loi, parce que sa valeur était déterminée par une loi. Le nom de *moneta* lui fut aussi donné du verbe *mo-*

nerc, parceque son poids, sa grosseur, l'empreinte qu'elle portait, ou d'autres signes caractéristiques, indiquaient sa valeur. Le nom de *pecunia*, qu'on donnait plus anciennement à la monnaie, dérivait de *pecus*, troupeau, parce que, d'après le témoignage de Pline, les premières monnaies portaient l'empreinte d'un bœuf, d'un mouton etc., ce qui se trouve confirmé par celles qu'on voit au cabinet des antiques de la bibliothèque du Roi à Paris (1).

Les anciens donnaient, de leur temps, différentes dénominations à plusieurs sortes de monnaies ou médailles, à cause de certaines remarques particulières dont Jules Pollux nous a conservé en grande partie l'énumération. Nous ne ferons mention que de celles dont l'authenticité est reconnue ou confirmée par les médailles.

1° *Noms empruntés du type.* On désignait par le nom de *chouettes* les monnaies des Athéniens, parce que cet oiseau de Minerve, leur divinité tutélaire, se trouve communément au revers de leurs monnaies (Pl. VI, fig. 5) : ce qui avait donné lieu au proverbe suivant par rapport à l'argent qui se trouvait caché sous le toit : *multæ noctuæ sub ceramico (id est tegulis) cubant;* beaucoup de chouettes se tiennent sous les toits.

Par une raison à-peu-près semblable, on appelait *tortues* une espèce de monnaie qui avait cours dans le Péloponèse : ce qui faisait dire en plaisantant : *Virtutem et sapientiam vincunt testudines;* les tortues l'emportent sur la sagesse et la vertu (Pl. I, fig. 10).

Les Perses avaient mis un sagittaire ou archer sur leurs monnaies (Pl. I, fig. 11).

Se voyant pressés par Agésilas, roi de Lacédémone, ils parvinrent, à force d'argent, à soulever les villes de la

Grèce contre les Lacédémoniens, ce qui obligea Agésilas de revenir sur ses pas et lui fit dire que 50,000 archers, seuls l'avaient obligés d'évacuer l'Asie (Pl. Iʳᵉ, fig. 11).

Dans l'Asie Mineure on donnait le nom de *cistophores* à plusieurs monnaies d'argent, ayant pour type la fameuse corbeille mystique qui était consacrée au culte de Bacchus (*a*) (2) (Pl. III, fig. 8).

Les Romains avaient leurs monnaies connues sous le nom de *victoriati*, dont le type, comme nous l'avons déjà observé, était l'image de la Victoire; *ratiti* celles où se trouvait la figure d'un vaisseau (Pl. I, fig. 3); *bigati* ou *quadrigati*, les monnaies représentant un char attelé de deux ou de quatre chevaux.

2° Les médailles tiraient aussi leurs noms de certains princes, qui commencèrent à faire frapper régulièrement une seule sorte de monnaie. Philippe II, roi de Macédoine, fut le premier sous lequel on frappa des monnaies d'or, et Darius, roi de Perse, fit confectionner les pièces d'or et d'argent portant l'empreinte des archers ou arbalétriers déjà cités; de là les noms de *Philippes d'or* et de *Dariques*, dont il est si souvent question dans les auteurs classiques.

3° D'une circonstance particulière qu'il est bon de ne point passer sous silence. Les Romains avaient une sorte de monnaie dentelée, qu'ils nommaient *numi serrati* (3) (Pl. II, fig. 17).

Elle était d'argent et on lui avait donné ce nom, parce que le cordon de chaque pièce était échancré comme une espèce de scie. On croit que les Romains avaient recours

---

(*a*) On en connaît de beaucoup de villes, telles que *Périnthe* de Thrace, *Pergame* de Mysie, etc.

à ce moyen pour remédier à la fraude des faux-monnoyeurs, qui savaient recouvrir avec beaucoup d'adresse
une pièce de cuivre d'une légère feuille d'argent, en imi-
tant l'empreinte de la monnaie à s'y méprendre (a). En rognant ainsi les bords de chaque pièce, on découvrait aisément la fraude. Il pourrait se faire aussi que ce genre
de monnaie ne fût pendant un temps qu'un pur objet de
mode à Rome; car on a été un certain temps dans l'usage
en Syrie, de frapper des monnaies de cuivre dentelées,
et elles ne pouvaient certainement avoir pour objet d'é-
viter la fraude.

Des monnaies ou *médailles incuses, numi incusi.* On
entend par incuses, des médailles qui présentent des deux
côtés le même type ou sujet, de manière, cependant, que
l'un est frappé en relief et l'autre en creux. Il y en a de
deux sortes : elles sont creuses à dessein, et c'est un genre
de monnaie que les villes de la grande Grèce avaient
adopté dès la plus haute antiquité, comme nous le voyons
par la médaille de Sybaris (Pl. 1, fig. Ire), où bien elles
ont été frappées ainsi par l'inadvertance du monnoyeur,
qui oubliait par fois de retirer une pièce de son coin avant
d'en poser une deuxième, d'où il résultait nécessairement
que la pièce formait un creux d'un côté, tandis qu'elle présentait un relief de l'autre.

On nomme *contorniates* des pièces qui ressemblent aux
médailles pour la forme. Ce mot dérive de *contorno*,

_____

(a) Ces sortes de médailles se nomment *fourrées;* on en voit
dans presque tous les cabinets. On estime celles qui sont véritable-
antiques.

terme italien qui signifie contour, parce qu'elles sont en-
tourées d'une espèce de cercle formant le creux. Elles
sont toutes de bronze, grandes et plates, et en général
d'un assez mauvais goût sous le rapport de l'art. Ces contorniates furent frappées à Rome dans les derniers temps,
et au lieu de présenter des têtes d'empereurs, comme les
médailles, on y voit celles de princes étrangers ou de plusieurs hommes célèbres de l'antiquité, par exemple : *d'A-
lexandre-le-Grand, d'Homère, Horace, Salluste.* Le revers présente différens sujets, qui ont pour la plupart rapport aux jeux du cirque. Nous présentons ici une médaille
contorniate qui offre la tête d'Alexandre - le - Grand telle
que la légende l'indique, et au revers le monstre Scylla
au moment où, d'après la narration d'Homère, il saisit
les compagnons d'Ulysse par les cheveux, et les entraîne
hors de leurs vaisseaux (4). Ulysse, coiffé du *pileus*, veut
les défendre avec l'épée dont il est armé; quelques Grecs
nagent dans le gouffre : il y a, derrière, un arbre (*Voy.
Havercamp, contorniate,* n° 64) (*V.* Pl. I, fig. 12).

Il appartenait aux Grecs d'oser représenter par les arts
les conceptions gigantesques de la poésie. Scylla est un rocher, un écueil environné de gouffres qui engloutissaient les
infortunés marins : l'imagination des Grecs anime cette
masse informe; le rocher devient un monstre dont la tête
s'élève au-dessus des flots; sa queue tortueuse, semblable
à celle d'un poisson, renverse les vaisseaux; de ses flancs
s'élancent des chiens affamés, dont les gueules béantes
dévorent les nautonniers, et dont les affreux hurlemens
augmentent l'horreur que cause le bruit des flots agités
qui se heurtent dans les cavernes. Le nom de Scylla, en
grec, signifie chien. Ce nom lui fut donné parce que le

bruit que font les flots en se précipitant dans son gouffre imite celui des aboiemens de plusieurs chiens. La figure de Scylla servait souvent d'ornement aux casques, puisque nous la retrouvons ainsi sur plusieurs médailles. *Silius Italicus* dit, en décrivant le casque du consul Flaminius partant pour aller combattre Annibal : *Dessus était Scylla agitant un aviron brisé, et faisant voir les terribles gueules de ses chiens.* On voit un sujet absolument semblable sur les deniers d'argent de la famille Pompeïa. Ces deniers sont d'un très-beau caractère (V. *Dumersan, Numism. du voyage du Jeune Anach.* t. 2, p. 81).

On n'est point encore parfaitement d'accord sur la véritable destination de ce genre de médailles ; peut-être servaient-elles de *contre-marques* pendant la durée des jeux du Cirque, ces jeux ayant fourni le plupart des sujets qui se rattachent à leurs revers.

CHAPITRE VI.

Des sujets que contiennent les Médailles antiques.

Les médailles présentent ordinairement sur l'un des côtés, et quelquefois sur tous les deux, des figures ou des inscriptions. Il est rare que le revers d'une médaille soit tout-à-fait vide ; quelquefois elles offrent d'un côté une figure en relief et gravée en creux au revers, ainsi qu'on le voit par la médaille de la Pl. I, fig. 10, qui servait de monnaie dans le Péloponèse.

Et c'est là le signe d'une haute antiquité. Les anciens ne

connaissaient point, dans le principe, l'art de battre monnaie des deux côtés : il en fut de même dans les premiers temps de l'imprimerie, où l'on n'imprimait que sur un des côtés de chaque feuille.

Des types ou figures.

Le type ou sujet gravé d'une médaille présente communément d'un côté la tête d'une divinité, d'un roi ou d'un empereur (1). Les revers contiennent par contre une variété infinie de sujets curieux et intéressans, et, sous ce rapport, ils diffèrent beaucoup de la monotone uniformité de nos monnaies courantes. On remarque bien, néanmoins, que beaucoup de villes et de rois, chez les anciens, étaient en possession de n'offrir qu'une longue répétition des mêmes sujets, tels qu'*Athènes*, sa Minerve et la chouette au revers; *Apollonie* et *Dyrrachium*, le veau qui tette; *Sybaris*, le bœuf qui se retourne; *Alexandre-le-Grand*, une Victoire debout ou un Jupiter assis; *Lysimaque*, Roi de Thrace, Pallas assise; et les *Ptolémées d'Egypte*, leur aigle. Ici se rattachent aussi certains types nationaux, comme par exemple, les villes de la Sicile, qui offrent trois pieds humains attachés l'un à l'autre, pour indiquer les trois promontoires de leur île, *Pélore, Pachynum* et *Lilybée*. On leur donne, sur les médailles où ils sont figurés, le nom de *triquetra* ou *trinacria*, triangle (Pl. II, fig. 8).

Les Béotiens, leurs boucliers échancrés. (*V.* Pl VI, fig. 2).

Les Macédoniens, leurs boucliers de forme conique au milieu d'une couronne (Pl. VI, fig. 1).

D'autres nations y rattachaient les productions de leur pays, tels que les Egyptiens, le crocodile; les Phéniciens, le palmier; Cyrène, la belle plante qu'on nomme *laserpicium* (a). Les Grecs adoptaient aussi parfois des figures ou sujets faisant allusion aux noms de leurs villes. *Cardia*, ville de Thrace, avait pris pour type de ses monnaies un cœur, parce que son nom signifie *cœur;* Side, dans la Pamphilie, présente une grenade, du mot Σιδη, dont ce fruit est synonyme (*V*. Pl. I, fig. 16).

L'île de Rhodes offre une *rose*, qui en grec se nomme Ροδον, souvent même on n'ajoutait point le nom de la ville à ces diverses monnaies, se contentant du *type parlant* qui s'y trouve (2). Ces sortes de monnaies ont rapport aux armoiries qu'on nommait aussi *armoiries parlantes.* Cette espèce de langue allégorique ne déplaisait point aux Romains; car on voit *Poblicius-Malleolus* adopter un marteau sur ses monnaies, et *Valerius-Acisculus* une sorte de hache propre à fendre la pierre, instrumens qui ont la même signification en latin; *Aquillius Florus*, une fleur; *Furius Purpureo*, une pourpre ou coquille renfermant cette précieuse couleur si estimée des anciens; *Furius Crassipes*, un gros pied; *Lucretius Trio*, les sept étoiles du nord qu'on nommait *septem triones; Pomponius Musa*, les neuf Muses, etc., etc. (3).

Les sujets que les Grecs adoptaient de préférence sur leurs monnaies et sur la plupart de leurs monumens de l'art étaient leurs dieux, et ensuite tout ce qui avait rap-

---

(a) *Arbrisseau qui produit le laser, sorte de gomme que plusieurs prennent pour l'assa-fetida.*

port à leur religion. Parmi les objets de leur culte on comptait les jeux publics qu'on célébrait dans plusieurs villes de la Grèce en l'honneur de leurs dieux, et auxquels ils se livraient avec le plus grand enthousiasme. Ces sortes de jeux sont indiqués sur les monnaies par une espèce de vase ou panier d'où sort une palme qui représente le prix destiné au vainqueur ; on y ajoute ordinairement le genre de jeux auxquels la médaille a rapport, par exemple : ΟΛΥΜΠΙΑ, ΠΥΘΙΑ, ΑΚΤΙΑ, les jeux *olympiques, pythiques, actiques* et autres. La médaille de Périnthe, dans la Thrace, nous en offre un exemple (4) (pl. I, fig. 13), ainsi que celui qui est décrit dans *Eckhel*, Num. Anecd. v. 9, de la manière suivante :

Elagabale, couronné de *laurier*, vêtu de la *toge*, tient dans sa main gauche une *haste* ou un *bâton*, comme *Agonothète* (juge des jeux pythiques qu'on célébrait à Philippopolis en Thrace) ; dans la main droite il porte un petit *temple*, conjointement avec *Apollon*, qui tient son *arc*. On voit entr'eux une *table* sur laquelle il y a un *vase* avec cinq *pommes* qui faisaient partie des prix décernés aux vainqueurs dans ces jeux. On lit autour, ΜΗΤΡΟΠΟ-ΛΕΩΣ ΦΙΛΙΠΠΟΠΟΛΕΩΣ ΝΕΩΚΟΡΟΥ (*Monnoie de la métropole Philippopolis, Néocore.*)

Par contre, les Romains faisaient plus ordinairement choix, sur leurs monnaies, de sujets historiques et symboliques. Leurs symboles consistaient en signes caractéristiques, ou sujets servant à personnifier toutes les vertus et tout ce qui contribue au bonheur des hommes, ce qui rend la collection des médailles romaines extrêmement riche et intéressante en ce genre; par exemple, *Fortuna*, la Fortune, est représentée sur les monnaies, sous la

figure d'une femme qui tient de la main droite un gou
vernail, et de la gauche une corne d'abondance; *An-
nona*, l'Abondance, sous celle d'une femme assise ayant
à ses pieds un boisseau duquel sortent des épis de blé et
une proue de navire; *Securitas*, la Sûreté, sous l'emblême d'une femme assise tranquillement dans un fauteuil
et soutenant sa tête d'une main avec une sorte d'abandon;
Æternitas, l'Éternité, par une femme qui porte dans ses
mains le soleil ou la lune, ou bien un phénix, symboles
caractéristiques de l'éternité.

Des Inscriptions.

Les inscriptions sont l'âme des médailles, et elles se
distinguent des autres objets d'art chez les anciens, en ce
que, non-seulement elles s'offrent à la vue avec tout ce
qu'elles renferment, mais en ce qu'elles indiquent où,
quand, et en l'honneur de qui elles ont été frappées : leur
contenu s'explique par des mots, et éclaircit, par le sens
qui s'y rattache, une infinité de choses qui sans cela seraient obscures et indéchiffrables pour nous. Présenter ici
les différentes variétés que contiennent les inscriptions
nous mènerait trop loin : nous nous contenterons de faire
connaître les plus importantes.

Des Légendes ou Noms qui se trouvent du côté des têtes.

Nous voyons sur les monnaies de l'Empereur *Hadrien*,
Hadrianus Augustus; du Roi *Démétrius*, ΒΑΣΙΛΕΩΣ
ΔΗΜΗΤΡΙΟΥ; d'Homère, ΟΜΗΡΟϹ, etc. Par cette heureuse
invention le temps nous transmet l'image véritable, ou du
moins idéalement vraie, des grands hommes de l'antiquité.

Il est hors de doute que les images qui représentent les rois et les philosophes de la plus haute antiquité, comme par exemple, celles de Midas, de Minos, Romulus, Homère, Pythagore, etc., sont toutes aussi imaginaires et controuvées que celles de Jupiter, Apollon et autres. Les anciens attachaient à leurs divinités et à la représentation de leurs ancêtres une sorte d'image idéale qu'ils adoptaient comme une chose réelle. De même nous sommes convenus d'attacher à Jésus-Christ et à ses apôtres, une figure idéale, sous laquelle nous avons continué de les représenter; or, il est très-certain que leurs véritables images ne sont jamais parvenues à notre connaissance. Cependant, toutes fictives qu'elles puissent être, elles n'en ont pas moins été transmises par d'anciens artistes sous une représentation conventionnelle, mais qui ne doit pas s'écarter de la tradition.

Des Légendes.

La *légende* se compose de mots gravés sur les médailles autour des têtes ou des types. L'*inscription*, au contraire, est l'assemblage des mots qui tiennent, sur le milieu de la médaille, la place d'un type. D'après cette distinction, on peut dire que chaque médaille porte deux légendes, celle de la tête et celle du revers. La première ne sert ordinairement qu'à faire connaître le personnage représenté, par son nom propre, par ses charges ou par certains surnoms que ses vertus lui ont acquis; la seconde est destinée à publier, soit à tort, soit avec justice, ses vertus, ses belles actions, ou à perpétuer le souvenir des avantages qu'il a procurés à l'empire et des monumens glorieux qui servent à immortaliser son nom. Quelquefois les grandes actions sont exprimées sur les médailles, soit au naturel, soit par des symboles dont la *légende* est l'explication ; au naturel, comme quand Trajan est représenté mettant la couronne sur la tête au Roi des Parthes, *Rex Parthis datus ;* par symbole, comme sur les médailles où la victoire de Jules et d'Auguste est représentée par un crocodile enchaîné à un palmier, avec ces mots : *Ægypto captâ* (*V.* l'Encycl. méthod., art. Antiq., T. 3, 2ᵉ part., p. 445).

Les *Légendes* nous font également connaître les noms des pays et des villes où les médailles ont été frappées : ainsi, on lit sur celle des Macédoniens, ΜΑΚΕΔΟΝΩΝ, et sur celles de Syracuse, ΣΥΡΑΚΟΣΙΩΝ. La situation ou topographie des villes est souvent indiquée par les noms des fleuves ou des montagnes qui les avoisinent, ou d'une autre manière. Cela était d'autant plus nécessaire qu'il se rencontre souvent des villes qui portent le même nom, et que l'on parvient, par ce moyen, à les distinguer les unes des autres : nous prendrons pour exemple, *Laodicée.* On sait qu'il existe beaucoup de villes de ce nom; mais quand on lit : ΛΑΟΔΙΚΕΩΝ. ΤΩΝ. ΠΡΟΣ. ΘΑΛΑΣΣΗ, sur des médailles qui expriment cette légende : monnaie des *Laodicéens qui sont près de la mer,* on voit qu'il est question de la ville de Laodicée en Syrie, qui est effectivement située près de la mer.

Titres d'honneur que prenaient les villes grecques. C'est dans le choix de ces sortes de titres que l'on découvre la vanité de la plupart des villes de la Grèce : elles se plaignaient amèrement, ou devenaient ennemies irréconciliables, au sujet d'une préséance ou d'un vain titre, dont le seul mérite consistait dans les mots et ne leur présentait, du reste, aucun avantage. En voici quelques exemples :

ΜΗΤΡΟΠΟΛΙΣ, *métropole* ou ville principale, était le nom qu'on donnait anciennement, d'après sa véritable acception, à une ville dans la dépendance de laquelle d'autres villes se trouvaient : ainsi, Tyr de Phénicie était la métropole de Carthage, et Corinthe, la métropole de Syracuse; dans ce sens, Héraclée, ville puissante située sur la Mer-Noire, prenait sur ses monnaies, en dialècte Dorique, le titre de ΜΑΤΡΟΣ ΑΠΟΙΚΩΝ ΠΟΛΙΩΝ, ce qui signifie : *la mère des colonies.* Par contre, les villes qui dépendaient d'une métropole découvraient, en quelque sorte, leur origine, en adoptant, pour type de leurs monnaies, le symbole caractéristique de cette métropole; par cette raison, Syracuse plaçait sur ses médailles le cheval Pégase, qui était le type ou symbole connu de Corinthe (5). Par la suite, on désignait sous le nom de *métropole*, une ville qui, dans un certain canton ou district, jouissait de quelque supériorité, ou qui exerçait une sorte de juridiction sur les autres villes, telles qu'Antioche dans la Syrie, Cesarée de Cappadoce, Nicomédie de Bythinie, etc. D'autres portaient le titre de ΠΡΩΤΗ, ou *première* du canton.

ΝΕΩΚΟΡΟΣ, *Néocore.* Ce titre, dont les villes grecques et surtout celles de l'Asie-Mineure, étaient si jalouses, mérite d'autant plus d'attention, qu'on n'est point encore parvenu à savoir positivement quelles étaient ses prérogatives; car le mot grec Νεωκορος ne signifie pas autre chose qu'une personne chargée d'entretenir la propreté d'un temple. Il faut néanmoins qu'on y ait attaché une grande importance, puisqu'on le reproduit avec tant d'emphase chez les Grecs, et qu'on remarque, par cette inscription : ΔΙΣ ou ΤΡΙΣ ΝΕΩΚΟΡΩΝ, que plusieurs villes avaient été revêtues de cette dignité jusqu'à deux et trois fois (6).

Suivant Millin, le *néocorat* donnait le droit d'élever des temples, de célébrer des fêtes, d'instituer des jeux en l'honneur des Empereurs. On nommait les villes *bis* ou *tris neocores*, selon qu'elles avaient obtenu deux ou trois fois cet honneur sous un ou plusieurs empereurs ; jamais on ne trouve le *néocorat* cité plus de quatre fois, quoique quelques villes l'aient obtenu plus de vingt (*Voy.* Millin, Introduct. à l'étude des Médailles).

Les habitans d'Éphèse s'en prévalaient le plus et ambitionnèrent de prouver, par cette inscription : ΕΦΕΣΙΩΝ. ΜΟΝΩΝ. ΑΠΑΣΩΝ. ΤΕΤΡΑΚΙΣ. ΝΕΩΚΟΡΩΝ, qu'ils étaient les seuls qui eussent possédé cette dignité pour la quatrième fois.

Parmi les titres des villes, figure souvent encore celui de ΑΥΤΟΝΟΜΟΣ, *autonome*, c'est-à-dire celui qui donnait à une ville, le droit de se gouverner d'après ses propres lois (7) ; elles étaient qualifiées d'ΕΛΕΥΘΕΡΑ, ou *libre*, lorsqu'elles se trouvaient affranchies, par les Romains, du tribut auquel d'autres villes étaient soumises ; d'ΙΕΡΑ, *sacrée*, ou ΙΕΡΑ ΚΑΙ ΑΣΥΛΟΣ, ville sainte et protectrice. On qualifiait de *saintes*, les villes où on honorait une divinité tutélaire d'un culte particulier ; telle était celle de *Nicopolis* en Épire, ΝΙΚΟΠΟΛΙΣ ΙΕΡΑ, où Apollon avait son temple, et parce qu'on y célébrait aussi les jeux attiques. De même Jérusalem portait sur ses médailles, le nom de sainte, ainsi que nous le verrons au paragraphe suivant. Le titre de *Asylum*, ou lieu de sûreté, était consacré à une ville regardée comme inviolable, c'est-à-dire, qui avait le droit d'assurer une retraite aux malfaiteurs ou criminels qui s'étaient réfugiés dans ses murs. L'abus qui en résulta par la suite s'étendit si loin que l'empereur

Tibère, suivant le récit de Tacite, fut obligé d'y mettre certaines restrictions : cet exemple s'est renouvelé à des époques plus rapprochées de nous.

On donnait le nom de ΝΑΥ ΑΡΧΙΣ, aux villes maritimes dans les ports desquelles stationnait une flotte romaine (8).

Un grand nombre de villes grecques, et surtout celles d'Asie, adoptèrent les noms d'un ou de plusieurs Empereurs, soit pour avoir été favorisées de leurs bienfaits, soit par l'effet d'une basse adulation : c'est ainsi que la ville de Tarse, en Cilicie, prit, sur plusieurs de ses monnaies, le nom ΑΔΡΙΑΝΗ, d'Hadrien; ΚΟΜΜΟΔΙΑΝΗ, de Commode; ΣΕΥΗΡΙΑΝΗ, de Sept. Sévère; ΑΝΤΩΝΕΙΝΙΑΝΗ, d'Antonin Caracalla; ΜΑΚΡΕΙΝΙΑΝΗ, de Macrin; ΑΛΕΞΑΝΔΡΙΑΝΗ, d'Alexandre Sévère. Les noms des Magistrats et la désignation de leurs fonctions, sont également indiqués sur les médailles, par exemple : ΑΡΧΩΝ ΣΤΡΑΤΗΓΟΣ ΠΡΥΤΑΝΙΣ, soit que la ville ait été gouvernée par un *Archonte*, par un *Stratège* ou un *Prytane* (9). Il en fut de même des autorités romaines auxquelles le gouvernement des provinces fut confié, tel que ΑΝΘΥΠΑΤΟΣ, ou *Proconsul*; ou bien enfin, de ceux qui s'étaient voués au culte des Dieux, tels que : ΙΕΡΕΥΣ, ΑΡΧΙΕΡΕΥΣ, *Prêtre, Archiprêtre*.

La philologie recueille de grands avantages de l'établissement des dates suivant *l'ordre chronologique*, parce qu'elles servent à éclaircir bien des doutes historiques; ces dates consistent en années fixes d'une époque ou du règne d'un empereur ou d'un roi.

1° On nomme *époque* ou *ère*, un espace de temps qui s'est écoulé d'une période à une autre, et dont l'origine remonte à un événement remarquable; par exemple, les

Chrétiens ont fixé leur époque ou ère à partir de la naissance du Christ, événement très-remarquable pour la religion ; de même, les Turcs ont la leur, qu'ils nomment
hégire, et qui date de l'an 622 après la naissance de J.-C.,
époque à laquelle leur prophète Mahomet fut forcé de
prendre la fuite. On sait que Cicéron affecta de dater du
jour où P. Clodius, son ennemi mortel, fut assassiné,
parce qu'il en avait éprouvé une grande satisfaction ; or,
à la fin d'une longue lettre qu'il écrivait à Atticus, on lit :
*Post Leuctricam pugnam die septengesimo sexagesimo
quinto ;* après la bataille de Leuctres, le 765ᵉ jour (*a*).
Il désigne, au figuré, par cette bataille, le combat entre
Clodius et Milon.

Après les *Olympiades*, dont les médailles ne font aucune mention, l'époque la plus remarquable des Grecs de
l'Orient fut celle des *Séleucides*. *Séleucus*, l'un des plus
fameux généraux d'Alexandre-le-Grand, s'étant emparé
de *Babylone*, douze ans après la mort de ce prince, la
plupart des Grecs de l'Orient datèrent de l'époque où cet
événement eut lieu, qui est celle de l'an 312 avant J.-C.,
et que plusieurs Pères de l'Église ont également adoptée.
Toutes les parties du monde connu ayant été soumises
aux Romains, plusieurs grands événemens de cette période
déterminèrent les Grecs à adopter une nouvelle ère ; par
exemple, la bataille de Pharsale, où César triompha de
Pompée, l'an 48 avant J.-C.; celle d'Actium, où Octave
remporta une victoire complète sur Marc-Antoine et Cléopâtre, l'an 31 avant J.-C., sont deux événemens qui firent

_____

(*a*) *V*. Lettres de Cicéron à Atticus, liv. vi, lettre Iʳᵉ.

adopter, à différentes villes de la Grèce, une nouvelle ère ou un nouveau système chonologique,

D'après un ancien usage introduit dans tout l'Orient, les Grecs avaient adopté, dans leur calcul, les lettres de leur alphabet pour nombres; d'où ils composèrent les monades, les décades et les centenies, de la manière suivante :

Monades	A	B	Γ	Δ	E	Ϛ	Z	Η	Θ	
	1	2	3	4	5	6	7	8	9	Unités.
Décades	I	K	Λ	M	N	Ξ	O	Π	ϟ	
	10	20	30	40	50	60	70	80	90	Dixaines.
Centenies	P	Σ	T	Υ	Φ	X	Ψ	Ω	ⲁ	
	100	200	300	400	500	600	700	800	900	Centaines.

Les seuls caractères, correspondans à 6, 90 et 900, ne se trouvent plus dans l'alphabet de nos jours. Chacune de ces lettres exprimant, par elle-même, un nombre déterminé, on peut les transposer à volonté pour en composer le nombre qu'on veut avoir. Pour pouvoir, conséquemment, exprimer le nombre 237, on peut prendre ΣΛΖ ou ΖΛΣ. On fait ordinairement précéder les lettres qui expriment des nombres, sur les médailles, du mot ΕΤΟΥΣ, *année;* ou bien on se sert seulement de la lettre L, qui est l'initiale du mot Λυκαβας qui signifie pareillement *année;* on a conservé, pour cet usage, la plus ancienne forme du lambda grec, la nouvelle Λ étant destinée à indiquer le nombre 30 : on doit donc lire ΕΤΟΥΣ ou L. E. — L. ΑΒ. — L. ΜϚ. — L. ΡΝΘ; ce qui veut dire : en l'an 5, 32, 46, 159.

Les Romains avaient pris une époque qui leur était propre, celle de la fondation de Rome, l'an 753 avant J.-C.

Mais nous ne possédons qu'une seule médaille où cette époque se présente. Elle offre d'un côté la tête de l'Empereur Hadrien, et au revers une femme assise et tenant de la main droite une roue; elle embrasse de la gauche trois obélisques, avec cette inscription: ANNo DCCCLXXIIII NATali VRBis Primum CIRcenses CONstituti. L'an de la fondation de Rome 874, pour célébrer l'origine ou la naissance de cette ville, les jeux du Cirque ont été institués pour la première fois. Les obélisques représentent le Cirque; il y en avait trois à chaque extrémité, et ils servaient de but *(meta)* autour duquel les chars dirigeaient leurs courses: la roue figurée sur les médailles désigne le char dont elle est une des parties principales (*V.* la Pl. I, fig. 14). Du reste, les Romains étaient dans l'usage de compter et d'indiquer les années d'après leurs Consuls, et les Athéniens d'après leurs Archontes. Sur les médailles des Daces et sur celles de la colonie de *Viminacium*, les époques historiques sont désignées par ANno V; — ANno XI, et ainsi de suite (*V.* la Pl. VI, fig. 10).

2° *Années qui indiquent la durée du règne d'un Empereur ou d'un Roi.*

Les monumens qui proviennent des Romains ne portent point la Ire, IIe ou IIIe année du règne de leurs Empereurs, mais celles de leur tribunat, qui se renouvelait d'année en année, ce qui revient au même. De là les légendes: *Tribunitia potestas* ou *potestate*, qu'on retrouve sur la plupart des médailles des Empereurs, et qui marquent les années où la puissance tribunitienne leur était dévolue; par exemple, quand on lit sur une médaille :

TR. POT. XX, cela signifie que l'Empereur vient d'entrer dans la vingtième année de son tribunat, ou qu'il jouit de la puissance tribunitienne pour la vingtième fois.

C'est à l'année 737 de la fondation de Rome que l'on place les médailles sur lesquelles on lit la date de la *puissance tribunitienne*, dignité redoutable sous la République, et que les Empereurs s'adjugeaient, quoiqu'elle ne fût pas du premier ordre, parce qu'elle aurait donné trop d'autorité à de simples citoyens; elle sert, comme nous venons de le dire, à calculer les années du règne des Empereurs : il ne faut pourtant pas en faire une règle invariable; car des princes, fils d'Empereurs ou adoptés par eux, ont possédé plus d'une fois cette dignité avant d'être élevés à l'Empire.

Les Grecs, au contraire, indiquaient l'année du règne des Empereurs ou celle de leurs Rois, sur les médailles, par ΕΤΟΥΣ ou ΑΓ—Λ. Ι. ou bien en toutes lettres, Λ ΤΡΙΤΟΥ. ΔΕΚΑΤΟΥ., qui signifient la troisième ou la dixième année de leur règne. Nous possédons, dans ce genre, la belle et nombreuse suite de médailles des Empereurs Romains, frappées à Alexandrie, en Egypte, depuis Auguste jusqu'à Dioclétien, et qui toutes portent l'année du règne des divers Empereurs. On voit, par exemple, au revers d'une médaille de Trajan, le Nil sous la figure d'un vieillard tenant de la main droite une corne d'abondance, et de la gauche un roseau : près de lui est un crocodile, et à l'exergue L. Δ, ou la quatrième année du règne de ce prince; dans le champ le mot ις, ou 16, signifie que cette même année le Nil s'est élevé à la hauteur de 16 coudées, signe caractéristique d'une grande abondance (*V.* la Pl. I, fig. 15).

Avant de terminer ce chapitre, nous ne voulons point omettre de rappeler une sorte d'empreinte que l'on nomme *contre-marques* (10), que les Latins nommaient *signa incusa*, et qui n'est pas autre chose qu'une très-petite empreinte en creux que les anciens frappèrent par la suite sur des pièces de monnaies déjà mises dans la circulation. Ces empreintes consistaient ordinairement en figures ou en inscriptions; quelquefois on y trouve l'un et l'autre sur la même pièce. On rencontre des médailles qui en présentent deux ou trois d'un même côté, et cela souvent aux dépens des plus belles têtes, pour lesquelles on n'avait pas le moindre égard. La médaille fig. 16 de la planche I nous en offre un exemple; la pomme de grenade qui s'y trouve indique qu'elle est de Side en Pamphylie. On s'est avisé de frapper une petite contre-marque au milieu de la figure de Minerve, sur laquelle on a représenté un arc et un carquois, et où on lit le mot ΠΕΡΓΑ, qui forme les initiales de Pergame, ville de Mysie.

Les contre-marques que présentent les médailles romaines ne consistent, pour la plupart, qu'en inscriptions; par exemple : (G. B.) TI. AVG. ou VESP. IMP., c'est-à-dire, *Tiberius Augustus*, *Vespasianus Imperator*. Souvent on y remarque cette inscription énigmatique : NCAPR, qu'on a cru devoir interpréter par *Numus Cusus Auctoritate Populi Romani* (*a*), médaille ou monnaie frappée par autorité du sénat; tant il est vrai que l'envie de passer pour instruit de ce qu'on ne sait pas,

---

(*a*) Et que d'autres ont interprétée par *nobis concessa a populo Romano*, d'après une médaille de Claude.

ne permet pas d'avouer qu'on puisse rien ignorer (11). Il est vraisemblable que l'usage des contre-marques n'a été introduit que pour autoriser ou favoriser la circulation des monnaies étrangères. Il existe des médailles qui présentent des deux côtés une nouvelle ou deuxième contre-marque; mais comme la dernière empreinte ne porte que sur les parties saillantes, les autres n'en ont point souffert. Cette dernière espèce de contre-marque n'avait ordinairement lieu que lorsqu'on était forcé de battre monnaie à la hâte et qu'on manquait de matière première. Ces sortes de pièces, auxquelles les Latins donnaient le nom de *Numi recusi*, pourraient être qualifiées de *doubles contre-marques*, puisqu'elles portent deux empreintes distinctes.

CHAPITRE VII.

Des différentes langues que l'ancienne Numismatique employait.

Les plus usitées étaient la langue phénicienne, la langue grecque et la langue latine, non-seulement parce qu'elles se reproduisent sur la plupart des anciennes monnaies, mais aussi parce qu'elles avaient cours et étaient très-répandues hors des pays où elles avaient été frappées. Sous ces différens rapports elles nous paraissent mériter quelqu'attention : nous ne traiterons que succinctement celles qui sont étrangères à ces trois langues.

De la langue phénicienne.

Les villes de la Phénicie faisaient communément usage de cette langue sur leurs monnaies avant de passer sous la domination des successeurs d'Alexandre-le-Grand, et plus tard sous celle des Grecs. Les Phéniciens, dont le commerce était fort étendu, et qui avaient établi des colonies dans les contrées les plus éloignées, n'avaient pas eu de peine à introduire l'usage de leur langue sur presque toutes les côtes de la Méditerranée. On a effectivement des médailles de plusieurs villes d'Espagne et surtout de l'ancienne ville de *Gades* (aujourd'hui Cadix), qui portent des inscriptions en langue phénicienne.

La langue punique, qu'on parlait à Carthage, l'une des principales colonies des Phéniciens, dérivait de la langue phénicienne. On la retrouve sur les belles médailles d'or et d'argent de cette partie de la Sicile qui était occupée par les Carthaginois. La Planche I, fig. 17, en présente une de ce genre; elle est en bronze. Malgré les recherches assidues des savans, on n'a pas été assez heureux pour découvrir le sens de ces inscriptions, et les essais qui ont été multipliés à cet égard n'ont encore rien produit de bien satisfaisant; il est même à craindre que les tentatives qu'on pourra essayer de faire par la suite pour y parvenir n'aient pas de résultats plus heureux.

De la langue grecque.

Les Grecs qui, dans leur origine, ne formaient qu'une nation de fort peu d'importance, et dont la patrie, vers le couchant, ne se composait que de la Thessalie, et se

terminait au midi par la presqu'île du Péloponèse, s'agran
dirent prodigieusement par la suite. Ils peuplèrent d'abord
toutes les îles de l'Archipel; bientôt après ils occupèrent la
Sicile et les côtes de la basse Italie, le long des trois mers,
et fondèrent des colonies sur les côtes de l'Épire, l'Illyrie,
la Thrace, l'Asie mineure et le Pont-Euxin, jusqu'en Tau-
ride et en Colchide. En Afrique, la brillante ville de Cyrène leur devait sa naissance et sa splendeur, de même
que Marseille dans les Gaules, Emporia et Roses en
Espagne. Partout ils introduisirent leur religion, leur langue, leurs arts et les mœurs et usages de leur nation; et
il est facile de produire des médailles de toutes ces colonies, même des temps les plus reculés. Jusqu'alors les
Grecs n'avaient, ainsi que nous l'avons déjà remarqué,
formé d'établissement que sur les côtes; mais Alexandre-
le-Grand, après avoir étendu ses conquêtes et rangé de
vastes états sous sa domination, pénétra d'un vol auda-
cieux et rapide jusque dans l'Inde, dont ses victoires lui
avaient en quelque sorte frayé la route. Après la mort de
ce conquérant, les généraux macédoniens, ses lieutenans,
qui se partagèrent ses dépouilles, répandirent partout
la connaissance et l'usage de la langue grecque; et depuis cette époque on trouve que la Lydie, la Phrygie, la
Cappadoce, la Syrie, la Phénicie, l'Égypte, et même quelques provinces situées au-delà de l'Euphrate et du Tigre,
se servirent uniquement de cette langue sur leurs monnaies
ou médailles (1).

L'écriture grecque a subi de grandes variations depuis
l'époque où Cadmus introduisit l'alphabet phénicien chez
les Grecs. Ceux qui n'ont jamais fait cette observation
s'exposent à mal interpréter le sens des légendes que pré-

sentent certaines médailles : par exemple, on sera tenté
de prendre le mot HIMERA, qu'on lit sur les plus anciennes monnaies de la ville d'*Himera* en Sicile, pour
un mot latin, quoique ce soit un mot grec, mais de l'ancienne langue grecque (*V.* Pl. I, fig. 18). La raison en est
que l'H chez les anciens Grecs, de même que chez les Latins, était aspiré avant de devenir un grand E, et que l'ancien *rho* grec ressemblait parfaitement à l'R latin. Plus
tard on écrivit IMEPA dans la nouvelle langue grecque.
On rencontre souvent de ces exemples-là sur les médailles;
et ils nous confirment ce qu'assure Pline, en disant que
les plus anciennes lettres grecques étaient semblables aux
latines. Mais pour bien éclaircir cette matière il est nécessaire d'étudier la paléographie grecque, c'est-à-dire, la
manière d'écrire des anciens Grecs.

De la langue latine,

La langue latine était, dans l'origine, celle dont les Romains firent usage sur leurs médailles. En fondant, par la
suite des colonies dans les pays conquis, ils y introduisirent insensiblement leur langue; par exemple : dès que
la ville de Corinthe eut été élevée, par Jules-César, au
rang des colonies romaines, la monnaie qui y fut frappée
contint une légende latine, quoique cette ville fût située
au centre de la Grèce. A cette exception près, les Romains
laissèrent aux villes de la Grèce l'entière liberté de conserver l'usage de leur langue sur les médailles. Mais lors
de la décadence de l'empire romain, sous *Gallien*, on cessa
de battre monnaie dans ces mêmes villes; et bientôt après
on fixa le nombre de celles qui furent spécialement char-

gées de ce soin pour tout l'Empire , et on leur attribua le droit d'en pourvoir les provinces et l'armée. A cette époque les monnaies ne présentèrent plus que des légendes latines.

Du reste, on trouve encore en *Europe* l'ancienne langue de l'Espagne, qu'on nomme *Celtibérienne*. Elle offre , sur les médailles qui en proviennent , des caractères dont l'alphabet n'est pas parfaitement connu ; *la langue Celtique,* dont l'alphabet consiste en lettres latines , mêlées de caractères grecs qui dérivent en partie des Romains et de la ville de Marseille , colonie fondée par les Phocéens dans les Gaules.

En Asie , la langue hébraïque se trouve sur les sicles de Judée et sur les monumens des Hébreux; mais ces inscriptions sont en caractères samaritains. Ainsi les médailles dont les inscriptions ou légendes sont composées des mêmes caractères que ceux de nos éditions de la Bible, doivent être , pour cette raison , regardées comme modernes. Bayer et M. Tychson ont publié d'excellens traités sur les médailles hébreo-samaritaines.

Les Hébreux comptaient par talens, qu'ils appelaient *chicar,* et dont la valeur était proportionnée à cent vingt mines attiques. Ils comptaient aussi par mines hébraïques , et en avaient de deux sortes : la petite valait cent vingt drachmes attiques, ou livres romaines ; et la grande, deux cent quarante ; ce n'étaient pas des pièces de monnaie , mais des noms de grosses sommes qui ne pouvaient se payer qu'en beaucoup d'espèces. Leur *sicle* était une monnaie d'argent qui valait vingt de leurs oboles , ou deux *bekes ;* la beke valait deux *zuzes ;* la zuze, ou la drachme, ou bien le *darkemon,* valait cinq *gères,* et la gère valait environ six sous. Ils avaient aussi des sicles d'or, dont il est fait mention dans les livres sacrés; ces derniers pesaient quatre drachmes attiques et valaient environ.dix livres monnaie de France. *Le sicle d'argent*, représenté sur la Planche I, fig. 19, est ce que l'on prend ordinairement pour le denier; il représente, d'un côté, le vase où on recueillait la manne qu'on conservait dans le sanctuaire; la légende est: *Skekel Israël* (sicle ou monnaie d'Israël); au revers on voit une plante à trois branches garnies de fleurs, et pour légende : *Jerusalem kedoschah* (Jérusalem la sainte).

Tout le monde sait que la médaille qui offre, d'un côté, la tête de *Notre-Seigneur-Jésus-Christ*, entre l'*alpha* et l'*omega*, ou le principe et la fin, et qui a, au revers, une inscription en caractères hébraïques, portant : *Jésus de Nazareth, Roi des Juifs*, est controuvée.

La langue qu'offrent les médailles des anciens rois Parthes et celle des rois de *Perse*, sont toutes les deux trop peu connues pour s'y arrêter.

En *Afrique*, les médailles en caractères numidiques paraissent avoir quelques rapports avec la langue punique. Du reste, on pourra, d'après ces observations, fixer les limites de l'ancienne numismatique. On possède beaucoup de médailles des différens pays où l'on parlait toutes ces langues ; et quant aux nations qui s'éloignaient du centre d'un monde policé, il est presqu'impossible, et même tout-à-fait inutile d'en faire mention.

CHAPITRE VIII.

*Des médailles contrefaites et de la manière de les distin-
guer de celles qui sont véritablement antiques* (a).

BEAUVAIS nous a prouvé qu'à peine les curieux et les antiquaires eurent-ils montré quelque goût pour les médailles antiques, il se présenta aussitôt des faussaires plus ou
moins habiles à les imiter, et qui surent profiter du peu
d'expérience de ces amateurs pour les tromper; mais les
profondes recherches auxquelles les savans se sont livrés
depuis le XVIᵉ siècle ayant singulièrement étendu les connaissances en ce genre, il serait assez difficile d'en imposer,
aujourd'hui même, aux moins avancés dans cette science.
Nous croyons cependant devoir ajouter quelques observations à celles de l'auteur précité, pour ne rien laisser à
désirer sur ce qui a rapport à la contrefaçon des médailles.

Au nombre de celles qui ont été fabriquées dans
le dessein de tendre un piége à la crédulité des amateurs les moins exercés, il faut ranger les suivantes :
Priam, ayant pour légende ΒΑΣΙΛΕΟΣ ΠΡΙΑΜΟΥ; au revers, la ville de Troie et le mot ΤΡΟΙΑ; *d'Aristote* avec
le mot ΕΝΤΕΛΕΚΕΙΑ; *d'Artemise* au revers du Mausolée;

(a) Eckhel ne nous a point fourni la matière de ce chapitre : celui-ci est plus ample et nous a paru compléter tout ce qui avait déjà
été présenté sur ce sujet.

de *Didon* au revers de Carthage, etc. Parmi les médailles romaines, on trouve celle d'Annibal, et au revers *Ac-
cipite ;* de Jules César, ayant au revers *veni, vidi, vici ;*
d'Auguste, avec celui de *Festina lente ;* de Scipion, où
l'on remarque *Carthago subacta ;* d'Emile, au revers *de
Subacta Liguria ;* de Cinna portant *Marti Ultori ;* de
Sempronius, avec le mot *Pietas ;* de Marius, au revers,
Victoria Cimbrica ; de Crassus, au revers, *Devictis Parthis ;* de Cicéron enfin, avec ces mots : *Trinacria pros-
cripto Verre.* On cite également un médaillon d'Héraclius,
qui, suivant *J. Scaliger et Lipsius,* doit avoir été frappé
du temps de cet empereur, mais qui n'a paru en Italie
qu'au commencement du XV⁰ siècle. Il porte des inscriptions grecques et latines, et au revers, l'empereur est représenté assis dans un char.

Il y a plusieurs savans qui se sont singulièrement trompés, en citant certaines médailles avec trop de confiance ;
car il ne suffit pas d'être savant pour se croire infaillible.
On a vu le célèbre *Budée,* dans son livre *De asse,* citer un
denier de Cicéron, portant : M. TVLL., et Erasme rapporter sérieusement, dans une de ses lettres, que les figures qu'on aperçoit sur la médaille de Brutus, avec le mot
ΚΟΣΩΝ, avaient pour sujet *le patriarche Noé* sortant de
l'Arche avec ses deux fils ; et il prend tout de bon l'aigle
romaine pour le *pigeon* portant la feuille d'olivier. Rien
n'est plus contraire au bon sens que de pareilles bévues ; il
est même fâcheux d'être obligé d'en convaincre des hommes
d'un si grand mérite. Les plus savans antiquaires de nos
jours sont tombés dans les mêmes erreurs ; et nous voyons
que le célèbre *Winkelmann,* dans une de ses lettres, regarde comme véritablement antique une petite médaille

de bronze où se trouve la tête de Virgile, et au revers, le mot EPO, en ajoutant, du ton le plus persuasif, que ce n'est qu'à Rome où l'on possède à fond la connaissance des médailles antiques. Il est cependant certain que l'homme le moins versé dans cette science aurait pu dire à M. *Winkelmann* que cette médaille a été frappée à Mantoue, au XVI⁰ siècle, à l'occasion d'une espèce de jubilé qu'on y célébrait alors en l'honneur du poète latin; il eût même été facile de lui en citer de deux ou trois sortes différentes du *Museum Mazzuchellianum*. Il est d'ailleurs facile. de voir que ces pièces sont d'une touche et d'un genre de fabrication qui ne se rapporte guère au beau siècle d'Auguste. Cet exemple sert à prouver que l'homme le plus exercé dans tout ce qui concerne l'art statuaire pouvait très-bien ne pas posséder à un degré aussi éminent les principes de la *Numismatique*, qui diffère beaucoup de cette autre partie de l'archéologie. Si une pareille médaille a pu induire en erreur un aussi fameux antiquaire que Winkelmann, il ne sera donc plus aussi étonnant de voir que des connaisseurs fort exercés aient été trompés par des faussaires habiles.

Du nombre de ces derniers, dont les noms ne nous ont point été transmis par Beauvais, il ne faut point oublier de citer *Victor Gumballo, Alessandra Bassiano* de Padoue, *Benvenuto Cellini, Alessandro Greco, Leo Aretino, Jacopo da Trezzo, Federico Bouzagna* et son frère *Giovani Jacopo, Sebastiano Plumbo, Valerio de Vicence, Gorlacus* (a) et autres, qui appartiennent presque

(a) *Allemand d'origine.*

tous au XVIe siècle. On sait que les médailles qui proviennent du *Padouan* (a) étaient en grande réputation,
et sont encore recherchées à cause de leur belle exécution.
On lui doit, ainsi qu'au hollandais *Carteron*, la majeure
partie des médailles fausses qui sont répandues dans presque tous les cabinets ; car les autres n'ont pas entrepris
plus de trois ou quatre coins auxquels ils se sont attachés
particulièrement.

Les médailles grecques véritablement antiques n'étaient
pas parfaitement connues, ni très-recherchées, avant la
publication des ouvrages de *Goltzius*, qui datait, fort
heureusement, d'une époque postérieure à celle où les
grands faussaires ont paru. On a peine à concevoir pourquoi ceux qui leur ont succédé se sont moins attachés à
imiter les médailles grecques que les romaines ; cela doit
être attribué, sans doute, à l'inimitable perfection des premières. Cependant, quelques médailles fausses qu'on rencontre parmi les grecques ont été faites avec assez de
soin, entr'autres le fameux *Mithridate*, Roi de Pont :
quant à celles qui représentent *Énée, Platon, Alcibiade,
Homère*, et autres de ce genre, il est inutile d'y revenir,
puisque tout le monde sait aujourd'hui qu'on n'a jamais
frappé de médailles pour honorer leur mémoire du temps
des Grecs, et que toutes celles qui ont été modelées d'a-
près quelques marbres antiques, sont des productions modernes.

Les médailles romaines sont celles qui ont de tout
temps exercé le talent des faussaires ; mais il ne faut pas,

(a) *Giovani del Cavino.*

pour cela, attribuer aux modernes toutes les espèces de fourberies que présentent les médailles ; car il y en a beaucoup de fausses, même parmi celles d'une antiquité reconnue ; elles sont du genre qu'on nomme *fourré* (a), et sont l'ouvrage des faux monnoyeurs qui existaient du temps des Romains ; et on en fait souvent plus de cas que des autres médailles antiques, parce qu'elles sont fabriquées de manière qu'aucun faussaire moderne ne saurait les imiter. Les anciens même estimaient tellement les médailles, ou monnaies bien imitées, que d'après le témoignage de *Pline* (1) on donna souvent plusieurs deniers en bonne monnaie pour un faux.

Xiphilin rapporte, d'après *Dion Cassius*, que *Caracalla* faisait circuler des médailles de cuivre et de plomb qui étaient couvertes d'une lame d'or ou d'argent. Dans le nombre des médailles grecques fourrées qui proviennent des faux monnoyeurs anciens, il y en a quelques-unes de villes ou de rois, et il s'en trouve même quelquefois parmi celles qui ne sont ni grecques ni romaines.

On a découvert des médailles de fer et de plomb qui étaient couvertes de lames de bronze, entr'autres une de *Néron*, avec le mot *decursio* au revers. Ce ne pouvaient être que des essais de quelques faux monnoyeurs anciens ; car on n'en a guère rencontré de ce genre chez les modernes. Le fer était le métal le plus commun pour ce genre de fourberie, et celui auquel les anciens faux monnoyeurs donnaient souvent la préférence. *Neumann* (2) observe

---

(a) Les anciens les nommaient, de leur temps, *suberati vel pelliculati*.

avec raison qu'on aurait tort de regarder comme authentiques toutes les médailles fourrées en général ; car les revers les plus suspects se rencontrent assez ordinairement
sur des médailles qui ne sont rien moins qu'antiques.

Dans le nombre des *médailles de familles romaines*,
vulgairement nommées *Consulaires*, on en trouve aussi de
fausses, mais peu. Le denier d'argent de Brutus, ayant
pour type le *bonnet de la liberté entre deux poignards*,
offre un exemple de ce genre de contrefaçon facile à signaler, puisque, sur la médaille qui est véritablement antique, le bonnet de la liberté se trouve placé sous la poignée des poignards, tandis que sur la fausse, la partie supérieure du bonnet est au-dessus de la poignée.

Pour achever de compléter les remarques de *Beauvais*
sur la manière de discerner les véritables médailles antiques des fausses, nous nous bornerons aux seules observations suivantes :

1° On peut remarquer qu'en général les médailles et
médaillons du Padouan sont moins épais que les antiques,
et que ceux des artistes qui lui sont inférieurs en talent
ont encore moins d'épaisseur que les siens ;

2° On voit rarement que les médailles du *Padouan*
soient usées ou rognées, tandis que les autres médailles
fausses le sont presque toujours, surtout du côté du revers et au bord de la légende, comme on peut le voir sur
quelques médailles fausses de l'Empereur *Othon* ;

3° Les lettres ou caractères des médailles qui ont été
moulées sur les antiques, sont moins polis et moins nets
que celles des véritables antiques ;

4° Le vernis faux ou *patine* est communément d'un
vert gris ou noirâtre trop ou trop peu luisant ;

5° Les rebords des médailles contrefaites sont souvent entièrement polis, ce qui exige si peu d'art, que cette marque seule ne suffirait point pour les distinguer des médailles antiques ;

6° Souvent les médailles contrefaites sont aussi irrégulières, pour la forme, que les véritables, et cela se fait en rognant adroitement quelques parties des bords de la pièce fausse, ou en les aplatissant : celles du *Padouan* sont ordinairement rondes comme un cercle, ainsi que leur cordon, ce qui sert encore à les faire aisément reconnaître.

Un signe particulier aux *médailles moulées,* c'est le peu de saillie des lettres de leurs légendes : au lieu de trancher sur le fond de la pièce, elles paraissent au contraire se fondre avec le reste ; et loin d'offrir un contour aussi hardi que les véritables antiques, on ne les voit, pour ainsi dire, pas ressortir du champ de la médaille. On remarque ensuite, sur presque toutes les médailles moulées, que le relief des figures est empâté, ainsi que les angles de plusieurs lettres de leurs légendes, et qu'enfin elles sont loin d'avoir le délié et la finesse de l'antique. Du reste, on peut considérer comme fausse toute médaille dont les figures et les caractères sont émoussés.

Presque tous les *médaillons* qu'on rencontre depuis *Jules-César* jusqu'à *Hadrien* sont suspectes, et on peut, sans courir les risques de se tromper, les regarder comme tels. Ceux des quatorze premiers règnes de l'Empire sont hors de prix, en supposant qu'on en rencontre dont l'authenticité ne puisse être révoquée en doute ; mais on ne peut espérer de les trouver ailleurs que dans les grands cabinets.

Il est essentiel de ne pas perdre de vue que les lettres

ou caractères sont, en général, comme la pierre de touche des médailles antiques; car les lettres des médailles
fausses sont toujours ou presque toujours bien propor-
portionnées, tandis que celles des antiques sont souvent
informes et irrégulières. La lettre M, par exemple, n'a
jamais de traits bien droits et bien réguliers sur les médailles antiques; elle se présente ordinairement sous cette
forme M, qui est un signe infaillible de distinction, ainsi
que plusieurs autres irrégularités qu'on n'apprend à connaître que par une longue habitude.

La remarque de Beauvais, à cet égard, est extrêmement juste, lorsqu'il dit que les médailles impériales d'or
et d'argent, ainsi que les médailles grecques de coins modernes, de quelques métaux qu'elles soient, sont aisées à
reconnaître. Si les rebords en imposent quelquefois, les
lettres décèlent aisément la médaille; et c'est la première
connaissance qu'on doit acquérir que celle des caractères,
ce qui n'est pas très-difficile, pour peu qu'on soit exercé;
et que celui qui a du goût pour la numismatique veuille
s'appliquer à les bien connaître; car de quelque façon
qu'une médaille soit fausse, c'est-à-dire qu'elle soit de coin
moderne, moulée sur l'antique ou sur le moderne, réparée
ou martelée, les lettres en sont toujours fausses : c'est là,
il faut en convenir, l'art principal ou plutôt unique de reconnaître une médaille suspecte, quand on a pas encore
acquis ce goût sûr de la fabrique des anciens, qui fait distinguer au premier coup-d'œil le vrai du faux.

Les lettres doivent donc être l'objet de l'examen le plus
scrupuleux. Cellini, dans ses deux dissertations : *Del Ore-
ficeria e della scultura,* Flor. 1568, observe que nous
sommes redevables des *coins antiques* et de leurs princi-

1.   4

paux modèles *au burin*, tandis que les faussaires modernes n'ont produit leurs médailles qu'à l'aide du ciseau.

Vico a fait remarquer, par rapport au *faux vernis*, qu'il se présente tantôt sous une couleur verte, noirâtre ou rougeâtre, et tantôt brune ou grise, et quelquefois couleur de fer. La rouille verte s'obtient par l'effet du vert de gris ; la noire, par la fumée du soufre, et la grise avec de la craie délayée dans de l'urine. On laisse tremper la médaille pendant quelques jours dans l'une ou l'autre de ces différentes compositions jusqu'à ce qu'on ait atteint le degré de perfection auquel on veut parvenir. Le vernis rougeâtre ressemble le plus à la véritable rouille, qui paraît sur les médailles comme une sorte d'écume que le feu y imprimait (3).

Il est encore bon d'observer que l'épreuve des médailles par l'effet de la langue n'est point à dédaigner ou à négliger ; car si elles sont modernes, leur vernis est presque toujours d'un goût amer ou piquant : les véritables antiques, par contre, n'ont aucun goût dominant.

CHAPITRE IX.

De l'utilité de la Numismatique.

Lors de la renaissance des lettres et des beaux-arts, il y a environ trois cents ans, on commença à donner quelque attention aux médailles antiques. L'utilité qu'on devait en espérer fut sentie de ceux qui s'en occupèrent. La chronologie, l'histoire, la géographie, la mythologie, la connaissance des langues anciennes, celle des mœurs et

usages des Grecs et des Romains, furent augmentées, rectifiées ou éclaircies, à l'aide de cette nouvelle et importante découverte. Leur témoignage obtint la préférence
sur celui des meilleurs auteurs anciens, et leur décision
fit autorité; car les preuves qui en résultent sont incontes-
tables et simultanées, et elles n'éprouvèrent point le sort
des anciens écrits, celui d'être défigurées ou gâtées par les
copistes. Elles manifestent d'une manière simple et uni-
forme la volonté de toute la nation de laquelle elles éma-
nent, ce qui leur donne une sorte de considération qu'il
est impossible de ne pas leur accorder. L'iconologie, ou
l'art de reconnaître les portraits des anciens, est l'ouvrage
de la Numismatique, car ce n'est guère que sur les médailles qu'on a placé les noms des personnages qui y sont
représentés (1). L'avantage que les beaux-arts en tirent est
inappréciable, soit pour la correction et l'exactitude du
dessin, soit pour la beauté inimitable du relief, ce qui fait
qu'on recherche singulièrement les médailles antiques, et
surtout les grecques. Enfin, les médailles ou monnaies des
anciens contiennent des documens authentiques de l'état
dans lequel se trouvaient les arts chez eux, à différentes
époques, et elles offrent un témoignage parlant de ce que
nous ne saurions que par la tradition des auteurs classiques. Si on consulte l'histoire, avant Phidias, la pose des
figures et leur mouvement dans les ouvrages de l'art étaient
guindés et exagérés; les formes et les muscles trop pro-
noncés, conséquemment les contours angulaires et forcés;
et quand il arrivait parfois que la composition du dessin
fût sans défaut, elle décelait néanmoins, dans toutes ses
parties, une sorte de rudesse qui ne se rencontre point
dans le beau idéal.

Phidias et ses contemporains se rapprochèrent davantage de la nature; mais leurs ouvrages avaient encore une sorte de roideur et manquaient tout-à-fait de grâce, jusqu'à ce qu'enfin Praxitèle, Apelle et Lysippe, en étudiant à fond les beautés de l'art, parvinrent à le porter au plus haut degré de perfection. Ce fut véritablement l'âge d'or des beaux-arts, dont l'époque commence au règne de Philippe II, roi de Macédoine, et continue sous son fils, Alexandre-le-Grand et ses successeurs. Tout ce que l'histoire nous apprend à ce sujet est non-seulement confirmé par les médailles en général, mais on peut encore y observer la gradation d'un style à un autre, par celles de quelques Royaumes et Républiques qui nous présentent une série non interrompue de l'argent monnayé, depuis la plus haute antiquité jusqu'à leur décadence. Il y a plus, l'histoire ne contient rien de bien certain sur l'état dans lequel se trouvaient plusieurs contrées célèbres sous le rapport des beaux-arts, telles que la grande Grèce et la Sicile, et elle paraît même vouloir en contester le goût à d'autres états, tels que la Béotie, la Bithynie, etc. Mais la science des médailles atteste par des monumens qui subsistent encore aujourd'hui, que, dans la grande Grèce et dans la Sicile, les arts florissaient à un degré éminent, puisque leurs monnaies courantes (a), destinées à leur usage journalier, étaient de la plus grande beauté. Ceci prouve donc que le goût des arts était aussi répandu dans la Béotie

---

(a) Nous disons monnaies courantes, car il ne peut être question ici de pièces, telles que nos médailles modernes qui n'étaient point en usage chez les anciens.

et dans la Bithynie que dans les autres contrées de la Grèce. Le sentiment des beaux-arts ne se concentrait pas dans les seules capitales, où le luxe pouvait les préconiser, mais il s'étendait à toutes les provinces et même aux endroits les plus ignorés. Quand on veut bien se rappeler le peu d'importance de Sybritia, l'une des plus minces cités de l'île de Crète, et que cependant ses médailles sont mises au rang des plus belles de la Grèce, cela prouve encore que ce sentiment était inné chez les Grecs, qu'il s'y conservait et se transmettait d'âge en âge aux dernières générations. A une époque fort reculée, les Phocéens quittèrent l'Ionie pour fonder une de leurs colonies à Marseille (2) et se fixer au milieu des nations barbares qui peuplaient cette partie des Gaules. Quelques siècles après leur établissement, ils frappèrent des médailles dans le goût de celles de la Grèce. De même on a vu les habitans de Cyrène, en Afrique (Lacédémoniens d'origine), produire, long-temps après leur émigration, des médailles du meilleur style, au milieu d'un pays où les arts n'étaient rien moins que cultivés. Alexandre - le - Grand, après s'être emparé de la Bactriane, y avait établi une colonie macédonienne : on ne pourrait croire que, deux cents ans après cette époque, dans un pays voisin de l'Inde, et qui ne pouvait avoir de communication avec le reste de la Grèce, le goût des arts se serait propagé, si les belles médailles qui y ont été frappées et sont parvenues jusqu'à nous, n'en offraient une preuve certaine.

Les Romains étant parvenus à subjuguer la Grèce et à ranger sous leur domination tout ce qui portait le nom de Grec, les belles provinces de ce pays ne tardèrent point à être dépouillées de leur antique splendeur; leurs trésors servirent à enrichir ces maîtres du monde, et les artistes ne trouvant plus de soutien ni d'encouragement dans leur patrie, la Grèce tomba insensiblement dans la barbarie. La Numismatique vient encore ici prêter son appui à l'histoire. On aurait, sans cela, bien de la peine à se persuader que les misérables pièces qui furent frappées en Grèce, sous les Empereurs, provenaient de ces mêmes villes jadis si florissantes, où le goût du beau idéal avait établi son empire. Il ne resta bientôt plus d'autre ressource aux artistes de la Grèce que de s'établir à Rome, qui avait envahi les richesses du monde; et cette ville devint dès-lors le centre et la patrie des arts. Riches des dépouilles de cent nations, ce fut alors que l'art monétaire prit un grand essor chez les Romains, aussi a-t-on remarqué que toute la durée de cette brillante période, qui commence vers les derniers temps de la République et s'étend jusqu'au règne de l'Empereur Commode, a produit les plus belles médailles que nous ayons des Romains. Mais, à dater du règne de ce prince, la gloire et la splendeur de Rome commencèrent à décroître visiblement et à signaler l'époque de sa décadence, jusqu'à ce qu'enfin, épuisée par les attaques des barbares, elle succomba sous leurs efforts multipliés. Cette dégradation insensible se fait sentir sur les médailles des Empereurs grecs particulièrement. Bientôt l'art monétaire subit le sort de l'empire, et retomba, ainsi que lui, dans la plus affreuse barbarie. On en pourra juger (Pl. 1, fig. 20) par une médaille de ces temps désastreux, qui présente, d'un côté, Léon III, dit l'Isaurien, et au revers, ses deux fils, *Constantin* et *Léon*. On ne sera plus étonné de la chute de ce grand empire, à une époque où les Bulgares, les Sarrasins et d'autres ennemis en opéraient le dé-

membrement, et où les fantômes d'Empereurs n'avaient
ni le courage ni la volonté ferme de s'y opposer, et se mon-
traient plus jaloux de revendiquer les rènes d'un état chancelant, que d'en disputer la conquête à l'ennemi commun.
Ces tristes exemples servent à nous convaincre de cette
vérité, que la prospérité des sciences et des arts est atta-
chée à celle des empires, qu'elle en suit les progrès, et
qu'elle est sujette à éprouver les mêmes vicissitudes.

CHAPITRE X.

Division de la Numismatique en deux classes principales.

Toute la Numismatique se partage en deux classes principales : 1° en médailles qui ont été frappées à Rome ou
même ailleurs, mais sous l'influence et avec la participa-
tion des Romains; 2° en médailles qui ont été frappées hors
de Rome par des nations étrangères.

La première suite, c'est-à-dire celle des médailles romaines, se subdivise en *Médailles Consulaires*, qui furent
frappées du temps où la République était gouvernée par des
Consuls. On les désigne plus particulièrement sous le nom
de *Familles Romaines*, parce qu'elles renferment, pour la
plupart, le nom d'une famille qui s'est rendue illustre du
temps de la République. La deuxième suite se compose de
Médailles Impériales ou de celles qui portent l'effigie et le
nom d'un Empereur Romain, d'une Impératrice ou d'un
des membres de leur famille.

La seconde suite renferme les monnaies ou médailles des nations étrangères, c'est-à-dire des villes, des républiques, des colonies, des rois et autres souverains de différens pays.

MÉDAILLES CONSULAIRES,

ou

DES FAMILLES ROMAINES.

CHAPITRE XI.

PREMIÈRE CLASSE. — *Des Médailles Romaines.*

PREMIÈRE PARTIE.

Médailles Consulaires ou des familles Romaines.

On ne doit point entendre par *Médailles Consulaires,* des médailles frappées par ordre des Consuls ni par ceux dont elles portent le nom, ni même de leur vivant : ces médailles portent le titre de *Consulaires,* pour les distinguer des *Impériales,* et parce qu'elles ont été frappées dans le temps où la République Romaine était gouvernée par des *Consuls.* Il paraît certain qu'on n'a frappé des médailles d'argent à Rome que sur la fin du V° siècle de sa fondation. Ce ne fut que vers le temps de *Marius,* de *Sylla,* de *Jules-César,* et surtout du *triumvirat,* que les monétaires romains, prenant un peu plus d'essor, et ne pouvant cependant mettre leur image sur les médailles, se contentèrent d'y retracer les faits mémorables de ceux de leurs ancêtres qui avaient le plus illustré leur maison : voilà pourquoi les médailles consulaires sont d'un grand intérêt, soit pour la mythologie, l'histoire et la politique, soit pour tout ce qui se rattache à la religion des anciens Romains, ainsi qu'aux mœurs et usages de leur vie civile. Les types en sont très-curieux, et servent à éclaircir ou commenter ce que certains historiens ne font qu'indiquer. Cette observation n'est toutefois applicable qu'aux monnaies d'argent : celles de cuivre sont monotones, et n'offrent guère que le *Janus bifrons*, symbole du passé et de l'avenir, et le vaisseau de Saturne, qui a fait donner à ces monnaies le nom de *ratites*, du mot latin *rates*, vaisseau.

Le plupart de ces médailles retracent également les noms (1) d'un ou de plusieurs monétaires ou d'autres personnages qui ont été Consuls : aussi quelques savans ont-ils voulu les ranger chronologiquement et suivant les fastes consulaires; mais il n'est pas possible de le faire avec méthode : ainsi il vaut mieux suivre l'ordre alphabétique des noms de familles. Les principales sont :

FAMILLE ACCOLEIA.

(AR.) Les sœurs de Phaéton changées en mélèzes (*larices*), allusion au nom de *P. Accoleivs, Lariscolvs* qui a fait frapper ce denier (*V*. Pl. II, fig. 1).

Phaéton, d'après la fable, ayant voulu conduire le char du Soleil, fut victime de son imprudente témérité. Ses trois sœurs, inconsolables de sa mort, furent changées en peupliers ou mélèzes. *Accoleivs*, en rappelant cette métamorphose sur la médaille, faisait allusion au nom de *Lariscolvs*, qu'il tenait d'un de ses ancêtres, renommé sans doute pour la culture du mélèze, *a laricibus colendis*.

FAMILLE AEMILIA.

(AR.) *M. Lepidvs an XV. Pr. H. O. C. S.* — M. Aemilius Lepidus à cheval, est armé d'un épieu (*V*. la Pl. II, fig. 2).

Eckhel interprète ainsi cette médaille : *M. Lepidus an-*
norum XV prætextatus hostem occidit, civem servavit.
M. Lepidus, à l'âge de quinze ans, et n'étant encore re-
vêtu que de la robe prétexte, a tué un ennemi et sauvé la
vie à un citoyen. Les Romains considéraient comme une
action glorieuse, celle d'avoir conservé la vie à un citoyen,
et ils décernaient pour récompense une couronne de chêne
à celui qui en était reconnu l'auteur (*a*). Mais le courage
extraordinaire de M. Lepidus méritait une récompense signalée : c'est pourquoi on éleva, aux frais de l'état, une
statue à ce jeune héros. La robe prétexte était bordée de
pourpre : les enfans la portaient jusqu'à l'âge de quinze
ans, et ne la quittaient que pour prendre la robe virile,
toga virilis.

ALEXANDRIA.

(AR.) Cette médaille (Pl II, fig. 3) présente une tête de
femme ornée d'une couronne murale; la légende porte :
M. Lepidus Pont. Max. Tutor reg. S. C. Lepidus debout
pose une couronne sur la tête d'un enfant qui est près de
lui.

Ptolémée, Roi d'Egypte, avait, par son testament, ins-
titué le peuple Romain pour tuteur de son fils en bas âge;
le sénat envoya M. Aemilius Lépidus à Alexandrie, pour en
remplir les fonctions au nom de l'état. La tête, au revers

(*a*) Des médailles impériales de G. B., à l'effigie de Claude, de
Galba, etc., ont, au revers, l'inscription de : *ob cives servatos*,
dans une couronne de laurier (pour avoir conservé des citoyens à
l'État).

de laquelle est M. Lepidus offre l'emblème ordinaire des villes, dont les murs ou l'enceinte sont représentés par une couronne murale.

(AR.) *M. Scavr. Aed. Cvr. ex S. C.;* et au bas, *Rex Aretas.* Le Roi Aretas, à genoux, tient de la main gauche les rênes d'un chameau, et de la droite une branche d'olivier (*V*. Pl. II, fig. 4).

Aretas, Roi d'une partie de l'Arabie, faisait de fréquentes irruptions en Syrie. Le grand Pompée lui opposa M. Aemilius Scaurus, qui l'obligea à demander la paix. Le chameau est l'emblème de *l'Arabie, l'olivier celui de la paix.*

(AR.) *Pavlls Lepidvs Concordia.* Tête diadémée et voilée de femme; au revers, *Ter. Pavlls.* On voit, dans le milieu de cette médaille un trophée: d'un côté *Paul Emile* en toge, de bout, portant la main droite sur le *trophée* (a) et la gauche sur la hanche; il regarde son captif Persée, qui, ayant près de lui ses deux enfans, est debout de l'autre côté, les mains liés sur le dos.

_____

(a) Ce n'était, dans les siècles héroïques et chez les Grecs, qu'un tronc de chêne dressé et revêtu des dépouilles ou des armes des ennemis vaincus; c'est-à-dire, d'une cuirasse, d'un casque et d'un bouclier, comme sont d'ordinaire les trophées que *Mars Gradivus* porte sur l'épaule, ou qui se voient sur les médailles de *Trajan;* quelquefois même il n'y avait qu'une cuirasse sans bouclier. Le trophée se dressait, aussitôt après la victoire, sur le champ de bataille. Cette coutume passa des Grecs aux Romains; et l'on prétend qu'elle fut introduite par *Romulus.* On imagina, dans la suite, de faire porter les trophées devant le char du triomphateur, pour rendre plus durable la gloire des vainqueurs. On en construisit de

Cotys avait laissé en Macédoine un de ses fils nommé Bétis, qui se trouva enveloppé dans la défaite de Persée, et qui fut conduit à Rome, où il servit au *triomphe de Paul Émile* ; il fut mis ensuite dans une prison. Les antiquaires ne doutent pas que Bétis ne soit un des deux captifs qui paraissent sur cette médaille (*V. Eckhel Doctr. Num. vet.* , t. V, p. 130).

FAMILLE ANTISTIA.

(AR.) *C. Antistius Vetus Foedus P. R. cum. Gabinis.* Deux hommes debout, revêtus de la toge et ayant la tête voilée, tiennent un porc au-dessus d'un autel ; au revers, est la tête d'Auguste (*V.* Pl. II, fig. 5).

---

pierre, de marbre, ou de toute autre matière solide. Le premier dont l'histoire romaine fasse mention, est celui qu'érigea *C. Flaminius*, l'an de Rome 530 : il était d'or et placé dans le Capitole. Florus, où on lit ce fait, parle encore de deux autres dressés, cent ans après, sur le bord de l'Isère ; mais les plus célèbres qu'il y ait eu à Rome, du temps de la République, sont les deux trophées de *Marius* : ils étaient de marbre, et élevés dans la cinquième région, dite Esquiline, sur deux arcs de briques qui posaient sur un réservoir de l'*Aqua Maria.* Sylla les renversa, contre l'ancien usage qui ne permettait pas de détruire, ni même de déplacer les trophées. César, durant son édilité, les releva. Le quartier de la ville où ils étaient, en conserve la mémoire : on l'appelle encore aujourd'hui : *il Cimbrico*, entre l'église Saint-Julien et Saint-Eusèbe, sur le mont Esquilin. Nardini pense que ces trophées furent depuis transportés au Capitole. Ligorius croit, au contraire et avec plus de raison, que les trophées du Capitole sont de Domitien (*V.* Millin, Dictionn. des Beaux-Arts).

Cette médaille nous fait connaître la manière dont les Romains contractaient alliance avec les autres nations. (*V.* ci-après la fam. *Veteria*).

C. *Antistius Vetus* était d'un très-ancienne maison de Gabes, ville dont Tarquin, dernier Roi de Rome, s'était emparé par surprise ; un traité d'alliance fut ensuite conclu avec les habitans de cette ville ; c'est le sujet de la médaille.

FAMILLE CAESIA.

(AR.) *Baudelot de Dairval*, dans son ouvrage intitulé : *De l'Utilité des Voyages*, t. Ier, p. 171, rapporte une médaille où l'on voit d'un côté le *Vejove* de la manière qu'Aulugelle dit qu'il était à Rome près du Capitole.

Il y a au revers L. *Caesi*, deux figures nues et assises, avec des hastes dans leurs mains, un chien au milieu d'elles, et au-dessus le buste de Vulcain.

Fulvius Ursinus et d'autres auteurs demeurent d'accord que les deux figures assises sont les dieux *Lares* ou dieux domestiques. Du côté du *Vejove*, le nom de *Lar* est marqué par le monogramme LAR, ce qui m'autorise à dire que le *Vejove* était un dieu choisi pour *Lare* ou pour protecteur particulier de L. Caesius, qui a fait frapper la médaille.

FAMILLE CARISIA.

(AR.) *Moneta.* Tête de la monnaie. *T. Carisius*, une enclume, le bonnet de Vulcain, un marteau et des tenailles figurent sur cette médaille (*V.* Pl. II, fig. 6).

On sait que la monnaie était personnifiée chez les anciens. Les Romains la représentaient sous la forme d'une femme qui tient une balance et une corne d'abondance, symboles de la richesse ou des productions que procure l'argent, et de la justice qui doit présider à son poids et à sa pureté. Sa figure se trouve sur un denier de la famille *Carisia*, au revers duquel sont représentés les instrumens du monnayage. On la trouve aussi sur des médailles frappées sous les Empereurs romains, depuis Domitien jusqu'à Héraclius. On y voit quelquefois trois femmes portant des balances; elles indiquent les trois métaux qu'on emploie ordinairement pour fabriquer les monnaies. La légende est : *Moneta Avg. vel Avgg.*, monnaie de l'Empereur ou des Empereurs et *Moneta sacra* (2).

Le nom de *moneta* vient de ce que l'on frappait les monnaies dans le temple de Junon l'avertisseuse, *Juno moneta* (3). Ce nom fut ensuite commun aux pièces de métal et à l'atelier où on les fabriquait (*V.* Dumersan, *Num. du Voyage du Jeune Anacharsis*, t. I, chap. I, p. 12).

On conserve dans plusieurs cabinets des coins antiques qui servaient au coulage du métal : celui de France en possède quatre, dont l'un est d'une forme curieuse et inconnue jusqu'à présent.

FAMILLE CASSIA.

(AR.) *L. Cassivs Vest., Quintvs Cassivs Vesta.* Tête de Vesta voilée. Sur le revers, on voit un temple rond dans lequel est une chaise curule; à droite est un vase, et il y a à gauche une table avec les lettres A. C., initiales des mots *absolvo* (j'absous), *condemno* (je condamne), conformément à la loi *Tabellaria*, relative aux jugemens que Quintus Cassius avait portés pendant qu'il était tribun, l'an de Rome 617. Le vase est l'urne destinée à recevoir les tablettes sur lesquelles l'une de ces deux lettres était écrite, (Morell. , Fam. Cassia) (*V.* Pl. II, fig. 7).

Le sujet de cette médaille se rapporte à L. Cassius, qui s'était acquis une grande célébrité par la sévérité de ses jugemens. On lui avait donné le surnom de *Reorum scopulus*, se comparant à un écueil contre lequel les accusés venaient échouer. On lui attribue le fameux *cui bono* si souvent cité par Cicéron. Il avait fait traduire à la barre deux vestales, et les avait condamnées. C'est pour cela qu'on a figuré le temple de Vesta sur la médaille.

FAMILLE CLAUDIA.

(AR.) Tête de *Flore* couronnée de *fleurs*, et avec une *corolle* derrière elle : on lit autour, C. Clodius C. F. *(Caius Claudius, fils de Caius)*. Ce denier a été frappé par un triumvir monétaire de la famille Claudia, pour rappeler les *Floralia* ou *Jeux Floraux* que *C. Claudius Pulcher*, un de ses ancêtres, fit célébrer avec magnificence pendant son édilité, l'an de Rome 655. Un Claudius Genthon, étant consul avec Sempronius, fit aussi célébrer les Jeux Floraux. *La vestale* qu'on voit au revers est une *Claudia*, celle qui fit entrer dans Rome le vaisseau qui portait *Cybèle*, ou celle qui se mit devant son père qu'un tribun du peuple voulait faire descendre de son char de triomphe, l'an de Rome 611 (Morell., *Fam. Claudia.*) (*V. Fam. Servilia*).

(AR.) *Marcellus Cos. qving.* (Marcellus , consul pour la cinquième fois). Marcellus va ériger un trophée de l'armure du Roi gaulois *Virdomarus* (a); il s'avance dans le temple de Jupiter *Férétrien* (*V.* Pl. II, fig. 8).

_____

(a) Il existe entre Saint-Dizier et Joinville, une pierre nommée

M. Claudius Marcellus, après avoir remporté la victoire sur le général gaulois *Virdomar*, lui arracha la vie
dans un combat singulier, et le dépouilla de son armure
pour la consacrer à Jupiter *Férétrien*. Ce dieu était appelé
ainsi, parce que le triomphateur se rendait à son temple,
y portait lui-même en trophée la dépouille du général qu'il
avait tué de sa propre main, et que, par cette raison, on
nommait *opime*. Romulus y consacra le premier celle *d'A-
cron*, roi des Céniniens, ce qui ne fut répété que par A. Cornelius Cossus, et depuis, par M. Claudius Marcellus. Virgile
a célébré cette action dans son *Énéide*, livre VI, vers 869.

(AR.) Denier de la famille Considia, représentant le
temple de Vénus Érycine, placé sur une montagne de la
Sicile, dont le pied est entouré de murs : on y lit ERVC,
peut-être *Érycineum*, nom du temple de *Vénus Érycine*
(Morell., Fam. Consid). *Vénus Érycine* tient dans la
main une *colombe*, et a Cupidon à ses pieds : on lit derrière
elle EPIK (monnaie *des Éryciniens*). Ce beau médaillon
d'argent appartient au cabinet de la Bibliothèque du Roi
(*V. le Magasin Encyclopédique*, an 1810, t. VI, p. 241).

FAMILLE CORNELIA.

(AR.) *Félix.* Un sénateur assis, revêtu de la toge ou robe
sénatoriale, reçoit une branche d'olivier qu'un homme à

---

la *Haute-Borne*, laquelle a pu servir de limites et où on lit :

VIROMARVS
I STAT I L I F

L'interprétation de la deuxième ligne de cette inscription a beau-
coup exercé la sagacité des antiquaires ; nous avons publié une
Notice à ce sujet et croyons qu'on peut l'expliquer ainsi : VIRO-
MARVS Iovi STATori Istum Lapidem Iussit Fieri.

genoux lui présente ; à côté de çe dernier , on voit un prisonnier , également à genoux , et ayant les mains liées derrière le dos (*V*. la Pl. II , fig. 9).

L. Cornelius Sulla fut surnommé *Félix* ou l'heureux,
pour avoir réussi dans toutes ses entreprises. *Jugurtha*,
Roi des Numides, dans une longue guerre qu'il eut à soutenir contre les Romains, fut battu par Marius, et réduit à se
réfugier dans les états du Roi Bocchus. *Sulla* eut assez de
crédit sur ce roi pour obtenir qu'il lui livrerait Jugurtha :
c'est ce qui fait le sujet de la médaille.

FAMILLE HERENNIA.

(AR.) *Pietas.* Tête de femme *(M. Herenni).* Un jeune
homme porte son père sur ses épaules (*V*. Pl. II , fig. 10).

Les deux frères *Amphinomus et Anapias* sauvèrent
leurs parens des flammes de l'Etna au moment où une
éruption menaçait leur existence. Cet exemple fut choisi
par les anciens comme symbole de la piété filiale. Ce sujet
est souvent représenté sur les médailles de Catane, en
Sicile , où cette belle action s'est passée.

FAMILLE HOSTILIA.

(AR.) Sur deux deniers d'*Hostilius Saserna*, on remarque les têtes de la *Pâleur* et de la *Frayeur* (*V*. Pl. II ,
fig. 11 et 12).

Derrière la Pâleur *(Pallor)* suivante de Mars , est un
lituus ou une trompette militaire. Au revers, on voit
Diane avec une couronne radiée et un vêtement à plis
droits ; sa main droite tient un cerf par ses cornes, et la
gauche une haste.

La Frayeur *(Pavor)* a derrière elle un bouclier. Au
revers , on voit un guerrier armé d'un javelot et d'un bouclier, dans l'attitude d'un combattant sur un bige en-

traîné avec rapidité ; l'aurige (conducteur du char) tient un flambeau dans sa main gauche. On lit sur tous les deux : *L. Hostilips Sasern.* (Morell., Fam. *Hostilia.*)

L'image de *Phobos* (l'Épouvante) orne la cuirasse de Ptolémée Philadelphe sur le magnifique camée qui appartenait à madame Bonaparte. Les Romains ont adressé un culte à l'Epouvante, qu'ils ont appelée *Pavor*, et à *Pallor*, la *Pâleur*, qui est la preuve de l'effroi.

La victoire ayant été contraire aux Romains dans une bataille qu'ils avaient livrée aux Véiens, le Roi *Tullus Hostilius* fit vœu de consacrer un temple à la Pâleur et à la Frayeur. Depuis cette époque, elles furent honorées à Rome comme divinités. L'une est représentée avec une figure pâle, et l'autre avec des cheveux hérissés. Hostilius Saserna fit placer ces deux têtes sur ses médailles, pour prouver qu'il descendait du roi Tullus Hostilius.

FAMILLE JUNIA.

(AR.) *Brvtvs* (tête de L. Brutus) *Ahala* (tête d'Ahala). (*V.* Pl. II, fig. 13).

M. Brvtvs. Imp. Costa Leg. (tête de M. Brutus). *L. Brvtvs. Prim. Cos.* Tête de L. Brutus dans une couronne de chêne (*V.* Pl. II, fig. 14).

Libertas. (Tête de la Liberté) *Brutus* marchant entre deux licteurs (*a*) portant des faisceaux (*b*), et précédés d'un huissier *(accensus).* (*V.* Pl. II, fig. 15).

(*a*) Gardes dont l'office était de précéder les magistrats.

(*b*) Ils se composaient de branches ou baguettes, au milieu desquelles il y avait une hache, le tout lié ensemble avec des courroies. C'était aussi l'emblème de l'unité et de la sécurité de la République.

Brvt. Imp. L. Plaet. Cest. (Tête de M. Brutus). *Eid. mar.* (le bonnet de la liberté entre deux poignards) (4). (*V.* Pl. II, fig. 16).

Ces quatre médailles concernent M. *Junius Brutus*, l'un des auteurs de la mort de César, et qui défendit ensuite la cause de la liberté contre Octave jusqu'à la bataille de Philippes, où il perdit la vie. Elles ont toutes quatre de l'analogie avec cet événement mémorable. La première nous offre, de chaque côté, un des principaux défenseurs de l'antique liberté de Rome, L. Junius Brutus (dont M. Brutus se prétendait issu) et qui rendit la liberté aux Romains en chassant Tarquin-le-Superbe; au revers est Servilius Ahala, qui poignarda de sa main Sp. Melius, au moment où, à force de ruses et d'intrigues, il s'apprêtait à asservir son pays. La deuxième présente d'un côté la tête de M. Brutus, dont la figure est maigre et allongée, telle que le dit l'histoire : on voit de l'autre la figure du premier consul L. Brutus, qui avait mérité cette dignité par l'expulsion des Tarquins. La couronne de chêne fait allusion à la conservation de la vie des citoyens. La troisième médaille nous retrace la marche des Consuls, accompagnés de leurs licteurs. La quatrième enfin rappelle la mort de César, et l'inscription *Eid mar.* désigne le 15 de mars, jour où cette catastrophe eut lieu. Le bonnet est l'emblème de la liberté.

FAMILLE MAMILIA.

(AR.) On voit sur cette médaille la tête de Mercure. Au revers, Ulysse, coiffé du *pileus* et tenant un long bâton noueux, est reconnu par son chien *Argus*, qui le caresse. On lit autour *C. Mamil. Limetan.* (*V.* Pl. II, fig. 17).

Suivant le récit d'Homère, Ulysse, après une absence
de vingt années, voulut reparaître à Ithaque sans se faire
connaître. A cet effet, il se déguisa en pélerin et ne fut
effectivement découvert de personne. Ce fut son chien Argus
qui le reconnut et le lui prouva par ses caresses. C. Ma-
milius, qui avait la prétention de descendre du héros grec,
adopta ce sujet sur ses médailles.

Famille Mussidia.

(AR.) Un denier de cette famille représente les Comices
(5), dans lesquels on voit un distributeur de bulletins et un
citoyen donnant son suffrage : on lit au bas: CLOACIN.
Vénus Cloacine, dont le temple était dans les Comices (*V.*
Morell., fam. *Mussidia* et Millin, Gal. Mythol. t. 1er, Pl.
xliv, n° 181.)

Comme tous les événemens étaient pour les Romains
des occasions d'attribuer à leurs dieux de nouveaux noms,
on donna celui de Vénus Cloacine à une statue qui avait
été trouvée dans un cloaque, et on lui érigea un temple.

Famille Plautia.

(AR.) *L. Plautius.* Un masque à tête de femme, dont les
cheveux sont formés de serpens de même que celle de Mé-
duse. Au revers, *Plancus.* L'Aurore conduisant les cour-
siers du Soleil (*V.* Pl. II, fig. 18).

Les mimes qu'on employait à Rome dans les fêtes publiques, s'étant trouvés offensés par le Censeur Appius Claudius, quittèrent Rome et se retirèrent à Tivoli; mais les
Romains ne pouvant s'en passer, le deuxième censeur
Plautius parvint à les ramener à Rome en employant la
ruse. Il se rendit à Tivoli, se lia facilement avec eux et les

engagea à un repas. Leur ayant servi du vin, il n'eut aucune peine, en prolongeant la séance jusque bien avant dans la nuit, à les enivrer au point de leur faire perdre la raison. Les voyant dans l'état où il avait voulu les mettre, il leur donna à chacun un masque, les fit placer sur une voiture et conduire à Rome où on les déposa au milieu d'une place publique. A la pointe du jour, tout le peuple accourut et les accueillit d'un rire universel. Ils se réconcilièrent enfin avec le public; et en mémoire de cette scène comique, on célébra une fête annuelle en l'honneur de Minerve. Pour rappeler l'événement qui y avait donné lieu, *L. Plautius Plancus*, l'un des descendans du censeur *Plautius*, fit mettre sur ses médailles d'un côté le masque que l'on y voit, et de l'autre l'Aurore, qui indique que le dénouement de la scène en question eut lieu au lever du soleil. On peut se faire par là une idée des mœurs de l'ancienne Rome dans les premiers temps de la République. On célèbre encore de nos jours en Europe des fêtes dont l'antique origine est tout aussi bizarre.

FAMILLE POMPEIA.

(AR.) *Sex. Pom. Fostvlvs.* Les deux jumeaux, Romulus et Remus, allaités par une louve à l'ombre d'un figuier; trois pies reposent sur l'une des branches du figuier, et le berger Faustulus contemple avec une sorte d'admiration ce singulier groupe (*V.* Pl. II, fig. 19).

L'histoire, ou plutôt la fable de *Remus et Romulus* allaités par une louve, et que le berger Faustulus, attiré par les cris continuels de trois pies, adopta et éleva, est tellement connue que nous n'en rappellerons point les circonstances. Un des soi-disans descendans de ce Faustulus fit frapper le denier où le sujet en question est représenté. On y lit *Fost-lus* au lieu de *Faustulus*, de même qu'on écrivait Claudius ou Clodius et *vinclum* pour *vinculum*.

FAMILLE POMPONIA.

(AR.) *Hercvles Mvsarvm.* Hercule jouant de la lyre. (*V.* Pl. II, fig. 20).

Q. Pomponi. Mvsa. Une des neuf Muses avec ses attributs (*V.* Pl. II, fig. 21).

Q. Pomponius Musa, par analogie de nom, fit choix des Muses pour sujet de ses médailles. La première nous représente *Hercule Musagète*, ou conducteur des Muses, au culte desquelles le sien était souvent associé (6) ; car il était connu sous cette dénomination en Grèce, et le fut ensuite à Rome où on lui érigea un temple, lorsqu'on y transporta sa statue et celles des neuf Muses. Ce sujet est purement allégorique et indique que la culture des Muses repose sur la protection d'Hercule et que le génie héroïque d'Hercule ne peut être proclamé que par l'organe enchanteur des Muses.

Les autres médailles de *Pomponius Musa* offrent les neuf Muses dans l'ordre qui leur est assigné par la Mythologie. Elles se distinguent toutes par leurs attributs; ainsi on remarque facilement *Uranie*, dont le nom grec signifie *ciel*, parce qu'elle tient un globe et un compas, comme muse de l'Astronomie.

Millin cite deux médailles des familles *Postumia* et *Procilia*, qui ne sont pas sans intérêt et nous ont paru mériter d'être rappelées ici.

FAMILLE POSTUMIA.

(AR.) Tête d'*Apollon* couronnée de *laurier;* devant est le

signe X; derrière il y a une *étoile*, et au bas, on lit ROMA:
Sur le revers on voit les *Dioscures* coiffés de *bonnets coni-
ques;* ils s'appuient sur leurs *lances* auprès de leurs *chevaux*,
qui boivent à une *fontaine;* au-dessus d'eux sont des *étoiles*,
et devant il y a un *croissant:* on lit au bas, A. ALBINVS,
S. F. (*Aulus Albinus fils de Spurius*). Ce denier a été
frappé par un triumvir monétaire de la famille *Postumia*,
en mémoire de la victoire que Postumius Albinus remporta
près du lac Regille, sur les Latins et les fils de Tarquin-le-
Superbe, et après laquelle les Dioscures apparurent, dit-on,
tels qu'ils sont figurés sur cette monnaie, dans le *forum* de
Rome, et apportèrent la nouvelle de cette bataille dans un
moment où, à cause de l'éloignement des lieux, personne
ne pouvait encore en avoir connaissance. On rapporte
aussi que, pendant l'action, on avait vu deux jeunes gens
combattre vaillamment sur deux chevaux blancs pour les
Romains, et que c'est là l'origine du culte des Dioscures à
Rome. (Morell. *Fam. Rom.*)

Famille Procilia.

(AR.) *Junon Sospita* (préservatrice), appelée aussi
Lanuvina, parce qu'elle avait une statue absolument semblable à *Lanuvium*. Elle a sur sa *tunique* une *peau de
chèvre* dont sa tête est aussi coiffée; peau qui est peut-être
celle de la chèvre *Amalthée*, dont les poètes ont armé
Pallas, *Jupiter* et plusieurs dieux; elle a une *chaussure
recourbée* à son extrémité (*calcei repandi*); chaussure
dont l'usage a été renouvelé dans le douzième siècle.
Elle est armée d'un *bouclier* et d'une *lance*, pour défendre
les peuples qu'elle protége; le *serpent* qui est à ses pieds
est un symbole du salut qu'ils lui doivent, et aussi un si-

mulacre du serpent auquel une jeune fille de Lanuvium allait tous les ans offrir de la nourriture dans sa caverne. Ce denier a été frappé par *L. Procilius* pendant qu'il était triumvir monétaire : il a choisi ce type parce que sa famille était de Lanuvium, où il possédait peut-être la terre appelée *Procilienne,* et par corruption Porcilienne, qui est devenue célèbre par le grand nombre de monumens qu'on y a découverts (Morell., *Fam. Procilia.*)

Famille Roscia.

(AR.) La médaille offre une tête de femme couverte d'une peau de chèvre. Elle est quelquefois accompagnée des lettres I. S. M. R. Au revers, une femme debout donne à manger à un serpent qui se dresse devant elle. (*V.* Pl. II, fig. 22).

L'un des côtés de cette médaille nous offre, de même que la précédente, la tête de *Junon,* qu'on honorait particulièrement sous cette forme à Lavinia (*a*) et à Rome. Elle y était connue sous le nom de *Juno Sispita Magna regina* (Junon préservatrice la grande reine). Au revers figure l'une des prêtresses de Junon *Sispita,* qui était chargée de la nourriture du serpent consacré à cette déesse. Properce fait une description fort intéressante de cette cérémonie (Liv. IV, 4ᵐᵉ élégie).

Famille Servilia.

Floral. Primos. La tête de Flore, couronnée de fleurs, figure sur ce denier de C. Servilius (*V.* Pl. II, fig. 23) et *V.* la famille Claudia.

―――――――――――――――――――――――――

(*a*) L'ancienne *Lanuvium.*

Flore, en grec *Chloris*, était la compagne de Zéphyre. Elle présidait aux jardins et aux fleurs. Les Romains lui avaient consacré une fête qui se renouvelait chaque année. Il paraît, d'après le témoignage de cette médaille où on lit : *C. Serveilius Floralia primvs fecit*, que G. Servilius en fut l'auteur. Les mœurs n'étaient pas ce qu'on respectait le plus lors de la célébration des *jeux Floraux* (*V.* les Fastes d'Ovide, liv. V, v. 185).

FAMILLE SCRIBONIA.

(AR.) *Pavllvs Lepidvs Concord.* Tête voilée de la Concorde, au revers *Puteal Scribon.*, autel auquel sont attachées deux lyres et une guirlande de fleurs, au-dessous le mot *Libo.*

Le Putéal de Libon, *Puteal Libonis*, si célèbre dans l'Histoire Romaine, était un rebord de puits avec un couvercle, que *Scribonius Libo* avait fait élever par ordre du Sénat, sur un endroit où la foudre était tombée dans le champ des Comices, et près des statues de Marsyas et de Janus. Il renfermait dans son enceinte un autel et une chapelle. Il paraît au surplus que c'était une espèce de tribunal qui connaissait des affaires du commerce. Les banquiers se rangeaient autour de ce puits couvert. On voit encore la figure de ce putéal sur quelques médailles, avec l'inscription *putéal Libon.* (*V. Millin, Dictionnaire des beaux-arts*, au mot Putéal).

FAMILLE TITURIA.

(AR.) *Sabin.* D'un côté est une tête virile barbue avec le mot TA.; au revers *L. Titvri.* Deux soldats romains procèdent à l'enlèvement des Sabines. (*V.* Pl. II, fig. 24).

Sur un autre denier, Tarpeïa est assise au milieu d'un amas de boucliers que deux Sabins debout lui ont jetés. (*V*. Pl. II, fig. 25).

Ces deux deniers nous retracent des événemens qui se sont passés dans les premiers temps de la fondation de Rome. Romulus ayant invité à une fête solennelle ses voisins les Sabins, fit enlever, à un certain signal donné à ses soldats, leurs femmes et leurs filles qui les avaient accompagnés. Cet enlèvement est représenté sur la première médaille. Voulant venger cet affront, les Sabins marchèrent sur Rome et vinrent mettre le siège devant le Capitole. Tarpeïa, fille du gouverneur de cette citadelle, s'offrit, par suite d'un entretien qu'elle sut se ménager avec les ennemis, de les introduire dans la forteresse par une porte secrète en exigeant pour récompense les bracelets d'or qu'ils avaient coutume de porter à leur bras gauche. Par ce moyen les Sabins se rendirent maîtres du Capitole; et pour accomplir leur promesse envers celle qui avait si indignement trahi sa patrie, ils lui jetèrent ce qu'ils portaient au bras gauche, non leurs bracelets, mais leurs boucliers, et l'en couvrirent de manière à la suffoquer. C'est le sujet de la deuxième médaille. Sur l'un des côtés on voit la tête de *Tatius*, roi des Sabins, ce que les lettres initiales TA. indiquent. *L. Titurius Sabinus*, l'un des descendans de cette nation, retraça ces deux épisodes sur ses médailles.

Famille Veturia.

(AR.) *Ti. Vet.*, en monogramme. Tête casquée, derrière X, signe du denier romain. Au revers on lit *Roma*. Cette médaille caractéristique a pour sujet : Un homme à genoux, tenant une truie que deux militaires debout, et armés de

hastes, touchent avec des baguettes (*V.* Mionnet : De la
rareté et du prix des médailles romaines. Fam. Veturia).
(*V.* aussi fam. Antistia, p. 63).

On voit sur cette médaille et sur une pâte antique du
cab. de Stosch, chap. IV, n° 160, un *fécial* (7) agenouillé,
tenant une truie que touchent, avec leurs baguettes, un
Romain et un homme qui, à son costume, paraît étranger :
ainsi se contractaient les alliances du peuple romain.
Lorsque deux députés touchaient la truie, le fécial priait
Jupiter de traiter avec autant de rigueur les infracteurs du
traité, que lui fécial allait traiter cet animal. Alors il l'as-
sommait avec un caillou.

Cette cérémonie, selon Tite-Live, était plus ancienne
que le règne de *Tullus Hostilius*, troisième roi de Rome :
nous en voyons la description dans Virgile, qui est d'accord
en cela avec Tite-Live, dans les vers suivans :

> » *Armati, Jovis antè aras paterasque tenentes*
> » *Stabant, et cæsa feriebant fœdera porca.*

Famille Vibia.

(AR.) Tête de Pan, et derrière le *pedum* ou bâton pasto-
ral, espèce de houlette. Au bas on lit : *Pansa.* Au revers
Jupiter Axur (*a*), assis sur un siége sans dossier, tient d'une
main le sceptre et de l'autre une patère; on lit autour : *Jovis
Axur C. Vibius C. F. C. N.* (Jupiter Axur C. Vibius fils
de Caïus) petit-fils de Caïus (*V.* Morell., fam. Vibia,
et Gal. Mythol., tom. 1, p. 9, Pl. IX, fig. 59).

(*a*) Les anciens adoraient le *soleil* sous ce nom.

MÉDAILLES INCERTAINES.

Au rang des *Médailles incertaines* se trouve celle de
Rome assise sur les sept collines et s'appuyant sur son épée :
elle a près d'elle la louve qui allaite les deux jumeaux, *Romulus* et *Remus* (G B.), et en face, le Tibre appuyé sur
son urne (*V.* Pedrusi, VI, 12, 6) La déesse *Rome* est représentée sur les monumens avec un air robuste et guerrier, convenable á l'étymologie grecque de son nom qui
signifie *force.* Ses images ressemblent à celle de Pallas. On
la voit souvent, sur les médailles, debout, assise sur les
sept collines, sur un monceau d'armes, dans son temple,
ou tenant un trophée, une aigle légionnaire ou bien le
Palladium (8), le globe de l'empire du monde, et souvent
une Victoire.

(AR.) Les médailles de la famille *Horatia* sont les plus
rares de la suite des Consulaires, sans offrir du reste rien
de remarquable. D'un côté, *Coclès*, tête ailée de Pallas,
derrière X ; au revers, les Dioscures à cheval, et à l'exergue, *Roma.* Cette médaille vaut 150 fr., et la même, restit.
par Trajan, 300 fr. en argent. Il existe un coin moderne.
(*Voy.* Mionnet, *De la rareté et du prix des médailles romaines,* p. 34.)

Médailles de Munatius Plancus.

On voit, sur une médaille extrêmement rare, qui appartenait jadis au cabinet de M. d'Ennery, la tête de *Munatius Plancus.* Elle est de M. B., et M. Visconti ne croit pas
qu'elle puisse être regardée comme monnaie. « On sait, dit
ce savant, qu'à l'occasion des fêtes et des jeux funéraires,
on faisait frapper des médailles qui servaient de *tessères* ou

de billets d'entrée aux spectacles, et que l'on distribuait au peuple. Celle-ci présente, d'un côté, la tête de *Plancus* dans un âge très-avancé. La légende indique son nom et sa dignité, *Plancvs Cos.*, (Plancus Consul). Le revers a pour type la couronne civique que ce consul avait fait offrir par le Sénat à Octave, avec le titre d'*Auguste*, et qui devait être suspendue à la porte de son palais. L'inscription, gravée au milieu de cette couronne, annonce qu'elle a été décernée par le Sénat et par le peuple romain au sauveur des citoyens : *S. P. Q. R. ob cives servatos.* » (*V.* Visconti, Iconographie romaine, Ire part., p. 158, et Pl. VI, n° 8, ainsi que la Pl. VII, fig. 10 de cet ouvrage).

On connaît encore deux médailles qui rappellent les dignités dont le Consul Plancus était revêtu. La première est une médaille d'argent, portant d'un côté la tête de *Jules-César* (AR.), avec la légende, *Divvs Jvlvs*, et au revers, *L. Plancvs Præf. Vrb.* La deuxième est une médaille d'or du genre des Consulaires (AU.); elle a pour sujet une tête de la Victoire, et au revers un vase nommé *Præfericulum*, qui était en usage dans les sacrifices, et destiné à renfermer le vin avec lequel on arrosait la victime (même légende que la première). *Plancus*, après la mort de César, pencha tantôt pour un parti, tantôt pour un autre, se déclarant toujours pour le parti dominant. Politique habile et profond, dès qu'il vit les approches de la guerre civile, il se décida pour Octave, auquel toutes les probabilités promettaient la victoire. Un esprit fin et très-cultivé, un goût exquis dans la littérature, une conduite prudente mais timide, un caractère souple qui savait s'accommoder au temps et aux circonstances, furent les qualités, qui, avec une grande habileté dans les affaires civiles et militaires et une fortune favorable, portèrent *Munatius Plancus* au faîte des honneurs et des dignités, sous Jules-César, sous Marc-Antoine et sous Octave. Il s'était fait construire, de son vivant, un mausolée magnifique près de Gaëte, sur une hauteur qui domine la mer et où il avait sans doute une maison de campagne. Ce monument, dont suit l'inscription, et qui s'est conservé jusqu'à nos jours, atteste, par la pureté de son dessin et par l'élégance de ses ornemens, le bon goût du personnage dont il a dû renfermer les cendres. On voit encore, dans la cour de l'hôtel-de-ville, à Bâle, en Suisse, la statue que cette ville fit élever en 1528, à *Plancus*, fondateur de la colonie romaine d'*Augst*.

Inscription du Monument de Gaëte.

L. Mvnativs L. F. L. N. L. P. Plancvs Cos. Cens. Imp. iter. VII vir Epvl. Trivmph. ex Rhetis Ædem Satvrni fecit de Manvbiis agros divisit In Italia Beneventi. In Galliam colonias dedvxit Lugdunvm et Ravricam.

Lucius Munatius Plancus, fils de Lucius, petit-fils de Lucius, arrière-fils de Lucius : Consul, Censeur, déclaré général d'armée pour la deuxième fois, un des sept intendans du banquet des Dieux, a triomphé des Rhètes (habitans du Valais et Grisons); a bâti, des dépouilles des ennemis, le temple de Saturne; a fait aux soldats le partage des terres de Bénévent, en Italie; a établi deux colonies dans les Gaules, Lyon et Augst. (V. Jacob K. Recherches historiques sur les Antiquités d'Augst (Augusta Rauracorum, p. 6 et 8, Rheims, in-8°).

I.   6

MÉDAILLES IMPÉRIALES,

HAUT EMPIRE ROMAIN.

CHAPITRE XII.

PREMIÈRE CLASSE. — *Des Médailles Romaines.*

SECONDE PARTIE.

Médailles dites Impériales.

Les Médailles impériales tiennent un des premiers rangs dans la Numismatique ancienne, non-seulement par rapport à l'importance de leur objet et à l'étonnante variété de sujets historiques dont elles rappellent le souvenir, mais ensuite par la longue période qu'elles occupent dans les annales de l'histoire. En ne considérant que le rôle qu'ont joué sur la scène du monde d'aussi puissans monarques que les Empereurs Romains, il serait impossible de ne pas les juger dignes de notre attention. Leur nombre est aussi étendu que le comporte la durée d'un pareil Empire; et les événemens sont aussi variés que doivent le faire supposer les vastes entreprises de ces maîtres du monde, qui n'avaient d'autre motif que l'amour, la gloire et l'honneur de leur nation.

Sur les Médailles des Romains, et particulièrement sur celles des Empereurs, sont retracés les événemens les plus remarquables de leur règne. On y voit les grands détails de l'administration, les libéralités exercées envers le peuple, les voyages entrepris par l'Empereur pour l'utilité publique, les déclarations de guerre, les victoires, les proclamations de paix, etc. On dirait que, par leurs Médailles,

les Romains ont voulu suppléer l'imprimerie qui leur manquait. En effet, si on examine que , dans la composition des Médailles, tous les moyens imitatifs de la sculpture sont circonscrits dans le plus petit espace, réduits à la plus petite dimension et restreints au moindre nombre de signes possible; que, par un contraste qu'il est bon de remarquer, les sujets que représente cet art sont ordinairement les événemens les plus considérables et les faits les plus féconds en circonstances , tels que des batailles, des siéges , des alliances , des conquêtes , des négociations , des institutions , et qu'il faut généralement que deux ou trois figures expriment chacun de ces sujets , on sera étonné de voir à quel degré de perfection ils ont porté l'art du monnayage.

L'époque la plus remarquable est celle où Jules-César jeta les premiers fondemens de l'Empire , vers l'an 48 avant l'ère vulgaire (par le gain de la bataille de Pharsale) jusqu'à l'an 476 de J.-C. , où l'Empire d'Occident s'écroula sous Romulus-Augustulus. Cette période est de 524 années; et, en y ajoutant les Empereurs d'Orient, dont le règne s'étend jusqu'à la prise de Constantinople , en 1453 , on trouvera que la durée totale de l'Empire Romain a été de quinze cents ans , et que, pendant ce long espace de temps , la suite des Médailles impériales a été continuée presque sans interruption. On partage cette suite en Médailles du Haut-Empire et Médailles du Bas-Empire (*V.* ci-dessus, pour les subdivisions , l'explication des termes de la Numismatique en tête de cet ouvrage).

Pour nous renfermer dans de justes bornes , nous avons dû nous restreindre au choix des sujets les plus curieux de chaque règne jusqu'à l'Empereur *Postume* inclusivement. Cette suite est la plus brillante de la Numismatique romaine et celle qui offre le plus d'intérêt aux amateurs.

Il est nécessaire d'observer que les Empereurs s'étaient réservé le droit de faire frapper les monnaies d'*or* et d'*argent*, et que celles de *bronze* rentraient dans les attributions du Sénat. C'est pour cette raison qu'on remarque ordinairement sur ces dernières les lettres S. C., qui signifient *Senatus-consulto* (par autorité du Sénat), tandis que cela se trouve très-rarement sur les médailles d'or et d'argent.

JULIUS-CAESAR. — JULES-CÉSAR, DICTATEUR,

L'un des plus grands hommes dont l'histoire nous ait conservé le souvenir, descendait de l'illustre famille *Julia* (1). Les annales romaines, et surtout les Commentaires qu'il nous a lui-même laissés, en publiant tout ce qui se rattache à sa vie politique et privée, ne nous permettent pas de nous étendre sur ce sujet : nous renvoyons donc le lecteur à la *Biographie*, pour nous occuper uniquement de ses médailles.

Lorsque César fut parvenu au faîte de la grandeur et de la puissance, le Sénat lui accorda la permission de faire frapper des monnaies à son effigie, ce qui n'avait été permis à aucun Romain avant lui. Les Médailles le représentent avec une figure maigre et une tête chauve, raison pour laquelle il obtint de couvrir son front dépouillé de cheveux par une couronne de laurier (*V*. Pl. III, fig. 1).

Les titres qui lui avaient été conférés sont ceux de PON-*Tifex* MAX*imus*. Pour obtenir cette dignité de Souverain Pontife, il distribua tant d'argent et d'une manière si adroite, que le jour de l'élection il quitta sa mère en lui disant : « Vous reverrez aujourd'hui votre fils revêtu de la » charge de grand-prêtre ou banni de Rome. » IMPER*ator* (2). Il possédait ce titre sous une double acception :

1° par rapport à ses victoires ; car du temps de la République on saluait du titre d'*Imperator*, sur le champ de bataille même, le général qui avait remporté une grande victoire ; et si cette victoire était suivie de plusieurs autres, on le nommait *Imperator iterum*, *tertium*, *quartum*, c'est-à-dire, pour la deuxième, la troisième, la quatrième fois ; 2° comme chef suprême de la République ; et dans ce sens personne avant lui n'avait obtenu le titre d'IMPER*ator*, qui signifie Empereur. A son exemple ses successeurs l'adoptèrent sous les deux rapports : *Cos*, qui veut dire Consul, l'année de sa mort il avait été nommé Consul pour la cinquième fois : *Dictator*; il fut promu à cette haute dignité, qui était la plus importante de la République, par décret du Sénat, après la bataille de Pharsale. On le créa *Dictator perpetuus*, ou perpétuel, la dernière année de sa vie, et enfin *Parens Patriæ* (parent, ou plutôt père de la patrie), titre suggéré par une pure adulation du Sénat. C'est pour cette raison qu'on qualifia ses meurtriers de *parricides*, et que les *Ides de mars*, jour de sa mort, retinrent le nom de *Parricidium*.

MÉDAILLES DE JULES-CÉSAR.

(AR) Tête de *Vénus*, au revers, CAESAR. Énée, marchant, tient d'une main le *Palladium* (a), et de l'autre, son père Anchise qui est monté sur ses épaules (*V.* Pl. III, fig. 2).

Cette médaille nous présente, d'un côté, la déesse Vénus ; de l'autre, Anchise qu'elle avait pris pour époux, et

---

(a) Statue de Minerve à la conservation de laquelle le salut de la ville de Troie était attaché.

leur fils Énée, desquels la famille *Julia* se disait issue.
(*V*. la note 1.) César, l'un des descendans de cette même
famille, se prévalait tellement de cette illustre origine,
qu'il ne craignit point d'avancer, dans une oraison funèbre prononcée par lui lors du décès de sa parente Julia,
que ses ancêtres, du côté paternel, étaient alliés aux dieux.
Il portait même le portrait de Vénus sur une bague qui ne
le quittait jamais; et le jour de la mémorable bataille de
Pharsale, son mot d'ordre fut : *Venus victrix* (Vénus vic-
torieuse).

(AR) *Autre* sur laquelle on lit : CLEMENTIAE CAE-
SARIS (à la clémence de César); au revers, un Temple
(*V*. Pl. III, fig. 3). Non-seulement César eut la générosité
de pardonner à ses ennemis lorsqu'il avait le pouvoir de se
venger d'eux, mais il voulut encore les élever aux premières dignités; entr'autres *Brutus* et *Cassius*, auteurs de la
conspiration dont il devint la victime. Le Sénat, touché de
la magnanimité de César, lui consacra un temple dans
lequel il devait paraître sous la forme d'un dieu, et, en
cette qualité, présenter la main à la déesse *Clementia*, en
signe d'alliance.

(AR) *Autre* avec la *Comète*, ayant pour légende : DIVI
JVLI (astre du divin Jules). D'un côté la tête de Jules-
César, ceinte d'une couronne de laurier et au-dessus une
comète. Quelquefois on lit : DIVVS JVLIVS, et sur le revers est la comète (*V*. Pl. III, fig. 4).

César, sur une quantité prodigieuse de médailles frappées après sa mort, fut surnommé *Divus* (divin), et en
effet il fut déifié en vertu d'un décret du Sénat, que pro-
voquèrent Octave, son fils adoptif, et Marc-Antoine. Ce
décret eut l'approbation du peuple, qui ne pouvait se las-
ser d'admirer les vertus du grand homme, objet de tous

ses regrets, On a placé sur beaucoup de médailles la comète qui parut sept jours de suite, à la même heure, pendant les jeux qu'Octave fit célébrer en l'honneur de César,
et qui fut regardée comme le signe de son *apothéose* (3) (*a*).
A l'imitation de César et d'Auguste, la plupart des Empereurs qui leur succédèrent furent mis au rang des dieux.

Sur le revers de quelques autres médailles où la comète
est placée au-dessus de la tête de César, on voit la statue
de ce dictateur tirée par quatre éléphan*s*, et figurant sa
pompe funèbre et son apothéose.

POMPEIUS MAGNUS. — LE GRAND POMPÉE.

(AR.) MAG*nus* PIVS IMP*erator* ITER*um*. Tête de
Pompée; au revers, PRAEF. CLAS. ET ORAE MARIT. EX S. C.
Neptune pose le pied sur un vaisseau; des deux côtés,
Anapias et *Amphinomus* enlèvent leurs parens sur leurs
épaules pour les sauver des flammes de l'Etna (symbole
de la piété filiale).

Sur d'autres médailles de Sextus-Pompée, on voit le
monstre Scylla (*b*) avec des chiens qui sortent de sa ceinture; il frappe autour de lui avec son aviron (*V*. Pl. III,
fig 5 et 6). Ce sujet désigne une victoire navale. Le grand
Pompée, après avoir perdu la bataille de Pharsale contre
César, se retira en Égypte où il fut assassiné. Cependant
ses fils, *Cneus* et *Sextus*, continuèrent la guerre au nom

(*a*) *V*. Millin, Gal. Mythol., tom. II, p. 122 (Pl. CLXXVII,
n° 675).

(*b*) Gouffre de la Sicile, vis-à-vis de Carybde, qui a donné lieu
à ce proverbe latin : *Evitatâ Charybdi incidere in Scyllam;* tomber de Carybde en Scylla.

de la République et réussirent à rassembler une armée formidable en Espagne; mais la fortune de César en triompha à *Munda* dans le royaume de Grenade. Sextus seul parvint à s'échapper et se retira dans l'intérieur du pays. Après la mort de César, il recommença la guerre, et étant parvenu à réunir une nouvelle flotte contre Marc-Antoine et Octave, il s'empara des navires qui fournissaient les vivres dont Rome s'approvisionnait et les força à l'admettre dans leur alliance et à lui abandonner la Sicile avec le titre de *Praefecti classis et orœ maritimae ex S. C.* (Préfet de la flotte et des ports maritimes par autorisation du Sénat).

D'un côté on a gravé la tête du grand Pompée sur la médaille; mais la légende n'a rapport qu'à son fils *Sextus*. On lui donne le titre de *Magnus*, qui était celui de son père; mais il prit lui-même celui de *Pius*, sous prétexte qu'il avait entrepris de combattre les ennemis de son père et qu'il assurait asile et protection à ceux des citoyens romains qui se trouvaient proscrits par les *triumvirs*. C'est ce que le symbole des frères *Anapias* et *Amphinomus* fait connaître. Le titre d'*Imperator iterum* a rapport aux avantages qu'il remporta contre le parti ennemi. La figure de Neptune désigne les victoires qu'il a remportées sur mer contre la flotte d'Octave. Il en était tellement vain qu'il se qualifiait publiquement de fils de Neptune. Horace s'en est moqué dans ce deux vers :

> *Ut nuper actus cum freto Neptunius*
> *Dux fugit ustis navibus (a);*

Lorsque ce prétendu fils de Neptune fut battu sur mer

(a) *V*. Ode IX, *ad Mæcenatem*, livre des épodes.

par Octave, qu'il vit tout-à-coup sa flotte entièrement détruite et lui-même obligé d'évacuer la Sicile. Précédemment il avait obtenu quelqu'avantage sur son adversaire à l'entrée du détroit de la Sicile, ce qu'il a voulu reproduire en plaçant le monstre Scylla sur ses médailles. La fable dépeint Scylla avec un corps de nymphe, mais ayant une queue garnie de têtes de chiens; elle était fatale aux voyageurs (*V*. ce que nous en avons dit, ci-dessus, p. 21 de cet ouvrage).

MARCUS-ANTONIUS. — MARC-ANTOINE.

De bonnes et de mauvaises qualités caractérisent ce Triumvir, aux actions duquel l'éloquence de Cicéron a imprimé la marque d'une honteuse célébrité : de là sa haine implacable contre ce grand orateur, dont il se vengea en lui ôtant la vie. Il jouissait déjà d'une grande réputation du temps de César; et à la mort de ce dictateur il fut appelé à partager avec Octave l'insigne honneur de donner des fers aux Romains. Il eut sous sa domination la partie orientale de l'Empire; mais à force de se livrer aux excès de la débauche, ce lâche efféminé oublia bientôt, dans les bras de la trop fameuse Cléopâtre, le métier des armes et l'art de gouverner, où il s'était, durant ses beaux jours, acquis une grande réputation. Ayant rompu avec Octave, il se laissa entraîner à lui déclarer ouvertement la guerre, et fut défait l'an 29 avant notre ère, près d'*Actium*, et contraint, l'année suivante, de se donner la mort pour ne point tomber dans les fers de son ennemi.

L'inscription que portent ses médailles sont, pour la plupart, M. ANTONIVS AVGVR III VIR Rei Publicæ

Constituendæ. Quelquefois, en qualité d'augure, sa tête est voilée, et il porte le *lituus* ou bâton augural. Les mots : III Vir R. P. C., désignent le deuxième triumvirat (4) qui fut formé entre *Antoine, Octave* et *Lepide,* sous prétexte de concourir au rétablissement de la République opprimée.

Tête de Marc-Antoine; au revers, PIETAS COS. Une femme debout, tenant un aviron et une corne d'abondance. A ses pieds, une cigogne, image de la piété filiale. (*V.* Pl. III., fig. 7.) L'inscription, qui est au revers de cette médaille concerne *Lucius Antonius*, que son frère Marc-Antoine avait laissé à Rome, tant pour prendre soin de ses affaires que pour observer les démarches d'Octave son rival. Lucius parvint en effet à soulever les peuples d'Italie contre Octave et à leur faire prendre les armes, ce qui engendra la guerre Pérusienne, dont l'issue tourna contre lui. Le mot *Pietas* est un surnom que Lucius prit pour faire preuve de l'affection qu'il portait à son frère aîné : c'est ce qu'exprime la cigogne que les anciens regardaient comme le symbole de la piété, car on prétend que cet oiseau prend un soin tout particulier de ses auteurs quand ils sont affaiblis par l'âge, et hors d'état de pourvoir à leur nourriture.

MÉDAILLÉS.

(AR.) M. ANTONIVS IMPerator COnSul DESIGnatus ITERum ET TERTium (Marc-Antoine, général des troupes, consul pour la deuxième fois et désigné de rechef pour le troisième consulat). Tête de M. Antoine couronnée de lierre et placée sur la ciste ou corbeille mystique, le tout dans une couronne de lierre. Ces sortes de médailles d'argent font partie des cistophores (*V.* ce mot, note 2 du chap. V).

Sur une autre médaille cistophore, frappée en Asie, on voit, d'un côté, les têtes de M. Antoine et de Cléopâtre, avec la même légende que la précédente; au revers, la ciste mystique sur laquelle repose la statue de Bacchus entre deux serpens (*V*. Visconti, Iconogr. grecque, Pl. 54, n° 25, pour les méd. de Cléop.; et l'Iconogr. rom. Pl. 7, n°ˢ 1, 2, 3, pour celles de M. Antoine).

La couronne de lierre est un des attributs de Bacchus; mais comme Antoine voulait se faire passer pour Bacchus, les Asiatiques, de qui proviennent ces cistophores, ont voulu lui être agréable en rappelant ce type bachique sur leurs monnaies, portant le nom du III vir. C'est aussi par cette raison que les types des médailles du grand Mithridate, roi de Pont (Pl. VI, fig. 15), sont renfermés dans de semblables couronnes. Ce prince était considéré, par ces mêmes Asiatiques, comme un dieu envoyé du ciel pour les affranchir du joug des Romains, et ils l'assimilaient à Bacchus, par une sorte d'adulation qui leur était particulière.

(AR.) ANTONI. ARMENIA DEVICTA. Tête de M. Antoine, et derrière, la couronne des rois d'Arménie. Au revers, CLEOPATRAE, REGINAE REGVM, FILIORVM REGVM. Tête de Cléopâtre, à côté un *acrostolium* (a), ou ornement de vaisseau (*V*. Pl. III, fig. 9).

Antoine ayant su attirer près de lui, par ruse, Artavasde,

(a) *L'acrostolium* est un ornement nautique, en forme d'aile, que le vainqueur arrachait de la proue d'un vaisseau pour en décorer la sienne. Quand *l'acrostolium* n'est pas un trophée ou le signe d'une victoire navale, il indique une ville florissante par sa marine. Cet ornement se retrouve souvent sur les médailles Phéniciennes, Puniques, Siciliennes, etc.

roi d'Arménie, le dépouilla de son royaume et donna
la couronne de ce prince au fils qu'il avait eu de Cléopâtre (5). C'est pour cela que cette reine d'Égypte, qu'il
épousa après avoir répudié Octavie, sœur d'Auguste, prend
sur cette médaille le titre de *Reginae regum et filiorum
regum*, on sous-entend *matri*, mère des rois et des fils
des rois.

AUGUSTUS. — OCTAVE OU AUGUSTE, Ier EMPEREUR.

Jules-César avait reconnu par testament *Caius Octa-
vius* pour son fils adoptif; c'est pourquoi ce prince fut
d'abord nommé C. Jules-César-Octave. Il eut à défendre
ses droits contre Marc-Antoine; et y fut autorisé par
décision du Sénat. Quoique vainqueur dans cette lutte
sanglante, il se réconcilia avec son ennemi et forma ensuite
avec lui et Lépide ce fameux triumvirat que nous avons eu
occasion de rappeler à l'article de Marc-Antoine. Bientôt
après, Octave triompha, près de Philippi (a), de Brutus
et de Cassius, les derniers défenseurs de la liberté; et le
même bonheur accompagna son entreprise contre Sextus
Pompée, auquel il fit abandonner la Sicile après un combat naval des plus décisifs. Enfin ses efforts furent également couronnés d'un plein succès près d'*Actium*, où
Antoine et Cléopâtre tentèrent en vain de renverser sa
fortune. Ce dernier triomphe rendit Octave maître des
destinées de l'univers.

Les noms sous lesquels il est désigné sur ses premières
monnaies, sont ordinairement: CAESAR III VIR R. P. C.,

(a) *Philippici campi*, en Thessalie, peu loin de Pharsale.

et plus tard : IMP. CAESAR, DIVI FILIVS (César, triumvir de la République, et César, Empereur, fils du Divin Jules). On le représente, à cette époque, avec une barbe naissante, car on était alors dans l'usage, chez les Romains, de ne pas se couper la barbe avant l'âge de vingt ans et plus. On faisait même de cette cérémonie une fête de famille.

MÉDAILLE.

(AR) AEGYPTO CAPTA (conquête de l'Égypte). Un crocodile (*V*. Pl. III, fig. 10).

Octave ayant dispersé les restes de l'armée de Cléopâtre, poursuivit cette reine jusqu'en Égypte, dont il s'empara sans coup férir. Bientôt réduite au désespoir, après avoir inutilement essayé du pouvoir de ses charmes, elle résolut de suivre l'exemple d'Antoine et se donna la mort.

Le crocodile est le symbole de l'Égypte, parce qu'on rencontre souvent cet animal sur les bords du Nil. Il était adoré dans plusieurs villes de l'ancienne Égypte, entr'autres à Thèbes, à Arsinoé, à Coptos.

Sur les médailles de Nîmes, un crocodile attaché à un palmier est le signe de l'Égypte soumise.

Les Égyptiens d'Alexandrie, qui avaient allié leur ancien culte à celui des Grecs, ont figuré le *Temps* ou Saturne par un crocodile ou tenant un crocodile, c'est le *symbole du temps qui dévore tout.*

TITRES ET MÉDAILLES D'AUGUSTE.

L'an 27 avant l'ère vulgaire, le Sénat de Rome s'assembla pour délibérer sur le titre qu'on voulait déférer à *Octave* pour reconnaître les services qu'il avait rendus à la patrie. Celui *d'Auguste,* en grec Σεβαςος, qui signifie digne de vénération, fut adopté d'après la proposition de *Munatius Plancus.* Ce nom n'avait jusqu'alors été consacré qu'aux choses saintes. Il devint le titre de prédilection de tous les autres Empereurs. Peu de temps après, le sénat offrit à son maître la jouissance de la puissance tribunitienne, *Tribunitiam potestatem,* ce qui rappelait la haute considération accordée jadis aux *Tribuni Plebis* (Tribuns du peuple). Les successeurs d'Auguste adoptèrent également ce titre, et marquaient les années de leur règne par celles du tribunat, tels que Tr. Pot, *tribunitia potestate,* II, III, IV, etc. A la mort de Lépide, qui était revêtu de la dignité de *Pontifex maximus* (grand-prêtre ou souverain pontife), Auguste voulut de même en remplir les importantes fonctions, et, à son exemple, ses successeurs; de là les initiales P. M. qu'on rencontre si fréquemment sur leurs médailles. Par la suite, le Sénat auquel aucun hommage inventé par l'adulation ne coûtait, se fit un honneur d'offrir à Auguste le titre de *Pater patriæ* (père de la patrie), qui fut également prodigué aux autres Empereurs après lui. Comblé par la fortune et la gloire, adoré de ses sujets, heureux de tout le bien qu'il avait fait pendant la durée d'un règne de quarante-quatre ans, à dater de la bataille *d'Actium,* Auguste fut loin de rencontrer le bonheur au sein de sa famille. On accuse généralement Livie d'avoir hâté les jours de ce prince, qui, n'ayant point de postérité, institua Tibère, son beau-fils, héritier de l'empire. Les médailles les plus remarquables du règne d'Auguste sont celles-ci :

(AV.) CAESAR COS. VII. CIVIBVS SERVATIS (tête d'Auguste); au revers, AVGVSTVS S. C. Un aigle tient dans

ses serres une couronne de chêne; derrière lui deux branches de laurier (*V*. Pl. III, fig. 2).

Auguste ayant au dehors assuré le repos de l'Empire, et
protégé la vie des citoyens en rétablissant le calme et la
paix dans l'intérieur, le Sénat ordonna qu'il serait planté
des lauriers devant son palais, pour rappeler le souvenir de
ses victoires et qu'on placerait dans le milieu une couronne
de chêne, comme symbole de la conservation des citoyens.

(AV.) ACTIUM IMP. X. Apollon de bout, vêtu d'une
longue tunique et tenant une lyre. Sur d'autres médailles,
Sicilia Imp. X, Diane avançant et tenant un arc et des
flèches (*V*. Pl. III, fig. 12 et 13).

Ces deux médailles ont été frappées pour conserver le
souvenir des victoires qui assurèrent à Auguste la souve-
raine puissance. La première se rattache à la bataille *d'Actium*, promontoire sur lequel Apollon avait un temple, et
la deuxième à celle *d'Artemisium*, en Sicile, où il triompha de Sextus Pompée, l'un de ses plus dangereux adversaires. Diane était révérée, dans cette dernière ville, sous
le nom d'Αρτεμις qui est synonime de *Diane*. C'est par
rapport à cela qu'Apollon et Diane, auxquels Auguste attribuait ses prodigieux succès, étaient ses dieux de prédilection.

(AR.) SIGN*is* RECEPT*is*. Un Parthe à genoux présente
une aigle romaine. Sur d'autres MARS VLTOR (Mars vengeur) de bout et tenant de chaque main une enseigne
militaire (*V*. Pl. III, fig. 14 et 15).

(AR.) CIVIB*us* ET SIGN*is* MILIT*aribus* A PARTH*is*
RECVP*eratis* (signes et enseignes militaires rendus aux
Romains par les Parthes). Un arc de triomphe.

La défaite de M. Crassus en Orient n'est que trop signa-

lée dans l'histoire ; il avait, par suite de son insatiable avarice, attiré la guerre chez les Parthes; mais elle lui fut
fatale, car il perdit la vie, en laissant au pouvoir de l'ennemi un grand nombre de ses soldats et leurs aigles, qui
y restèrent pendant trente-trois ans, à la honte des Romains. Cependant *Phraates*, Roi des Parthes, cédant aux
menaces d'Auguste, et appréhendant que ce prince ne les
lui fît rendre de force, préféra les renvoyer, ce qui donna
autant de joie à l'Empereur que s'il eût vaincu les Parthes
en bataille rangée. Il fit bâtir dans le Capitole un temple
qu'il dédia à Mars vengeur, où les enseignes militaires furent consacrées. En reconnaissance, le Sénat et le
Peuple Romain firent hommage d'un bouclier votif à l'Empereur, en mémoire de ce glorieux évènement. Il y a des
médailles où ce bouclier est représenté avec la légende ci-
dessus : SIGN*is* RECEPT*is* (restitution des enseignes militaires).

(AR.) Sur une colonne milliaire (6) placée sur une médaille d'Auguste, on lit cette inscription : S. P. Q. R. (*Senatus PopulusQue Romanus*) IMP. CAES*ari* QVOD V*iæ
Munitæ Sunt* EX EA *Pecunia, Quam* IS AD AE*rarium
Detulit* (le Sénat et le Peuple Romain à l'Empereur (Auguste) pour avoir fait réparer les grands chemins des deniers qu'il avait procurés au trésor public).

Cette médaille a donc uniquement rapport aux répara-
tions des routes de l'empire auxquelles Auguste donna tous
ses soins, en y consacrant l'argent des contributions qu'il
avait levées sur l'ennemi. On remarquera sans doute la
simplicité de l'inscription dont le sens est clair et sans aucune emphase, ce qu'on ne pourrait pas dire de celles des
temps actuels.

(AR.) IMP. XI (la XIe année du règne d'Auguste) le *capricorne* (*V*. Pl. III, fig. 18).

Cet animal fabuleux est mis au rang des constellations ; on le représente comme un bouc, ayant une queue de poisson. Cette figure désigne le dieu *Pan*. Les dieux s'étant changés en toutes sortes d'animaux, à cause de la terreur que leur inspirait le géant Typhon, Pan ne fut pas un des derniers à adopter cette forme bizarre sous laquelle il figure au ciel comme constellation. Il paraît ainsi sur plusieurs médailles grecques et latines d'Auguste, parce que ce prince vint au monde sous le signe du capricorne, qu'il adopta pour symbole, les astrologues lui ayant prédit, au sujet de sa naissance, que l'empire du monde lui était réservé.

Ce fut Auguste qui détermina le Sénat à déclarer que J. César, après sa fin tragique, serait mis au rang des dieux. Cet exemple donna lieu à ses successeurs de rendre les mêmes honneurs à leurs ancêtres, comme nous l'avons déjà fait observer. Cela fit dire à l'Empereur *Julien l'Apostat*, en plaisantant, qu'Auguste était un fabricant de figures, parce qu'il avait peuplé le ciel de singuliers habitans. Auguste obtint également de Tibère les honneurs de l'apothéose, ce qu'expriment les médailles frappées après lui, par la légende : DIVVS AVGVSTVS PATER (le divin Auguste, père de la patrie). Il y est représenté comme un dieu, avec une couronne radiée, ou assis sous la forme d'une divinité : quelquefois le temple qui lui était consacré paraît au revers de ses médailles.

(G. B.) Médaille de Lyon ; autel consacré à Rome et à Auguste par soixante nations gauloises, au confluent de la Saône et du Rhône. Cet *autel* est entre deux *colonnes* surmontées de *victoires* qui portent elles-mêmes d'autres *victoires*, et des *palmes ;* sur la face de l'autel, deux *Génies* supportent une *couronne* placée entre deux *pins :* on lit dans l'exergue ROM ET AVG (*à Rome et à Auguste*). Les colonnes de cet autel ont été sciées en deux, et forment aujourd'hui les piliers qui supportent la voûte du chœur de l'église d'Aisnay (*V. Gal. myth.*, t. 2, p. 120, Pl. CLXXVIII, n° 664).

Notice sur les médailles d'Auguste et de Tibère au revers de l'autel de Lyon.

Le grand nombre de pièces qui portent ce revers, et dont M. Artaud a reproduit beaucoup de variétés dans ses planches, les éclaircissemens qu'il y a ajoutés par ses recherches, fixeront sans doute l'opinion des numismatistes sur les divers ornemens de l'autel qui composent ce revers, et qui est accompagné des mots ROM ET AVG *(Romæ et Augusto).* On doit remarquer aussi que M. Artaud, rapportant le passage de Strabon, relatif au temple des Gaules à Lyon, l'entend différemment que les traducteurs français, et croit que ce savant géographe a indiqué deux autels dans ce temple où les traducteurs français n'en indiquent qu'un seul, toutefois en reconnaissant que le texte grec a éprouvé quelque altération. Les observations de M. Artaud peuvent servir à sa rectification (*Ext. de la Revue Encyclop.*, *février* 1821, t. IX, p. 366).

MARCUS AGRIPPA, GENDRE D'AUGUSTE,

L'un des hommes qui jouissait de la plus haute considération dans Rome et de l'estime la mieux méritée. Auguste,

auquel il avait de très-bonne heure consacré ses services,
fut redevable à ses sages conseils et à sa prudence, des avantages signalés qu'il remporta contre Sextus Pompée et
contre Marc-Antoine : voulant se l'attacher par les liens
du sang, il lui donna sa fille Julie en mariage, et désigna
ses deux fils, *Caïus* et *Lucius*, pour lui succéder à l'empire; mais ces deux princes périrent à la fleur de l'âge.
Agrippa termina sa glorieuse carrière aux grands regrets
d'Auguste et de tout l'empire.

Sénèque fait de lui un bel éloge en s'exprimant ainsi :
» *Vir ingentis animi qui solus ex his quos civilia bella*
» *claros potentesque fecerunt felix, in publicum fuit*
» (*V.* Epist. 94) ». Seul entre tous ceux que les guerres
civiles ont rendus célèbres et puissans, ce grand homme
eut le bonheur de procurer le bien public. C'est lui qui
eut le courage de conseiller à Auguste *d'abdiquer l'empire
et de rendre à Rome son ancienne liberté.*

MÉDAILLE DE MARCUS AGRIPPA.

(M. B.) M. AGRIPPA L. F. COS. III. Tête d'Agrippa
ornée d'une couronne rostrale (*a*); au revers S. C. Neptune de bout, tient de la main droite un dauphin, et de
la gauche le trident (*V.* Pl. III, fig. 19). L. F. *(Lucii Filius)*, S. C. *(Senatus-Consulto)* (*b*).

(*a*) Composée d'un cercle d'or, relevé de proues et de poupes
de navires.

(*b*) Le Neptune figure avec d'autant plus de raison, sur le revers
de cette médaille, qu'Agrippa avait, par sa victoire, singulièrement
humilié l'orgueil de Sextus, qui se faisait passer pour le fils de ce Dieu.

Les types, du côté de la tête ainsi que du côté du revers de cette médaille, ont uniquement rapport aux victoires qu'Agrippa avait remportées sur mer, et que nous avons rappelées en citant sa victoire sur Sextus Pompée. Octave lui décerna une couronne rostrale, qu'on nomme en latin *navalis classica* ou *rostrata*, et qu'on donnait à ceux qui les premiers avaient accroché un vaisseau ennemi. Virgile en parle au VIII livre de l'*Énéide* :

> *Parte alia ventis et Dis Agrippa secundis*
> *Arduus, agmen agens, cui, belli insigne superbum,*
> *Tempora navali fulgent rostrata corona.*

« Le brave Agrippa, favorisé des vents et des Dieux, la » tête ceinte d'une couronne rostrale, commandait l'aile » gauche. »

JULIA LIVIA. — LIVIE, FEMME DE L'EMPEREUR AUGUSTE.

Les médailles de cette princesse n'ont point été frappées à Rome sous son nom, ni du vivant d'Auguste; elle ne figure sur celles de G. et M. B., frappées du temps de Tibère, que sous les traits de la *Justice*, de la *Piété*, de la *Santé*; leurs légendes sont :

Une tête de femme, JVSTITIA. Au revers, TI. CAESAR DIVI AVG. F. AVG P. M. TR. POT. XXIV. Dans le milieu, S. C. (Tibère César, fils auguste du divin Auguste, souverain pontife, jouissant de la puissance tributienne pour la vingt-quatrième fois. S. C. par autorisation du Sénat).

L'auteur des Leçons de Numismatique romaine en cite une autre de G. B. frappée dans la colonie de *Romula*, aujourd'hui *Séville*, laquelle présente ouvertement l'effigie et le nom de l'Impératrice, suivis du titre de *mère du monde*, qui est l'expression d'une servile adulation. Voici sa légende :

(G. B.) JVLIA AVGVSTA GENETRIX ORBIS. Tête de Livje au-dessus de laquelle est un croissant : au revers, PERMISSV DIVI AVGVSTI COL. ROM. Tête d'Auguste radiée. On voit par cette légende, que l'Empereur avait accordé à cette colonie la permission de battre monnaie.

Le même auteur fait observer que les princesses des familles impériales ne furent admises à l'honneur de figurer sur les monnaies que peu à peu et avec certains ménagemens, puisque leur image ne parut d'abord ouvertement que sur les médailles des provinces. (*V.* les Leçons élémentaires de Numismatisme Rom. , p. 75). Les traits fins et réguliers de Livie ne peuvent cacher la ruse, la fierté et la profonde dissimulation qui la caractérisent. Aussi Caligula la nommait *Ulysse déguisé.* Le desir d'assurer l'empire à son fils Tibère la porta à se défaire de tous les princes qu'Auguste y avait appelés. Le jeune *Marcellus* et les Césars *Caïus* et *Lucius* devinrent les victimes de son ambition : on prétend même que l'impatience qu'elle éprouva de voir régner Tibère, lui fit abréger, par le poison, les jours de son époux.

JULIA. — JULIE, FILLE D'AUGUSTE.

On ne connaît point de médailles de cette princesse, de coin romain ou de colonies : il y en a quelques-unes de grecques. Cependant on peut lui attribuer avec assez de probabilité la pièce ci-après, qui, à la vérité, n'a jamais été une véritable médaille, mais bien une *tessère*, sorte de contre-marque en usage chez les Romains lors de

la célébration des jeux publics, des distributions de vivres, etc., ainsi que nous l'avons rapporté dans notre explication des Termes de la Numismatique. Cette médaille
est entre le M. et le P. B. Tête de femme à droite; au revers, un II dans une espèce de guirlande.

Cette princesse, fille d'Auguste et de Scribonie, avait
épousé Marcellus, ensuite Agrippa, et enfin Tibère, qui la
fit périr l'an de Rome, 767,

CAÏUS ET LUCIUS, CESARES.

Les têtes de ces deux princes, fils d'Agrippa et petits
fils d'Auguste, morts jeunes, *Lucius* en l'an 2, et *Caïus*
en l'an 4 de notre ère, se rencontrent sur les médailles
d'or et d'argent au revers d'Auguste. Elles sont assez rares de M. et P. B. de coin romain (*V*. Mionnet).

AGRIPPA JEUNE,

Né posthume, fut adopté par Auguste, et exilé après
avoir encouru sa disgrâce. Tibère le fit périr dès son avènement au trône (l'an 14 de notre ère).

On ne connait point d'autres médailles de ce jeune
prince, que celles frappées à Corinthe, et une seule autre à légende grecque (*V*. les Leçons élémentaires de Numismatique Rom., p. 79).

MARCUS LEPIDUS, III VIR. — MARC LÉPIDE, TRIUMVIR.

Ses médailles, en argent, ont pour légende : LEPIDVS
PONT. MAX. III VIR. R. P. C. (Lépide, souverain pontife, triumvir de la République). Tête nue de Lépide : au
revers, CAES. IMP. III VIR. R. P. C. Tête nue d'Octave, général des armées, triumvir de la République.

Lépide était un homme sans talens, sans énergie, que la bizarre fortune se plut à élever, qui fut deux fois consul, souverain pontife, triomphateur sans avoir combattu, commandant 3o légions sans aucune connaissance de l'art militaire, triumvir et maître du sort de ses deux collégues (a) sans en avoir sû profiter; enfin qui traîna une longue vieillesse dans la honte et le mépris (*V*. Mongez, Encycl. méthod., recueil d'antiquités).

TIBERIUS CAESAR. — TIBÈRE EMPEREUR,

Etait fils de Tibère Claude Néron et de Livie. Il devint le beau-fils d'Auguste, lorsque ce prince épousa sa mère. Tant que les fils d'Agrippa, Caïus et Lucius vécurent, il ne jouissait pas d'une grande considération; mais Livie ayant su se défaire secrètement de deux rivaux qui portaient ombrage à son fils, ce dernier fut adopté par Auguste, et gouverna l'empire après lui. Son règne dura vingt-deux ans, dont il passa la dernière moitié dans l'île de Caprée.

Tibère fut le plus perfide des hommes; tyran sombre et farouche, il joignait l'avarice à la cruauté; et son nom seul réveille l'idée des débauches les plus inouïes, que des médailles appelées *spintriennes* nous ont dévoilées (*V*. leur article note 11 du chap. VI de ce tom. I).

Les titres que lui donnent ordinairement les médailles, sont : TI. CAESAR DIVI AVG. F. AVGVSTVS P. M. COS. IMP. TR. POT. (Tibère César, fils auguste du divin Auguste, souverain pontife, consul et Empereur, jouissant

---

(a) Octave et Marc-Antoine.

de la puissance tribunicienne). (*V*. Pl. III , fig. 20). Du reste, ses médailles, à l'exception d'une seule, n'offrent rien de bien instructif.

MÉDAILLE.

(G. B.) CIVITATIBVS ASIAE RESTITVTIS. Tibère assis, tient de la droite une patère (*a*) , et de la gauche un sceptre. (*V*. Pl. III, fig. 21).

Tacite et d'autres historiens rapportent que, sous le règne de cet empereur, douze villes de l'Asie mineure ayant été renversées par un tremblement de terre , et détruites de fond en comble, il les fit relever à ses propres frais. Les Romains reconnaissans de ce bienfait lui élevèrent une statue qui est rappelée sur cette médaille, ainsi que l'inscription servant d'éclaircissement au sujet.

Nous avons déjà cité , à l'article d'Auguste , les médailles dont le revers représente l'autel élevé à Lyon , au confluent du Rhône et de la Saône, avec l'inscription ROMAE ET AVGVSTO; elles ont été frappées en l'honneur d'Auguste et ensuite de Tibère.

DRUSUS CAESAR. — DRUSUS CÉSAR, FILS DE TIBÈRE,

Et de Vipsanie-Agrippine sa première femme , meurt empoisonné par Liville, son épouse , l'an XXIII de notre ère.

On connaît une médaille de G. B., sans tête, ayant pour légende : DRVSVS CAESAR TI. AVG. F. DIVI. AVG. N. PONT. TR. POT. II. (Drusus César , fils de Tibère-Au-

---

(*a*) Espèce de coupe en usage dans les sacrifices.

guste, petit-fils du divin Auguste, pontife jouissant de la puissance tribunitienne pour la deuxième fois). Dans le champ, S. C.; au revers, un caducée entre deux cornes d'abondance surmontées chacune d'une tête d'enfant, sans aucune légende. Cette médaille, frappée l'an de Rome 776, offre les têtes des deux jumeaux, fils de Drusus et de Liville. Le caducée et les cornes d'abondance indiquent que le commerce est la source des prospérités de l'empire.

Celles de M. B., avec la même légende, et à l'effigie de Drusus, ayant au revers : PONT. TR. POT. ITER. S. C. (Pontife jouissant de la puissance tribunitienne pour la deuxième fois) ; sont communes, mais rares au revers de Tibère (*V*. Mionnet).

NERO CLAUDIUS DRUSUS. — NÉRON-CLAUDE-DRUSUS, FRÈRE DE TIBÈRE,

Et père de l'Empereur Claude, avait été élevé aux honneurs par Auguste. Il se couvrit de gloire dans le cours de ses campagnes, et mourut l'an de Rome 745, neuf ans avant l'ère vulgaire.

MÉDAILLES.

(G. B.) Sur une médaille de G. B., on voit sa tête autour de la quelle on lit : NERO CLAVDIVS DRVSVS GERMANICVS IMP.; au revers, figure en toge, assise entre des faisceaux d'armes; légende : TI. CLAVDIVS CAESAR AVG. P. M. TR. P. IMP. P. P. S. C. Tibère-Claude, César-Auguste, souverain pontife, jouissant de la puissance tribunitienne, Empereur et père de la patrie, par autorisation du Sénat.

Cette médaille, frappée sous le règne de Claude, en

l'honneur de *Drusus* son père, rappelle les statues élevées à ce dernier, et qui faisaient partie des honneurs triomphaux décernés aux généraux qui avaient cessé d'exister. (*V*. les Leçons de Numismatiq. rom. , p. 83).

(G. B.) TI. CLAVDIVS CAESAR AVG. P. M. TR. P. IMP. S. C. Tête laurée de l'Empereur Claude; au revers , NERO CLAVDIVS DRVSVS GERM. IMP. S. C. Arc de triomphe au-dessus duquel une statue équestre entre deux trophées. Il fut élevé après la mort de Néron Drusus, père de Claude, pour célébrer ses victoires sur les Germains.

Les médailles offrent souvent des arcs de triomphe dont plusieurs n'existent plus. Sur une médaille d'Auguste, il s'en rencontre un d'une forme particulière : il consiste en une grande arcade ornée de deux colonnes qui portent un entablement surmonté d'un attique, et en deux portes quarrées plus petites, lesquelles sont accompagnées de deux colonnes avec un fronton au-dessus. Parmi les autres arcs de triomphe qu'offrent les médailles d'Auguste, on remarque surtout celui élevé en mémoire de la victoire remportée sur les Parthes auxquels il reprit les enseignes militaires qu'ils avaient enlevées à Crassus et à Marc-Antoine : cet arc a trois portes ; on y voit l'Empereur dans un quadrige , un Parthe lui présente une enseigne, l'autre un aigle légionnaire. Un autre arc lui avait été élevé après sa victoire sur Sextus Pompée; celui-ci n'a qu'une porte, il est sur une médaille de Claude : on voit l'arc de cet empereur élevé en mémoire des victoires remportées dans la Grande-Bretagne. L'arc élevé en marbre par le Sénat, sur la voie Appienne en l'honneur de Drusus, vainqueur dans l'expédition contre les Germains, se voit sur une médaille de Néron. L'autre face de cet arc, avec la statue de Drusus entrant à Rome dans une ovation, se voit aussi sur une médaille de Néron. Quelques auteurs croient que les vestiges de cet arc subsistent encore, et qu'on l'a réuni à la Porta Capena. Sur une autre médaille du même Empereur, on voit l'arc qui lui a été consacré à cause de la victoire de Corbulon sur les Parthes, et sur une médaille de Galba, on voit un arc formé d'une seule arcade, à laquelle on montait par un petit escalier de cinq degrés. Celui-ci est du nombre de ceux qu'on doit exclure de la classe des arcs de triomphe proprement dits, comme on le voit par l'inscription. Enfin sur une médaille de Domitien, on voit l'arc de cet Empereur élevé à cause de la victoire remportée sur les Germains et les Daces. On voyait encore au XVIIe siècle à Rome, un arc de triomphe de Domitien ; le pape Alexandre VII le fit démolir pour agrandir le Corso. Sur une autre du même Empereur, on voit aussi un des nombreux arcs qu'il se fit élever dans les différentes régions de la ville. Les médailles de Trajan offrent également un arc avec des trophées d'armes germaniques, et sur une médaille de Caracalla, est l'arc élevé en l'honneur de Sévère et de Caracalla, après les victoires sur les *Parthes, les Arabes,* et les *Adiabeni* (*V. Millin. Dictionnaire des Beaux-Arts.*).

ANTONIA, FEMME DE NÉRON-CLAUDE-DRUSUS,

Fille de Marc-Antoine et d'Octavie, meurt empoisonnée la première année du règne de Caligula son petit-fils.

Ses médailles de M. B. offrent d'un côté sa tête ainsi que son nom : ANTONIA AVGVSTA ; au revers on lit : TI CLAVDIVS CAESAR AVG. P. M. TR. P. IMP., et dans le champ. S. C.

Elles ont été frappées sous le règne de Claude en l'honneur d'Antonie, sa mère, qui paraît au revers dans le costume de vestale, Caligula lui en ayant fait accorder les honneurs (*V.* l'ouv. précité).

NERO ET DRVSVS CC. — NÉRON ET DRUSUS, CÉSARS,

Fils de Germanicus, furent sacrifiés à la rage de l'impitoyable Tibère vers l'an 31 et 32 de l'ère vulgaire. Ils n'ont point laissé de postérité.

Une médaille de M. B., frappée en leur honneur, représente les deux jeunes princes à cheval. On y lit : NERO ET DRVSVS CAESARES ; et au revers, C. CAESAR DIVI. AVG. PRON. P. M. TR. P. IV P. P. Dans le champ, S. C. (Caïus César, arrière petit-fils du divin Auguste, souverain pontife jouissant de la puissance tribunitienne pour la quatrième fois, père de la patrie). Cette médaille, frappée sous le règne de Caligula et sur laquelle ses deux frères figurent à cheval comme princes de la jeunesse (7), c'est-à-dire chefs de l'ordre équestre, a encore ceci de remarquable, que le mot *Caesares* est au pluriel, et rendu indéclinable parce qu'il avait déjà cessé d'être un nom propre pour devenir un titre (*V.* l'ouv. précité).

GERMANICUS.

Fils de Néron-Claude-Drusus, qui était le plus jeune frère de l'Empereur Tibère, possédait toutes les vertus qui contribuent à rendre un prince digne de la vénération et de la reconnaissance des hommes. Mais tous ces avantages excitèrent la haine et l'animosité de Tibère contre lui. Il fut envoyé en Syrie, par ses ordres, et, d'après l'opinion publique, empoisonné par Pison, gouverneur de cette province, qui avait reçu des instructions secrètes de l'Em-

pereur pour consommer le crime. Rome fut consternée de
la perte de Germanicus, dont elle soupçonnait bien l'auteur. Il avait eu d'Agrippine sa femme, fille de Marc Vip-
sanius Agrippa, trois fils, dont les deux aînés furent sacrifiés
à la haine de l'implacable Tibère : le dernier, du nom de
Caïus, devint l'héritier du trône, et y gouverna l'empire
après lui.

MÉDAILLE.

(M. B.) GERMANICVS CAESAR. On voit ce prince dans
un char de triomphe; au revers, SIGNis RECEPTis, DEVICTIS
GERManis. S. C. (reprise des enseignes militaires sur les
Germains après leur défaite). Germanicus debout, tient de
la gauche une aigle romaine (*V.* Pl. III, fig. 22).

La médaille représente le triomphe (8) de Germanicus
sur les Germains, que l'inscription du revers indique par
DEVICTIS GERManis. La légende qui précède et porte SIGNis
RECEPTis désigne les aigles romaines et autres enseignes militaires que Quincilius Varus avait perdues dans une bataille
contre Arminius qui commandait les Germains. Quelques
années après, Germanicus, que le sort des armes avait
amené en cet endroit, ayant appris que ces barbares les
avait cachées dans une forêt, les découvrit à la grande satisfaction des Romains. C'est ce qui a donné lieu à retracer
cet événement sur les médailles où il est représenté tenant
une des aigles romaines qu'il vient de retrouver si heureusement.

AGRIPPINA. — AGRIPPINE LA MÈRE, FEMME DE GERMANICUS.

Les médailles de cette princesse, si recommandable par
ses vertus, sont au revers de Caligula, en or et en argent.

Celles de G. B. ont au revers le *carpentum* ou char tiré par des mules, signe de l'apothéose de plusieurs impéra-trices. La légende est S. P. Q. R. MEMORIÆ AGRIP-PINÆ (le Sénat et le Peuple Romain à la mémoire d'A-grippine).

CAÏUS CÉSAR, SURNOMMÉ CALIGULA, EMPEREUR;

Était fils de Germanicus et d'Agrippine. Il fut le seul des princes de sa famille que la férocité de Tibère épargna, et qui succéda à l'empire. Las d'avoir fait preuve de quel-ques vertus, ce tyran farouche donna bientôt des marques de démence et d'une insigne cruauté. On sait qu'il fit nom-mer consul son cheval *Incitatus*, et voulut qu'on lui ren-dît les honneurs attachés à cette dignité. Il souhaitait, disait-il, que l'empire romain n'eût qu'une tête, pour pouvoir la couper d'un seul coup. Enfin après quatre ans d'un règne odieux, il fut assassiné par *Cassius Chœrea*. Le surnom de *Caligula* lui était venu d'une espèce de chaus-sure qu'il portait dans sa jeunesse dans le genre de celle des soldats. Les légendes de ses médailles sont : C. CAE-SAR. AVG. GERMANICVS. P. M. etc. Le nom de Ger-manicus lui venait de son grand-père Drusus, qui l'avait obtenu par ses victoires sur les Germains, et transmis à sa postérité.

MÉDAILLES.

(G. B.) AGRIPPINA. DRVSILLA. JVLIA. S. C. Au revers de Caligula, trois femmes debout, tenant chacune une corne d'abondance (*cornu copia*) (*V.* Pl. III, fig. 23).

Sur cette médaille, on voit les trois sœurs et maîtresses de ce monstre, dont elle porte les noms. Il les avait d'abord aimées avec une sorte de passion, qui dégénéra bientôt en haine et en mépris. Agrippine et Julie furent reléguées dans une île par ses ordres; mais Drusille mourut avant de subir le même sort.

(P. B.) C. CAESAR DIVI. AVG. PRON. AVG. S. C. Bonnet de la liberté; au revers, pon. m. tr. p. iii. p. p. cos. tert., et dans le champ, R. CC. (*V.* Pl. III, fig. 24).

Auguste avait établi l'impôt du centième denier sur toutes les ventes, pour subvenir aux charges de l'empire; c'est ce qu'on nommait *vectigal centesimæ*. Mais Tibère ayant augmenté les revenus de l'état par la conquête du royaume de Cappadoce, l'an 770 de la fondation de Rome, réduisit cet impôt à moitié, c'est-à-dire à un pour deux cents (*vectigal ducentesimæ*), et enfin Caligula l'abolit totalement. Pour conserver le souvenir de cette action louable, le Sénat fit frapper cette médaille. Les initiales R. CC. signifient *remissæ ducentesimæ* et le bonnet de la liberté fait allusion au droit de suffrage rendu au peuple l'an 791.

TIBERIUS CLAUDIUS. — CLAUDE, EMPEREUR,

Fils de Néron-Claude-Drusus, et d'Antonie, était plus jeune que Germanicus son frère. Rome étant délivrée de la tyrannie de Caligula, le Sénat assemblé fut sur le point de rétablir l'ancienne liberté; mais un des soldats de la garde prétorienne ayant découvert Claude qui s'était caché par une sorte de terreur panique, le présenta à cette garde qui le reconnut pour Empereur. La notification en fut aussitôt faite au Sénat, et la nécessité le détermina à confirmer cette nomination. Cet Empereur imbécille était si timide et si faible, qu'il se laissa successivement gouverner par Messaline, sa femme, et par Agrippine sa nièce, mère de Néron, qu'il avait épousée après la mort de Messaline. Ceux qui eurent le plus d'empire sur son esprit étaient des affranchis de la plus basse extraction : aussi se laissa-t-il aller, sous leur influence, à commettre toutes sortes de folies et de cruautés. Il lui arriva quelquefois d'inviter à sa table des gens qu'il avait fait périr la veille ; mais cela était sorti de sa mémoire. Cédant aux insinuations d'Agrippine, il adopta Néron au préjudice de Britannicus son propre fils, et fut récompensé de cette préférence par le poison (l'an 54 de l'ère chrétienne). Les légendes qu'expriment ses médailles sont : TI. CLAVDIVS CAESAR AVG. GERM. , etc. (Tibère Claude César Auguste Germanicus, etc. , etc.).

MÉDAILLES.

(AR.) IMPER*atore* RECEPT*o* est une inscription qui se trouve placée au-dessus de la porte du camp de la garde prétorienne, ce que nous indique la médaille que nous avons rapportée (Pl. III , fig. 25).

(AR.) Sur une autre on lit : PRAETOR*ianis* RECEP*tis*. L'Empereur, en toge et debout, donne la main à un des soldats prétoriens qui tient de la gauche l'aigle des légions romaines (*V*. Pl. III , fig. 26). La première de ces deux médailles fait connaître de quelle manière Claude fut présenté à la garde, reconnu par elle pour Empereur et placé sous sa protection. La deuxième a pour sujet la protection que cet Empereur accorde à son tour à la garde en lui faisant prêter serment de fidélité.

VALERIA MESSALINA, FEMME DE L'EMPEREUR CLAUDE.

Empreinte d'une médaille de Messaline. On ne connaît point de médailles, de coin romain, de cette impératrice; nous ne pouvons citer qu'une empreinte de notre collection, qui paraît provenir d'une fausse médaille de colonies (9).

On voit, d'un côté, la tête de Messaline, et on lit autour : ΟΥΑΛΕΡΙΑ ΜΕΣΣΑΛΙΝΑ ϹΕΒΑϹΤΗ (Valérie Messaline Auguste); au revers, la tête de l'empereur Claude, avec cette légende : ΑΥΤ. ΚΑΙϹ. ΤΙΒ. ΚΛ. ϹΕΒ. (L'empereur Tibère Claude Auguste). On connaît les affreux débordemens de l'infâme Messaline, fille de *Messala Barbatus* et de *Domitia Lepida,* quatrième femme de Claude, dont elle eut *Octavie* et *Britannicus.* Juvénal, dans sa VIᵉ Satire, retrace l'affreux tableau de sa dépravation, que ce vers achève d'une manière si énergique :

» *Et lassata viris, sed non satiata recessit.*

Nous ne croyons pas qu'on puisse rendre en plus beaux vers, un sujet aussi délicat à traiter dans notre langue que celui-ci, où *Thomas* fait, avec autant d'art que de talent, le portrait de Messaline :

Quand de Claude assoupi la nuit ferme les yeux,
D'un obscur vêtement sa femme enveloppée,
Seule avec une esclave, et dans l'ombre échappée,
Préfère à ce palais tout plein de ses aïeux,
Des plus viles Phrynés le repaire odieux.
Pour y mieux avilir le rang qu'elle profane,
Elle emprunte, à dessein, un nom de courtisane :

Son nom est *Lysisca*. Ces exécrables murs,
La lampe suspendue à leurs dômes obscurs,
Des plus affreux plaisirs la trace encor récente,
Rien ne peut réprimer l'ardeur qui la tourmente ;
Un lit dur et grossier charme plus ses regards
Que l'oreiller de pourpre où dorment les Césars.
Tous ceux que dans cet antre appelle la nuit sombre,
Son regard les invite et n'en craint pas le nombre ;
Son sein nu, haletant, qu'attache un réseau d'or,
Les défie, en triomphe, et les défie encor.
C'est là que, dévouée à d'infâmes caresses,
Des muletiers de Rome épuisant les tendresses,
Noble Britannicus, sur un lit effronté,
Elle étale à leurs yeux les flancs qui t'ont porté !
L'aurore enfin paraît, et sa main adultère
Des faveurs de la nuit réclame le salaire.
Elle quitte à regret ces immondes parvis :
Ses sens sont fatigués et non pas assouvis.
Elle rentre au palais, hideuse, échevelée ;
Elle rentre, et l'odeur autour d'elle exhalée,
Va sous le dais sacré du lit des Empereurs,
Révéler de sa nuit les lubriques fureurs.

AGRIPPINA CLAUDII. — AGRIPPINE, LA JEUNE, FEMME DE CLAUDE.

Julia Agrippina, fille de Germanicus et d'Agrippine, née l'an 16 de l'ère chrétienne, mariée par Tibère à Cneïus Domitius Ahenobarbus (*a*), était mère de Néron, qui la fit

(*a*) Visconti, dans son Iconogr. Romaine, Pl. II, fig. 6, rapporte une médaille de la famille Domitia, où figure : *Cn. Dom. Ahenobarbus.*

périr l'an 59 de l'ère chrétienne. Ce fut le prix de l'injuste préférence qu'elle avait fait obtenir à ce monstre sur Britannicus en empoisonnant Claude son stupide époux.

La plupart de ses médailles d'or et d'argent sont au revers de Claude ou de Néron. Il y en a en bronze de plusieurs villes grecques. M. Mionnet en cite d'autres en G. B. de coin romain, ayant au revers une femme assise, ou un arc de triomphe. Eckhel les croit fausses contre le sentiment de Vaillant.

Britannicus, fils de Claude et de Messaline.

Ti. Claudius Germanicus, et ensuite *Britannicus,* né l'an 42 de notre ère, mourut empoisonné par les ordres de Néron, l'an 55. Les médailles grecques ou de colonies de ce jeune prince sont fort rares. M. Mionnet présente ses médailles en G. B. de coin romain comme étant de la plus grande rareté. Elles offrent d'un côté la tête nue de Britannicus, et pour légende : TI. CLAVDIVS CAESAR AVG. F. BRITANNICVS; au revers, S. C., Mars marchant (Eckhel, Doctr. num. vet.). Cependant l'auteur des leçons de numismatique romaine ayant vu et examiné cette médaille, qu'il cite comme unique dans la collection de M. l'abbé Canova, frère du fameux sculpteur, la croit fort suspecte. Elle est plus épaisse et aussi d'un module plus grand que le G. B. ordinaire. Son revers offre le dieu Mars, type inusité pour un jeune prince revêtu seulement du titre de César.

Nero Claudivs Caesar. — Néron, empereur,

Etait fils de Cnéius Domitius Ahenobarbus et d'Agrippine la jeune. Il n'avait aucun droit au trône impérial par sa naissance; mais Claude ayant épousé **Agrippine**, cette princesse ambitieuse le détermina à adopter Domitius, et à exclure conséquemment Britannicus, qu'il avait eu de Messaline. Dès-lors ce fils d'Agrippine prit le nom de *Claude-Néron*. Non contente d'avoir réussi dans son premier dessein, elle sut se débarrasser de Claude par le poison, et frayer à force d'intrigues et de crimes le chemin du trône à celui qui devait l'en punir par un parricide. Déguisant l'atrocité de son caractère, Néron se montra d'abord sous des dehors humains, et prit le masque de la vertu; mais cessant bientôt de se contraindre, il s'abandonna à ses penchans vicieux, et se livra à de tels excès de cruauté et d'infamie que son nom devint par la suite synonyme de monstre et de tyran. On sait qu'après s'être défait de Britannicus et d'Octavie, il n'épargna pas même sa propre mère, et qu'il mit le comble à ses attentats en faisant incendier Rome. Les habitans de cette malheureuse ville ne trouvèrent pas d'autre moyen de se débarrasser de lui qu'en procédant à son remplacement, et les provinces se hâtèrent de choisir pour empereur Sulpicius Galba, proconsul d'Espagne. L'odieux Néron, abandonné de tout le monde et livré à lui-même, se vit enfin forcé de se donner la mort l'an 68 de l'ère chrétienne.

Son nom, sur les médailles est : NERO CLAVD. CAESAR AVG. GERmanicus P. M., etc.

MÉDAILLES.

Sur une médaille de G. B., où l'on voit la tête laurée de Néron, on remarque, au revers, deux cavaliers en course. La légende est : DECVRSIO S. C.

(G. B.) Cette médaille rappelle des courses ou exercices

militaires fort en usage dans les armées romaines et auxquels Néron, n'étant encore que César, s'était fort adonné.
(*V.* les Leçons de Num. rom. , p. 97.)

(G. B.) CON*Giarium* I , et sur d'autres, II DAT*um* PO-
P*ulo*. L'Empereur, assis sur une estrade, distribue des
présens au peuple. (*V.* Pl. III , fig. 27.)

On nommait ces sortes de distributions *congiaires* (10) ,
du mot *congius*. Néron portait ce genre de libéralité jusqu'à la profusion. Souvent il établissait des espèces de lo-
teries, dont les numéros contenaient la donation de meubles
précieux, celle d'or et d'argent ou de pierres précieuses,
quelquefois même des terres, des vaisseaux aussi bien que
des îles entières et leurs dépendances.

(G. B.) Médaille de G B. Tête laurée de Néron. NERO
CLAVD. CAESAR AVG. GERM. P. M. TR. P. IMP. P. P.
(Néron - Claude - César - Auguste - Germanicus, Souverain -
Pontife, jouissant de la puissance tribunitienne, Empereur
et père de la patrie); au revers, MACELLVM AVGVSTI S. C. (11)
Édifice élégant, orné de statues, probablement une halle ou
un marché aux viandes et autres comestibles. On sait, au
rapport de Dion, que Néron fit construire à Rome un marché pour les comestibles. (*V.* Leçons élément. de Num.
rom. , p. 101.)

(G. B. et M. B.) *Temple de Janus* fermé; il est paré des
guirlandes de laurier dont on le décorait après la victoire :
ses portes, à deux battans, sont fermées; on y lit : PACE
P. R. TERRA MARIQ*ue* PARTA JANUM CLVSIT (*a*).

(*a*) Sur d'autres on lit : *Pace populi Romani - ubique parta*
Janum clusit.

(Après avoir procuré la paix au Peuple Romain, sur terre et sur mer, il a fermé le temple de Janus.) Médaille de G. et M. B. (Venuti, *Saggi di Corton,* IV, p. 108.) (*V.* Pl. III, fig. 28 de cet ouvrage.)

Lorsque Rome était en guerre, le temple de Janus restait toujours ouvert, et il se fermait dès que la guerre avait cessé, ce qui arrivait rarement, car, d'après le témoignage de Tite-Live, il ne fut fermé qu'une seule fois depuis la fondation de Rome jusqu'à la bataille d'Actium. Sous l'Empereur Auguste, il le fut trois fois; et, ce qui est digne de remarque, c'est que ce fut précisément vers l'époque de la naissance de Jésus-Christ : le monde jouissait alors d'une paix universelle, d'après le témoignage des SS. Pères. Les médailles seules nous apprennent que ce temple fut fermé sous Néron. On remarquera que le mot CLVSIT est là pour CLAVSIT.

(P. B.) PONT. MAX. TR. POT. et S. C. Néron debout, vêtu d'une longue tunique, tient une lyre de laquelle il tire des sons harmonieux. (*V.* Pl. III, fig. 29.)

Néron avait la prétention de passer pour un habile chanteur, quoiqu'il eût une voix des plus mesquines. Prévenu en faveur de son talent, il se faisait entendre sur un théâtre et en public, mais non sans avoir pris quelques précautions; car, pour s'assurer des suffrages, il faisait placer des gens soldés parmi les spectateurs, et recueillait leurs applaudissemens à la fin de chaque strophe. Souvent ils s'écriaient : *O ! Apollon !* tu nous enchantes ! La saine partie du public en riait ou en glosait. Ce fut ainsi, qu'en incendiant Rome, il chantait sur sa lyre les malheurs de Troie. Il porta la mélomanie à un tel excès, que, pour rendre l'étranger témoin de son rare talent, il entreprit exprès un voyage en Grèce, où il parut en public. Les Grecs n'ont pas manqué d'éterniser une si glorieuse action par des médailles sur lesquelles on lit : ΝΕΡΩΝΙ ΑΠΟΛΛΩΝΙ. (A Néron l'Apollon.) Il y est représenté dans le même costume que celui que lui donne la médaille latine que nous venons de rapporter.

(P. B.) Une autre médaille, non moins curieuse, est celle-ci : NERO CAESAR AVG. IMP. Tête laurée de Néron ; au revers CERTA. QVINQ. ROM. CO. S. C.; et dans le champ, S. Table sur laquelle on a placé une urne et une couronne; au-dessous un disque.

Ce revers s'explique par *Certamen quinquennale Romæ constitutum*, et rappelle les concours quinquennaux, pour la musique, la poésie et les exercices gymniques, fondés à Rome par l'Empereur, l'an 60 de notre ère. Ils avaient lieu tous les cinq ans, et étaient appelés *Neronia*. (*V.* les Leçons élém. de Num. Rom., p. 101.)

(G. et M. B.) PORTVS OSTIENSIS AVGVSTI S. C. Le port d'Ostie. (*V.* Pl. IV, fig. 1.)

La ville d'Ostie était à l'embouchure du Tibre, d'où elle tirait son nom (12). L'Empereur Claude fit réparer son port à grands frais, et Néron en aura probablement fait achever les travaux, suivant le témoignage de la médaille.

Une autre médaille, de M. B. (*a*), présente la tête de Néron avec le sceau réprobateur du Sénat, S. P. Q. R., imprimé sur son cou en forme de contre-marque. Elle porte la légende ordinaire de NERO CAES. AVG. P. M. TR. P. ; du côté de la tête, et au revers une Victoire sur un globe, avec la marque S. C. dans le champ.

(*a*) De notre Collection.

On sait qu'après la mort de Néron, et voulant exprimer toute l'indignation que sa mémoire inspirait, le Sénat fit jeter ses statues dans le Tibre et proscrivit ses images. Il paraît, par la médaille que nous venons de citer, qu'il avait imprimé cette espèce de flétrissure jusque sur les monnaies. Elles ne sont cependant pas très-communes.

Servivs Svlpicivs Galba, Empereur,

Était Proconsul en Espagne et déjà avancé en âge, lorsqu'il fut élevé à l'Empire par son armée d'après le vœu de quelques provinces. Il se trouvait alors dans la ville de *Clunia* lorsque le décret du Sénat, qui était également en sa faveur, lui fut apporté. Il n'éprouva donc aucune résistance ; car, à son arrivée à Rome, Néron avait cessé de vivre. Par affection et par reconnaissance, le nouvel Empereur surnomma la ville de Clunia *Sulpicia* ; ce que nous fait connaître une médaille de G. B assez rare. Le règne de Galba ne dura que huit mois ; il fut assassiné par sa garde prétorienne qui ne pouvait supporter son extrême avarice, étant accoutumée aux profusions de son prédécesseur.

Les inscriptions de ses médailles sont : SER*vius* SVL*picius* GALBA IMP. CAESAR AVG., etc.

MÉDAILLES.

(AR) HISPANIA (l'Espagne). Une femme debout tient de la droite quelques épis, sur d'autres des pavots ; de la gauche, un bouclier de forme ronde et deux lances (*V.* Pl. IV, fig. 2).

L'Espagne (15) et les provinces de la Gaule jouissaient d'une grande faveur auprès de Galba parce qu'elles avaient été les premières à se déclarer contre Néron. Les attributs de l'Espagne sont les épis qui figurent sur la médaille et indiquent la fertilité de ce royaume ; le bouclier et les deux lances représentent les armes dont ses anciens habitans se servaient.

GENIO P. R. Au Génie du Peuple Romain (14). Galba figure sur une médaille d'argent sous cet emblème, ayant une corne d'abondance derrière lui ; le devant de la tête est chauve comme était celle de cet Empereur, que la haine générale contre Néron faisait regarder comme le sauveur ou le génie tutélaire du peuple Romain (*V*. Morell. Imp. II, IV, 17).

Il est certain que la mort de Néron avait excité dans Rome et dans tout l'empire une joie universelle, excepté parmi la plus vile populace, que ses largesses avait séduite. On regarda d'abord le nouveau règne comme une ère de bonheur et de liberté ; aussi les monnaies de Galba font-elles fréquemment allusion à ces sentimens ou à ces espérances (*V*. les Leçons élém. de Num. Rom., p. 105).

MARC. SILVIUS OTHO. — OTHON, EMPEREUR,

L'un des favoris de Néron, était voluptueux, prodigue, et se livrait, comme son maître, aux plus honteux excès de la débauche. Il fut d'abord fidèle à Galba ; mais lorsqu'il s'aperçut que cet Empereur adoptait Pison, et qu'il était trompé dans l'espoir qu'il avait de lui être préféré, il s'attacha à mettre dans son parti les gardes prétoriennes, et s'empara du trône après la mort de Galba ; mais il en fut chassé lui-même, au bout de trois mois, par son compétiteur Vitellius, après avoir perdu contre lui une bataille sanglante, qui le détermina à se donner la mort,

L'inscription de ses médailles est : IMP. OTHO CAE-
SAR AVG. Sa tête, sur les médailles romaines, n'est pas
couronnée de laurier, mais simplement bouclée (*V*. Pl.
IV, fig. 5).

On ne connaît point de médailles de bronze d'Othon,
qui ait été frappée à Rome, par la raison que le Sénat ne se
déclara pas pour ce prince, voulant, avant de le reconnaître pour Empereur et de faire frapper de la monnaie
de bronze à son nom, voir terminer la guerre civile qui
s'était élevée entre lui et Vitellius. Toutes les médailles
de bronze d'Othon ont donc été frappées à Antioche
de Syrie, ou à Alexandrie d'Égypte. Celles qui paraissent être de coin romain sont fausses. Du reste, ses véritables médailles d'or et d'argent n'offrent rien de bien
remarquable, à l'exception de celle où on lit : *Victoria
Othonis.*

MÉDAILLE D'OTHON DE LA COLONIE D'ANTIOCHE.

(M. B. de Col.) IMP. M. OTHO CAES. AVG. La tête
de cet Empereur; au revers, S. C. , dans une couronne
de laurier.

Cette médaille est de M. B. , d'une fabrique plus grossière que celle des monnaies romaines, mais nullement
barbare. Quoiqu'elle porte les deux lettres S. C. (*Senatus-Consulto*), elle ne peut avoir été fabriquée à Rome,
où le Sénat ne reconnut jamais formellement l'autorité
d'Othon. Une foule de circonstances, telles que sa fabrique, sa similitude avec d'autres médailles portant des
légendes grecques autour des têtes, et particulières à *Antioche de Syrie*, paraissent démontrer qu'elle a dû être
frappée dans cette dernière ville, à laquelle le droit de

battre monnaie avait été conservé dès le temps de *Pompée*, par décret du Sénat : c'est ce que signifient les lettres
S. C. du revers. Cette médaille est rare et recherchée (*V.*
les Leçons de Num. Rom., p. 105).

Aulus Vitellius, Empereur,

Galba avait placé Vitellius à la tête des mêmes légions
dont il s'était servi pour parvenir à l'Empire, et qui occupèrent depuis la basse Germanie. Ce dernier les employa
avec le même succès contre Othon, à la bataille de Bé-
driac, où leur valeur seule lui assura la victoire. Après la
mort d'Othon, qui suivit de près sa défaite, Suétone Pau-
lin, un de ses lieutenans, s'excusait auprès de Vitellius
des services qu'il avait rendus à l'Empereur vaincu, et se
vanta même de lui avoir donné un mauvais conseil qui
avait contribué à lui faire perdre la bataille. Tacite, avec
son style énergique, rend ce trait en très-peu de mots,
mais qui renferment un grand sens : *De perfidiâ lauda-
tum, de fide excusatum* (on lui fit un mérite de sa perfidie et on lui pardonna sa fidélité). Ce qui prouve qu'en
révolution les vertus sont des crimes et les crimes des vertus (*V.* les Hist. de Tacite, liv. ii , ix). Cependant, Vitellius s'étant attiré la haine des Romains par ses cruautés
et par des prodigalités sans nombre, employées principalement à des repas monstrueux qu'il qualifiait lui-même de
Cænæ Vitellianæ, les légions de la Syrie firent choix de
Vespasien pour Empereur. Vitellius se vit alors abandonné
de tout le monde, et fut, après huit mois de règne,
cruellement massacré par les soldats de Vespasien. Les légendes de ses médailles sont : AVLVS VITELLIVS IMP.
GERMANICVS.

MÉDAILLES.

(G. B.) Au revers d'une médaille de Vitellius, ayant pour légende : honos et virtvs (15), une femme, à moitié nue, tient une haste et une corne d'abondance; près d'elle est un guerrier casqué, qui tient une haste et un *parazonium* (a), ce qui exprime la noble alliance de *l'Honneur et de la Vertu.* Sur d'autres médailles, l'Honneur tient à la fois une épée et une corne d'abondance, pour montrer qu'il est une source réelle de prospérités. (*V.* Gal. Mythol., t. 1, p. 89. Pl. LXXIX., n° 357).

Autre de M. B. A. VITELLIVS IMP. GERMAN. Tête laurée de l'Empereur; au revers, deux mains jointes, et pour légende : fides exercitvvm (fidélité des troupes).

On a vu qu'au moyen d'adoptions successives, l'Empire avait été en quelque sorte héréditaire depuis Auguste jusqu'à Néron. Après la fin tragique de celui-ci, les armées donnèrent le dangereux exemple de ces élections violentes qui déchirèrent si cruellement l'état. Vitellius, ainsi que ses compétiteurs, devant le trône aux soldats, avait soin de célébrer sur ses monnaies leurs sentimens et leurs promesses en sa faveur. C'est le sujet de cette médaille.

Au revers d'une autre, ayant pour légende : *XV* VIR SACR*is* FAC*iundis,* on voit un trépied sur lequel est placé un dauphin et au dessous un corbeau (*V.* Pl. IV , fig 4). Parmi les divers emplois qui faisaient partie du culte chez les Romains, il en existait un qui était confié à ceux qu'on nommait *Quindecumviri sacris faciundis* (quindecemvirs).

_____

(*a*) Courte épée ou bâton de commandant.

Ils étaient uniquement chargés, lorsque Rome se trouvait menacée de quelque danger, de consulter les livres sibyllins (a), afin d'indiquer quelles mesures il fallait prendre pour y parer. Or, le type de la médaille se rapporte à à Apollon Delphien. Le trépied est celui sur lequel la prêtresse est assise et prononce ses oracles. Le Dauphin désigne la ville de Delphes, dont le nom en dérive (Apollon y avait son principal temple); et le corbeau est placé à côté de ce dieu, parce qu'on attribuait à cet oiseau le don de désigner certaines choses de l'avenir. Vitellius avait adopté ce singulier type sur quelques-unes de ses monnaies, parce qu'avant d'être nommé Empereur, il avait appartenu au collége des Quindecemvirs.

Vespasianus. — Vespasien, Empereur.

On lui avait confié le gouvernement des principales provinces de l'Empire, parce qu'on lui connaissait de grands talens militaires. Néron, sur la fin de son règne, le chargea de soutenir la guerre en Judée; et ce fut pendant le cours de cette campagne qu'il fut choisi par les légions de Syrie et d'Égypte pour remplacer l'indigne Vitellius, et salué du nom d'empereur par les autres provinces (l'an 69 de l'ère chr.) Après avoir laissé la direction du siège de Jérusalem à son fils Titus, Vespasien se rendit à Rome, où il fut reçu aux acclamations de tous les habitans. Son règne, qui dura dix ans, fut signalé par une rare prudence, un zèle infatigable pour la justice, et l'amour de ses sujets. On ne lui

---

(a) Que l'on croyait renfermer les destinées de l'Empire Romain, écrites par la Sibylle de Cumes.

reprocha que son avarice; mais il y était en quelque sorte obligé pour rétablir l'ordre dans les finances, qui étaient épuisées par les profusions de ses prédécesseurs. Parmi les les nombreux et admirables édifices dont il se plut à embellir la capitale, on remarque le temple de Jupiter Capitolin, celui de la Paix, et l'amphithéâtre connu sous le nom de Colisée.

Les légendes de ses médailles lui donnent le titre de : IMP. CAESAR VESPASIANVS AVG.

MÉDAILLES.

(G. B.) Des médailles de G. B. frappées sous les règnes de Vespasien et de Titus, ont pour légendes : JVDAEA CAPTA ou DEVICTA (16) ou bien DE JVDAEIS S. C. (Conquête de la Judée) (V. Pl. IV, fig. 5).

La Judée paraît sous les traits d'une femme plongée dans la tristesse, et assise au pied d'un palmier, arbre qui croît particulièrement dans cette contrée; à côté d'elle est une cuirasse, et derrière on voit l'Empereur vêtu d'un *paludamentum* (a); à ses pieds est un bouclier (*V.* Oisel Num., Sel, XVI, n° 7).

Cette médaille offre l'emblème de la Judée, dont les habitans, peu faciles à gouverner, furent cependant obligés de courber sous le joug des Romains, par suite des sages mesures de Vespasien, et surtout après la prise de Jérusalem sous le commandement de Titus. Cette conquête date de l'an 70 de J. C.

L'auteur des Leçons élémentaires de Numism. Rom.,

(a) Vêtement de guerre.

1.   9

que nous citons toujours avec plaisir, rapporte une semblable médaille de G. B. remarquable, en ce sens, qu'elle
présente une légende peu connue des antiquaires; cette
légende porte : IMP. CAES. VESPASIAN. AVG. P. M. TR.
P. P. P. COS. Tête laurée de l'Empereur, même revers
que la précédente. Celle-ci a de particulier que Vespasien,
anciennement *consul suffectus*, ou remplaçant un autre
consul, et nommé consul effectif en 825, prit alors le
titre de *Cos*. II. Or notre médaille qui l'appelle simplement
Cos. (consul) paraît donc avoir été frappée de suite après
la mort de *Vitellius* et dans les derniers jours de 822,
tandis qu'Eckhel n'en connaissait point en bronze d'anté-
rieure à l'entrée à Rome du nouvel empereur. Ce savant
avait sans doute oublié que Vaillant rapportait une légende
semblable à la nôtre, qui détruisait son assertion. C'est la
médaille de Vespasien, ayant au revers : CONCORDIA EXER-
CITVVM S. C. (La concorde parmi les troupes) et deux
mains jointes (*V*. Vaillant, Numism., Imp. romanor.,
tom. 1).

(G. B.) Une autre médaille présente la façade du *Temple
de Jupiter Capitolin*, orné de statues : dans le milieu
figure Jupiter assis, ayant à sa droite Minerve et à sa gauche
Junon : à l'exergue S. C. (*V*. Pl. IV, fig. 6).

Pendant les troubles qui survinrent à Rome dans les
derniers jours du règne de Vitellius, et tandis que l'armée
de Vespasien approchait de cette capitale, le temple de
Jupiter Capitolin fut réduit en cendres. Vespasien eut à
cœur de signaler son avénement au trône par la restauration de ce temple, et pour y exciter le peuple, il donna
lui-même l'exemple, en travaillant à déblayer les ruines.
Ce furent les Juifs qui firent en partie les frais de cette

grande entreprise; car étant obligés de fournir chacun
2 drachmes pour servir à l'entretien du temple de Jérusalem, ils reçurent l'ordre d'employer cet argent au rétablissement du temple de Jupiter. Les statues des trois divinités étaient placées de la même manière que l'indique la
médaille, où l'on voit que Minerve occupait la première
place et passait avant Junon. Il est certain qu'à Rome on
lui rendait les premiers honneurs après Jupiter. C'est
pourquoi Horace, en parlant de ce dieu, dit : *Proximos
illi tamen occupavit Pallas honores.* Par la même raison,
on a placé sur des médailles d'*Antonin-le-Pieux*, les oi-
seaux consacrés à ces trois divinités, dans l'ordre indiqué,
c'est-à-dire l'aigle dans le milieu, la chouette de Minerve
à droite, et le paon de Junon à gauche.

FLAVIA DOMITILLA, FEMME DE VESPASIEN.

Elle mourut avant l'avènement de son mari au trône.

Médaille de G. B. MEMORIÆ DOMITILLÆ. S. P. Q. R.
et le *Carpentum,* ou char tiré par deux mules, signe de
l'apothéose de Domitilla.

Au revers, IMP. T. CAES. DIVI VESP. , F. AVG. P. M. TR. P.
P. P. COS. III; au milieu du champ S. C.

Le char à deux mules n'était pas approprié uniquement
aux consécrations. Quelques antiquaires ont été partagés
sur la question de savoir si cette médaille appartient à la
femme ou à la fille de Vespasien, car toutes deux portèrent
le même nom. L'auteur des Leçons élémentaires de Numis.
Rom. croit devoir l'attribuer à la fille de cet Empereur,
sœur de Titus, sous le règne duquel elle a été frappée.
Nous ne partageons pas son sentiment à cet égard et pensons, au contraire, que la médaille a été frappée en mé-

moirè de Domitilla, mère de Titus, laquelle ne pouvait alors prendre le titre d'Auguste sur les médailles de bronze, étant morte avant l'avènement de son mari, et nous pensons également que Titus a dû la consacrer plutôt à sa mère qu'à sa sœur.

Titus, Empereur,

Fils aîné et successeur de Vespasien, fut surnommé, à juste titre, *les délices du genre humain :* il était doux, affable et bienfaisant à un tel point, qu'on cite les belles paroles de ce prince à ses domestiques, qui l'avertissaient de ne pas promettre plus qu'il ne pouvait tenir : « *Il ne » faut pas que personne s'en retourne mécontent de son » prince.* » On sait qu'il regardait comme perdu le jour où il n'avait pu faire de bien à ses sujets, Ce fut Titus qui termina glorieusement la guerre contre les Juifs. Il y eut sous son règne (l'an 79 de J. C.), une des premières éruptions connues du Vésuve, dont la lave et les cendres causèrent la ruine d'Herculanum et de Pompeïa (a), et où le célèbre naturaliste Pline perdit la vie. Titus mourut, après deux années de règne (l'an 834 de Rome ou 81 de notre ère). Il est probable qu'il fut empoisonné par son frère Domitien.

Les inscriptions de ses médailles sont : IMP. TITVS CAES. VESPASIAN. ou DIVI VESP*asiani Filius* AVG. P. M., etc. (*V.* Pl. IV, fig. 7).

MÉDAILLES.

(G. B.) Dans le G. B. nous citerons la médaille ayant pour

(a) Villes de la Campanie.

légende : IMP. T. CAES. VESP. AVG. P. M. TR. P. P. P. COS. VIII. (L'empereur Titus César-Vespasien l'Auguste, Souverain Pontife, jouissant de la puissance tribunitienne, Père de la Patrie, Consul pour la huitième fois.) L'Empereur assis sur un monceau d'armes. Au revers, l'amphithéâtre Flavien, dit le Colisée (17). (*V*. Pl. IV, fig. 8).

Sur cette médaille est représenté le superbe Amphithéâtre, commencé sous le règne de Vespasien et achevé par Titus, qui en fit l'ouverture. Cet édifice existe encore en grande partie et est plus particulièrement connu sous le nom de Colisée. Il serait encore entier, tant sa construction était solide, si la barbarie des temps modernes ne s'en était emparé en grande partie pour le faire servir à des édifices publics et particuliers. On pourra se former une idée de ce monument si imposant, lorsqu'on saura qu'on a calculé que les murs seuls de son enceinte coûteraient, de nos jours, près de 14 millions.

JULIA TITI. — JULIE, FILLE DE TITUS.,

(M. B.) Avait épousé Flavius Sabinus, son cousin-germain, que le farouche Domitien, étant empereur, fit assassiner ; devenue ensuite maîtresse de son oncle, elle vécut publiquement avec lui et mourut vers l'an 90 de l'ère chrétienne. Ses médailles sont en M. B. JVLIA, IMP. T. AVG. F. AVGVSTA (Julie, fille Auguste de l'empereur Titus l'Auguste). Sa tête. Au revers VESTA S. C. Femme assise tenant le Palladium et une haste.

(G. B.) Autre de G. B. DIVÆ JVLIÆ AVG. DIVI T. F. S. P. Q. R. le *carpentum*. Au revers IMP. CAES. DOMIT. AVG. GERM. COS. XV, CENS. PER. P. P. Au milieu du champ, S. C. (A la divine Julie, fille du divin Titus l'Auguste, le

Sénat et le Peuple Romain. L'Empereur César Domitien ,
l'Auguste, le Germanique, Consul pour la 15ᵉ fois, Censeur
perpétuel , Père de la Patrie).

Le première de ces deux médailles, frappée sous le règne
de Titus en l'honneur de Julie, sa fille, revêtue par lui
du titre d'Auguste , a pour revers le nom et la figure de
Vesta : de même que les Empereurs vouaient un culte aux
dieux, les princesses affectaient d'honorer particulièrement
les déesses ; et les noms de la plupart de celles-ci figurent
presque toujours sur les revers des médailles de ces mêmes
princesses.

Le deuxième médaille, frappée après la mort de Julie
et sous le XVᵉ consulat de Domitien, prouve que cette
princesse, qui y est qualifiée de *Diva*, avait été mise par
son oncle au rang des divinités (*V.* les Leçons élémentaires
de Numism. Rom. , p. 113).

DOMITIANUS. — DOMITIEN, EMPEREUR,

Second fils de Vespasien, succéda à l'empire après la
mort de Titus. Ce prince ne possédait aucune des vertus de
son frère , dont la perte fut d'autant plus vivement sentie ,
que Domitien ne signala le cours de son règne que par des
traits de cruauté, d'orgueil et de bassesse. Après avoir
deshonoré le trône impérial pendant 15 ans, ce monstre
fut enfin assassiné par *Stephanus,* à la suite d'une conspiration (l'an 96 de l'ère chrétienne).

Ses médailles ont pour légende : IMP. CAES. DOMIT.
AVG. GERM. P. M. , etc.

MÉDAILLES.

Au revers d'un G. B. dont la légende est GERMANICVS
ou GERMANIA CAPTA. (Conquête de la Germanie), on voit

sous l'emblème de la Germanie, une femme assise sur un long bouclier; elle est dans l'attitude de la douleur; à côté d'elle se trouve une lance rompue. Sur d'autres, la Germanie est assise au pied d'un trophée, et devant elle est un captif debout.

Domitien fit la guerre aux Cattes, peuple de la Germanie, qui habitait les bords du Rhin; mais il se vit bientôt obligé de retourner à Rome sans avoir remporté le moindre avantage. Cependant, voulant éblouir les Romains par un triomphe (18), mais n'ayant, par malheur, aucuns prisonniers à montrer au peuple comme témoins de sa victoire, il loua des mercenaires qui consentirent, pour de l'argent, à se métamorphoser en Cattes, à se faire lier les mains derrière le dos, et conduire à la suite du char triomphal. Domitien prit de là le titre de *Germanique,* qu'il ajouta à ses nom et surnoms: les poètes et les courtisans ayant même remarqué qu'il aimait à en faire parade, ne manquèrent pas de le lui prodiguer en le nommant *Germanicus* tout simplement. Nous en voyons des exemples dans Martial.

(AR.) Une autre médaille de Domitien représente *Vénus Paphia* dans son *temple,* sous la forme d'une *pierre pyramidale.* On lit autour: ETOYC NEOY IEPOY Θ (*Dans l'année du nouveau temple,* VIII) (Lachau, *Dissert. sur Vénus,* 25).

Sur les médailles de l'île de Chypre, on voit le Temple de la Vénus de Paphos, dans lequel la déesse n'était point représentée sous la figure humaine, mais sous la forme d'une pyramide (19). Cette représentation était symbolique et, selon quelques auteurs, rappelait que le culte de la Vénus céleste avait été apporté à *Paphos* par les Assyriens.

Le simulacre de Vénus avec cette forme pyramidale se retrouve hors de l'île de Chypre. On le voit sur les médailles de Pergame de Mysie et sur celles de Sardes de Lydie (*V.* Dumersan, *Numismatique du Voyage du jeune Anacharsis*, T. I, p. 79).

(G. B.) Autre dont la légende est : COS. XIIII LVD*os* SAEC*ulares* FEC*it* (Domitien, consul pour la quatorzième fois, ou durant la quatorzième année de son consulat, institua les Jeux séculaires) (20), que l'on voit inscrits sur une colonne auprès de laquelle est un flambeau et un héraut dans le costume de son emploi (*V.* Pl. IV, fig. 9). Beaucoup de médailles de G. et M. B., frappées sous Domitien, et portant cette inscription, représentent la cérémonie solennelle des Jeux séculaires, qui fut célébrée pendant la quatorzième année de son consulat. Ces jeux étaient en grande vénération chez les Romains; et d'après l'opinion qu'exprime à ce sujet Zosime, dans la description qu'il nous en a laissée, le salut de l'Empire y était attaché. Auguste fut le premier de tous les Empereurs qui les fit célébrer, l'an 757 de la fondation de Rome. Des médailles avec l'inscription suivante, nous en offrent la preuve : IMP. CAES. AVG. LVD. SAEC. XV S. F., c'est-à-dire : *Imperator Cæsar Augustus ludos sæculares fecit quindecumvir sacris faciundis* (l'Empereur César Auguste institua les jeux séculaires sous les auspices du quindecemvir ayant soin des choses sacrées); car la célébration de ces jeux rentrait dans les attributions du prêtre de ce nom. Horace, du temps d'Auguste, a composé à ce sujet son célèbre *Carm n Sæculare : Phœbe, silvarumque potens Diana,* O Phébus! et toi Diane, Reine des forêts! (*V.* Hor. Ad Apoll. et Dian. Hymn.) Ces jeux, dans le principe, ne de-

vaient revenir qu'au bout de chaque siècle; de là la for
mule employée par les hérauts chargés de les annoncer au
peuple : *Que tout le monde se réunisse pour assister à des
jeux que personne n'a encore vus et que personne ne rever-
ra.* Mais on n'observa pas à la lettre le temps prescrit pour
leur retour, car, dès la soixante-troisième année, c'est-
à-dire, l'an 800 de Rome, Claude les renouvela, ce qui
donna lieu aux plaisans de se moquer des hérauts et de la
formule qu'ils employaient pour en faire la publication,
d'autant qu'on vit des acteurs figurer sur ce même théâtre
où, du temps d'Auguste, ils avaient déjà paru dans les
mêmes circonstances. Quarante et un an après, Domitien
les fit célébrer de nouveau, d'après le témoignage des médailles précitées et celui de Tacite l'historien, qui était
alors préteur et l'un des quindecemvirs. D'autres médailles,
de Sept. Sévère et de l'Empereur Philippe (sous lequel
l'an 1000 de la fondation de Rome fut célébré), rappellent
les Jeux séculaires également à notre souvenir.

L'auteur des Leçons de Numismatique Romaine cite encore deux médailles de G. B. ayant rapport aux Jeux séculaires de Domitien, que nous ne pouvons passer sous
silence, étant dignes de remarque.

(G. B.) La première a pour légende : IMP. CAES. DO-
MIT., etc. Tête laurée de Domitien, et au revers, COS.
XIII LVD. SAEC. FEC., et sur la base de l'estrade : SVF. P. D.,
au-dessous S. C. L'empereur, assis, tend quelque chose
à une figure en toge accompagnée d'une autre plus petite; au
bord de l'estrade deux vases et dans le fond un temple. Cette
médaille a rapport aux distributions de parfums servant
aux *lustrations*, et qui se faisaient au peuple quelques jours
avant les jeux. C'est ce que signifie sa légende, dont les

abréviations s'expliquent ainsi : *Suffimenta populo data ludos saeculares fecit* (parfums donnés au peuple lors des jeux séculaires).

(G. B.) La deuxième a pour revers COS. XIIII LVD. SAEC. A POP. , et sur la base de l'estrade : *A C.* — *S. C.* L'Empereur assis , et deux figures , dont l'une tient une patère , dans le fond un temple. Cette dernière légende donne lieu à deux leçons ; les uns lisent : *Cos. XIIII Ludis Sæcularibus a Populo fruges accepit ;* ce qui rappellerait les prémices des récoltes offertes aux dieux par le peuple. Mais le plus grand nombre , de l'avis de Spanheim , pense que l'on doit interpréter : *Cos. XIIII Ludos Sæculares,* en sous-entendant *fecit , a Populo fruges acceptæ,* attendu qu'après les jeux d'abondantes distributions étaient faites au peuple. Il faut les distinguer des *jeux votifs.*

Les *jeux votifs* étaient ceux auxquels on s'engageait par quelque vœu. Il y en avait de publics lorsque le vœu était public ; ce qui arrivait dans les grandes calamités , au fort d'un combat , ou dans d'autres occasions importantes. Ils étaient donnés et présidés par le Préteur de la ville , sur un arrêt du Sénat. Une médaille de la famille *Nonia* nous apprend que Sextus Nonius fit célébrer des jeux votifs publics. Une autre médaille prouve aussi qu'on en a célébré en l'honneur d'Auguste et pour son heureux retour. Il y avait encore des jeux votifs privés , mais ils étaient donnés par un simple particulier et à ses frais (*V.* Millin , Dictionnaire des Beaux-Arts).

DOMITIA, FEMME DE DOMITIEN.

(G. B.) Domitia Longina , fille du célèbre Corbulon , mariée d'abord à L. Aelius Lamia , est enlevée à son mari par

Domitien, qui l'épouse ensuite. Après s'être livrée aux plus honteux excès d'une vie dissolue, elle entre dans la conjuration qui le fait périr. Cette princesse mourut sous le règne de l'Empereur Trajan. Ses médailles sont en général très-rares. M. Mionnet rapporte d'elle un G. B. ayant pour légende : DIVI CÆSARIS MATER VEL DIVI CÆSAR. MATRI. Femme assise, tenant une haste ; devant elle une figure en toge, ou femme debout sacrifiant près d'un autel (*V.* les Leçons élément. de Num. Rom. , et Mionnet, de la Rareté et du Prix des Médailles Romaines, art. *Domitia*).

NERVA, EMPEREUR.

La justice et la sagesse de cet Empereur réparèrent les désordres de Domitien ; elles l'accompagnèrent sur le trône des Césars, comme pour consoler les Romains du malheur de l'avoir vu si long-temps occupé par des Empereurs qui n'inspirent que l'horreur et le mépris.

Cependant étant déjà avancé en âge, et croyant avoir remarqué que, par cette raison, il ne jouissait pas, auprès de la garde prétorienne, de toute la considération due à son rang et à ses vertus, il adopta Trajan, et termina sa carrière, l'an 98 de J. - C., à l'âge de soixante-six ans, après un règne de seize mois.

L'inscription de ses médailles porte : IMP. NERVA CAES. AVG. P. M., etc.

MÉDAILLES.

(G. B.) FISCI JVDAICI CALVMNIA SVBLATA S. C. Un palmier (*V*. Pl. IV, fig. 10).

Nous avons remarqué, en citant les médailles de Vespasien, qu'après la conquête de la Judée, les Juifs avaient été contraints par cet Empereur à payer, pour la reconstruction du Temple de Jupiter Capitolin, les deux drachmes destinées à l'entretien de leur propre temple de Jérusalem. Cette taxe, sous Domitien, était perçue d'une manière outrageante par les employés du gouvernement : Nerva, en la maintenant, fit cesser tout acte arbitraire et défendit les vexations. C'est ce que donne à entendre la médaille par *calumnia sublata* (suppression des mauvais traitemens à la perception de l'impôt des Juifs).

(G. B.) VEHICVLATIONE ITALIAE REMISSA S. C. Deux mules paissent, et derrière elles est un charriot (*V*. Pl. IV, fig. 11).

Par le mot *vehiculatio* on entendait les mules ou chevaux de trait et les voitures qui servaient aux transports et convois militaires, tant en Italie que dans les autres provinces de l'empire, et devaient être mises en tout temps à la disposition du gouvernement. Ces espèces de relais formaient une corvée très-onéreuse pour les habitans de la campagne; mais Nerva, prenant en considération toutes les charges qui pèsent particulièrement sur cette classe d'hommes essentiellement utiles et laborieux, trouva moyen de les en soulager.

NERVA-TRAJANUS. — TRAJAN, EMPEREUR,

Parvint à l'Empire sans avoir le moindre droit d'y prétendre, puisqu'il n'était ni le parent ni l'allié de Nerva. Il fut également le premier qui, sans être né en Italie, occupa le trône des Césars. Ce prince, considéré comme ami de l'humanité, comme administrateur ou comme guerrier, est sans contredit l'un des plus grands hommes d'état dont l'histoire ait fait mention. Rome, avant son règne, n'était pas encore parvenue à un aussi haut degré de splendeur et de prospérité. Ses éminentes qualités peuvent bien effacer sa trop grande ambition et le peu de défauts qu'on serait peut-être tenté de reprocher à sa mémoire. La dernière guerre qu'il eut à soutenir fut contre les Parthes; mais il tomba malade durant le cours de cette glorieuse campagne, et mourut à Selinus en Cilicie, après un règne de vingt ans.

L'inscription de ses médailles fut d'abord IMP. CAES. NERVA TRAJAN. AVG. GERM. Les noms de Nerva et de Germanicus lui viennent de Nerva, son père adoptif. Plus tard, il y ajouta le titre de DACICUS (le Dacique) lorsqu'il eut subjugué les Daces, et celui d'OPTIMUS (très-bon) que lui accorda le Sénat d'une voix unanime comme un hommage dû à ses rares vertus. C'est pour cela que l'on trouve, sur le revers de la plupart de ses médailles, l'inscription suivante : s. p. q. r. optimo principi (Le Sénat et le Peuple Romain au meilleur des princes). Sur la fin, ses titres furent : imp. caes. ner. trajano optimo avg. ger. dacico parthico (A l'empereur César Nerva Trajan le très-bon, l'auguste, le germanique, le dacique, le parthique), pour avoir soumis ces différentes nations, c'est-à-dire les Germains, les Daces et les Parthes.

MÉDAILLES.

(AR.) DACia CAPta (conquête de la Dacie ou Dace). Un prisonnier Dace, ayant les mains liées derrière le dos, est assis sur trois boucliers; derrière lui deux sabres recourbés à l'usage des Daces, et sur le devant deux javelots (V. Pl. IV, fig. 12).

Décebale, Roi des Daces (pays dont la Transilvanie

fait aujourd'hui partie) était la terreur des Romains sous le règne de Domitien. Cet empereur lui déclara la guerre; mais voyant que cette guerre paraissait devoir prendre une tournure sérieuse, il y renonça bientôt, et se tira d'affaires en se soumettant à un tribut annuel. Trajan, incapable de supporter plus long-temps une pareille humiliation, entra à la tête de son armée dans les états de Décebale, et l'obligea à lui demander la paix, qu'il n'accorda qu'après lui avoir imposé de dures conditions. Mais ce roi n'ayant pas rempli sa promesse, il fallut recommencer la guerre. Vaincu une seconde fois, Décebale se donna la mort pour ne pas survivre à sa honteuse défaite. La Dacie fut alors convertie en province romaine; et Trajan, après son triomphe, fut surnommé le *Dacique*. D'autres médailles de ce prince, telles que DACIA AVGVSTI PROVINCIA se rattachent à cette conquête importante.

(AR.) DANVVIVS (le Danube sous la forme d'un vieillard, couronné de roseaux et couché, étend la main droite sur un vaisseau, et s'appuie de la gauche sur son urne) (*V.* Pl. IV, fig. 13).

Les anciens avaient coutume de représenter les fleuves de cette manière (21). On voit le Danube sur cette médaille parce que ce fleuve joue un rôle dans la guerre des Daces, et qu'il fallait le passer pour pénétrer dans le pays ennemi. Trajan s'est immortalisé également en faisant construire sur le Danube ce beau pont de pierre rapporté dans l'histoire, et qui, suivant le témoignage de Dion, prouve qu'il n'y a point d'entreprise dont l'homme ne puisse venir à bout. On peut se figurer combien d'obstacles il y avait à vaincre pour diriger une pareille construction sur un fleuve aussi large et aussi profond. L'architecte se nommait Apollodore, de Damas, ville de la Syrie. Hadrien, successeur de Trajan, le fit démolir, parce que ce pont, suivant lui, pouvait faciliter aux Barbares leurs irruptions dans les états romains. D'autres ont pensé qu'il l'avait fait, parce qu'il enviait à Trajan la gloire d'une aussi grande entreprise. On en voit encore aujourd'hui les restes près de la soi-disant porte de fer, entre la Servie et la Valachie.

Une médaille de G. B., au revers de Trajan, représente, suivant les uns, le port d'Ancone, et, selon d'autres, une arche de ce fameux pont de pierre que cet Empereur fit construire sur le Danube, et dont nous venons d'entretenir le lecteur. La légende de ce revers est : s. p. q. r. optimo principi S. C.

(AR.) VIA TRAJANA. Une femme, assise sur la terre, s'appuie de la main droite sur une roue, et de la gauche sur un rocher (*V*. Pl. IV, fig. 14).

Trajan ayant fait ouvrir et paver avec beaucoup de dépenses une grande route à travers les marais Pontins, on donna à cette route le nom de *Via Trajana* (Voie Trajane); elle est ici représentée. La roue indique que cette voie a été rendue praticable, et le rocher signale les difficultés qu'il a fallu vaincre pour y parvenir.

(G. B.) ALIM*enta* ITAL*iæ*. Trajan, revêtu de la toge et debout, étend ses mains au-dessus de deux enfans qui sont devant lui (*V*. Pl. IV, fig. 15).

Cet empereur, voulant favoriser la population de l'Italie qui avait beaucoup souffert pendant les guerres civiles, assigna à ses sujets des terres dont le produit était consacré à l'entretien d'un grand nombre d'enfans. C'est ce qui se trouve rapporté par Pline, dans son *Eloge de Trajan*: *Paullo minus quinque millia ingenuorum fuerunt, quæ liberalitas principis nostri conquisivit, invenit, adscivit. Hi subsidium bellorum, ornamentum pacis, publicis sumptibus aluntur, patriamque non ut patriam tantum, verum ut altricem amare condiscunt. Ex his castra, ex his tribus. replebuntur, etc.*

(G. B.) FORVM TRAJANI (la place Trajane). Un édifice somptueux orné de statues, de colonnes et de trophées (*V*. Pl. IV, fig. 16).

(G. B.) BASILICA VLPIA, la Basilique Ulpienne (22). Une magnifique colonnade ornée de statues. (*V*. Pl. IV, fig. 17).

(G. B.) S. P. Q. R. OPTIMO PRINCIPI. La colonne Trajane, construite en spirale et surmontée de la statue de l'Empereur (*V*. Pl. IV, fig. 18).

Ces médailles nous retracent les superbes édifices que Trajan fit construire à Rome. Le premier représente le *Forum Trajanum*. N'ayant point assez de place pour l'étendue qu'il voulait lui donner, il fit enlever, à force de bras, une partie du mont Quirinal. Ammien Marcellin disait, en parlant de cet édifice, que les dieux eux-mêmes avaient témoigné, à ce sujet, leur satisfaction et leur admiration à l'Empereur.

Le deuxième est la Basilique Ulpienne. Par Basilique, on entend un édifice spacieux, orné de colonnades, qui sert à des réunions publiques, par exemple : pour celle d'un tribunal ou du Sénat, etc. Le nom d'Ulpienne lui venait de Trajan, qui était de la race *Ulpia*.

La troisième médaille a pour sujet l'admirable colonne de marbre blanc qui existe encore aujourd'hui à Rome. A l'extérieur, on a représenté en relief les événemens les plus importans de la guerre des Daces. Elle avait 140 pieds de haut, et était placée au milieu du *Forum* de Trajan : elle indiquait en outre ce qu'il avait fallu retrancher du mont Quirinal pour créer le *Forum*. On y déposa les cendres de Trajan lors de ses funérailles.

(G. B.) Autre médaille de G. B. ayant pour revers AQVA TRAJANA. Le génie d'un fleuve couché sous une voûte, tient une urne de laquelle l'onde sort, etc.

Cette médaille rappelle l'aqueduc que Trajan fit élever pour les besoins, la salubrité et l'embellissement de la capitale (23).

(AR.) PARTHIA CAPTA (Conquête du royaume des Parthes). Un pieu placé entre deux prisonniers Parthes.

(G. B.) REX PARTHIS DATVS (Roi donné aux Parthes). L'Empereur, placé sur une élévation et assis, remet au nouveau Roi des Parthes, qu'il vient de nommer, le diadème ou bandeau royal. Une femme à genoux, et couverte du chapeau parthe, rend ses hommages à son Roi (*V*. Pl. IV, fig. 19).

(G. B.) ARMENIA ET MESOPOTAMIA IN POTESTATEM P. R. REDACTAE. S. C. (L'Arménie et la Mésopotamie soumises à la puissance du Peuple Romain). Trajan tient de la droite une lance, et de la gauche le *parazonium*; il est placé entre deux fleuves couchés, qui tiennent d'une main un vaisseau et s'appuient de l'autre sur leur urne; entre l'Empereur et l'un des deux fleuves, est une femme assise, et ayant le costume arménien (*V*. Pl. IV, fig. 20).

Trajan, sur la fin de son règne, déclara la guerre aux Parthes. Il n'avait pour cela aucun autre motif que son ambition. Après avoir parcouru la Syrie, la Mésopotamie et le royaume d'Assyrie en conquérant, il battit l'armée des Parthes dans toutes les rencontres, nomma de nou-

veaux rois, établit plusieurs gouvernemens, et mérita par
là le surnom de Parthique. Les trois dernières médailles
sont analogues à ces diverses conquêtes. La première rappelle celle du royaume des Parthes principalement; la
deuxième indique que Trajan, après avoir détrôné *Cos-
roës* leur roi, leur impose un nouveau souverain, les force
à le reconnaître et à lui rendre hommage; la troisième se
rapporte à l'occupation de l'Arménie et de la Mésopotamie.
Ces deux royaumes sont distingués chacun par leur symbole particulier. Le premier est désigné par une femme
coiffée d'une espèce de mitre arménienne; et la Mésopotamie par les deux fleuves (le Tigre et l'Euphrate) au milieu desquels elle est située; le nom qu'elle a lui vient de
μεσος qui signifie *milieu*, et ποταμος *fleuve*.

PLOTINA. — PLOTINE,

Femme de l'Empereur Trajan, auquel elle survécut,
était vénérée pour ses vertus, et fut mise au rang des
dieux par Hadrien.

(G. B.) Ses médailles sont en G. B. PLOTINA AVG.
IMP. TRAJANI (sa tête); au revers : FIDES AVGVST. S. C.
Femme debout, tenant de la droite des épis, et de la
gauche une corbeille.

MARCIANA,

Sœur de l'Empereur Trajan, reçoit du Sénat le titre
d'Augusta, et est mise au rang des dieux.

(G. B.) Ses médailles sont : DIVA AVGVSTA MAR-
CIANA (sa tête); au revers : CONSECRATIO. S. C. (Aigle
éployée).

MATIDIA,

Fille de Marciane et nièce de Trajan, était mère de Sa‑
bine, qui devint la femme de l'Empereur Hadrien; elle
reçut également les honneurs de l'apothéose.

(G. B.) Ses médailles sont : MATIDIA AVGVSTA; au
revers : PIETAS AVGVST. Femme debout et deux figures
(*V.* Mionnet).

Les médailles de ces trois princesses sont de G. B., et
toutes très-rares. Mais comme leurs types n'ont pas besoin
d'explication, nous nous contenterons de faire observer
que, quoique les monnaies romaines retracent, dès les
premiers règnes et de diverses manières, l'apothéose des
princes ou princesses, cependant le mot CONSECRATIO ne
paraît pour la première fois que sur les médailles de *Mar‑
ciane*, et avec cette légende, un bûcher, un autel, des
chars de diverses formes, etc., servirent à représenter les
apothéoses, sans qu'il soit possible de fixer les règles d'a‑
près lesquelles un type était plutôt employé qu'un autre.
Cependant l'aigle qui prend son essor, type d'abord com‑
mun aux deux sexes (comme le prouve notre médaille de
Marciane), fut ensuite réservé aux hommes seuls, tandis
que le paon (oiseau consacré à Junon), et le char couvert
à deux mules, connu par les antiquaires sous le nom de
carpentum, furent ou devinrent des types particuliers aux
seules princesses.

(*V.* les Leçons élémentaires de Numismatique Rom.,
Paris, 1823, in-8°, p. 125).

HADRIANVS AVG. — HADRIEN, EMPEREUR,

D'après les insinuations de Plotine (24), fut adopté par
l'Empereur Trajan pendant sa dernière maladie. Etant

mort peu de jours après, ses dernières volontés reçurent
leur exécution, et Hadrien succéda à l'empire. Ce prince
possédait de bonnes et de mauvaises qualités : on peut
mettre au nombre des premières un zèle infatigable dans
l'administration de son empire. Quoiqu'il aimât la paix, il
n'en tenait pas moins les légions dans un exercice continuel,
et en imposait ainsi à ses ennemis. Protecteur déclaré des
sciences et des arts, il se piquait d'être lui-même peintre,
sculpteur et architecte. On peut compter parmi ses mauvaises qualités, l'envie qu'il portait aux hommes d'un mérite distingué, en quelque genre que ce fût; la ruse, la
dissimulation, et quelquefois aussi la cruauté, qui flétri-
rent sa mémoire et lui attirèrent, sur la fin de son règne,
la haine de tous ses sujets. N'ayant point laissé de postérité, il adopta d'abord pour successeur *L. Aelius,* qu'une
mort prématurée enleva à son attente, et auquel succéda
Antonin, pour le bonheur de l'empire.

Les inscriptions de ce prince sur les médailles sont, pour
la plupart, HADRIANVS AVGVSTVS. Il fut le premier Empereur qui ait porté de la barbe; et cela, dans la vue de passer pour un philosophe (*a*) : aussi lui voyait-on fréquenter
particulièrement des hommes de cette profession, qu'on
appelait alors *Sophistes ;* et comme tout est imitation, ses
successeurs, qui n'étaient rien moins que philosophes, la
laissèrent croître pour s'en faire une espèce de mérite, ou
parce qu'ils la regardèrent comme un ornement: ce n'est
qu'à dater de Constantin-le-Grand que cet usage passa tout-
à-fait de mode.

_____

(*a*) Et suivant d'autres, pour cacher des porreaux qu'il avait
au menton.

MÉDAILLES.

(AR.) I. AEGYPTOS (*l'Egypte*) (25). Une femme couchée tient de la main droite le *sistre*, et s'appuie de la
gauche sur un panier chargé de fruits; à ses pieds est un
ibis, oiseau qui était en grande vénération chez les Egyptiens (*V*. Pl. IV, fig. 21).

(G. B.) AFRICA (l'Afrique). Une femme couchée et
coiffée d'un mufle d'éléphant, tient de la main droite un
scorpion ou cherche à s'appuyer sur un lion.

(G. B.) DACIA (la Dacie ou pays des Daces). Une
femme assise sur un rocher, tient d'une main une enseigne
militaire, et de l'autre un sabre à lame recourbée.

(AR.) HISPANIA (l'Espagne). Une femme assise tient
de la main droite un rameau; à ses pieds est un lapin,
symbole de la fécondité.

(G. B.) MAVRETANIA (la Mauritanie) Un habitant de
cette province tient un cheval par la bride.

(G. B.) NILVS (le Nil). Il est couché et porte une longue
barbe. On lui reconnaît diverses attributs tels que le sphinx,
le crocodile, l'hippopotame, et principalement de jeunes
enfans qui sont autour de lui et sur lui (*V*. Pl. IV, fig. 22).

(B. et AR.) GERMANIA (la Germanie), NICOMEDIA
(la Nicomédie) sont ainsi personnifiées sur les médailles
de cet Empereur.

(G. B.) II. ADVENTVI AVG. AFRICAE (à l'arrivée de
l'Auguste en Afrique). L'Empereur vêtu de la toge et accompagné de l'Afrique, distinguée par un mufle d'éléphant
qui la couvre, sacrifient à un autel. De même sont à-peu-
près les médailles où on lit: ADVENTVI AVG. ALEXAN-
DRIAE, ASIAE ou CILICIAE, etc. (*V*. Pl. IV, fig. 23).

(G. B.) III. RESTITVTORI ACHAIAE (au restaurateur de l'Achaïe). L'Empereur debout, et vêtu de la toge, présente la main à l'Achaïe, qui est à genoux devant lui. Entre eux est un vase d'où sort une branche de palmier. On voit d'autres médailles portant : RESTITVTORI AFRICAE, ASIAE, ARABIAE, BITHYNIAE, etc. (*V*. Pl. I, fig. 24).

(G. B.) IV. EXERCITVS DACICVS (l'armée Dacique). L'Empereur à cheval harangue les légions ; c'est ce que les Latins nommaient *allocutio* (allocution) (26). Sur d'autres médailles, EXERCITVS CAPPADOCICVS, BRITANNI-CVS, etc. (*V*. Pl. V, n° 1).

Cette suite des médailles d'Hadrien est aussi belle qu'elle est instructive ; elle comprend presque toutes les provinces romaines, et confirme ce que l'histoire nous dit des voyages de cet Empereur dans toutes les parties de son vaste empire. Il les faisait sans avoir beaucoup de monde à sa suite, presque toujours à pied et nu-tête, voyant tout par lui-même, et établissant le plus grand ordre partout. La première partie de ces médailles renferme les noms des pays, villes et fleuves où Hadrien a passé ; la deuxième exprime la satisfaction que les peuples éprouvaient à son arrivée ; la troisième fait voir, par d'ingénieuses allégories, les bienfaits qu'il exerçait envers les provinces opprimées ; la quatrième enfin a rapport aux exercices militaires et à la discipline qu'il entretenait parmi ses légions dans leurs différens cantonnemens.

On remarque encore les différens symboles ou attributs par lesquels toutes ces provinces se distinguaient les unes des autres. L'Egypte tient le *sistre*, qui était un instrument de musique de métal et à jour, dont on faisait usage dans les cérémonies religieuses : on le voit ordinairement dans la main de la déesse Isis ; c'est pourquoi Virgile dit en parlant de Cléopâtre :

Regina in mediis patrio vocat agmina sistro.

» La reine, au milieu de son escadre, fait avancer ses vaisseaux au son du sistre égyptien. » (Æneid. lib. VIII).

L'Egypte tient un panier de fruits, qui indique évidemment la fertilité du pays , et se fait aussi remarquer par l'oiseau qu'on nommait *Ibis :* il ressemblait à la cigogne, et on sait que les Egyptiens lui rendaient les honneurs divins, parce qu'il détruisait les animaux nuisibles. Sous le nom d'*Ibis,* Callimaque et ensuite Ovide ont composé des satires virulentes contre leurs ennemis.

L'Afrique, sous la figure d'une femme couchée, tient dans sa main droite un scorpion, et dans sa gauche une corne d'abondance remplie de fleurs et de fruits (27) ; sa tête est coiffée de la dépouille d'un éléphant ; à ses pieds est un *calathus,* panier duquel sortent des épis. Souvent aussi elle est caractérisée par un éléphant ou un lion, qui peuplent ses déserts arides et brûlans.

La Dacie ou Dace est placée sur un rocher , pour indiquer la nature d'un pays couvert de rocs et de montagnes. Les sabres à lames recourbées composaient une partie de l'armure des Daces.

Les lapins abondaient singulièrement en *Espagne,* ce qui les faisait regarder comme symbole de la fécondité. Le poète Catulle désigne la Celtibérie sous le nom de (*cuniculosa Celtiberia*) ; c'était la contrée de l'Espagne où on en rencontrait le plus.

La Mauritanie, connue aujourd'hui sous le nom de Barbarie, était renommée pour ses excellens chevaux, et les cavaliers maures (*Mauri equites*), étaient célèbres dans l'antiquité. Ce pays fournit encore maintenant d'excellens chevaux de race.

(G. B.) *La Capadoce* personnifiée : sa *tunique* est retenue par une *ccinture ;* une *peau* de *lion* est jetée pardessus, et nouée par les pattes sur la poitrine ; la tête est ceinte de la *couronne tourelée,* qui indique le grand nombre des villes de ce fertile pays ; dans sa main gauche, elle tient une *enseigne* suspendue à une *haste ;* dans l'autre, une *montagne.* On lit autour, CAPPADOCIA, et dans le champ, S. C., (Médaille d'Hadrien. *V.* Oisel, *Num. Sel.,* XXI, n° 6).

Le Génie *d'Alexandrie,* coiffé d'un mufle d'éléphant, tient dans une main un faisceau d'épis ; il prend avec l'autre celle de l'Empereur, et la porte à sa bouche pour la baiser, en reconnaissance de ses bienfaits : on lit autour, ΛΑΕΞΑΝΔΡΕΑ (Alexandrie) et dans le champ, LIE (l'an XV). Médaille de bronze de l'Empereur Hadrien (*Zoega, Num. Aegypt., VII*).

Le Nil, considéré comme un dieu, était l'objet de l'adoration des Egyptiens. Ils attribuaient à un pouvoir divin la propriété qu'a ce fleuve de répandre ses eaux et de fertiliser le pays par des inondations périodiques. Ses attributs sont le *sphinx,* divinité qui avait deux natures, c'est-à-dire qu'elle portait une tête ou un buste de femme sur le corps d'un lion. Le *crocodile* (28) et *l'hippopotame,* animaux amphibies, qui s'y trouvaient jadis en plus grande quantité qu'aujourd'hui. Mais l'allégorie la plus ingénieuse sous laquelle le Nil est représenté, est celle des seize enfans qui sont groupés autour de lui, et font allusion aux seize coudées auxquelles il devait s'élever pour rendre

l'Egypte fertile (29). Pline rend ce sujet d'une manière
admirable, en s'exprimant ainsi : *Justum incrementum est
cubitorum XVI. In XII cubitis Aegyptus famem sen-
tit, in XIII etiamnum esurit, XIV cubita hilaritatem
adferunt, XV securitatem, XVI delicias* (Le juste accroissement du Nil est de seize coudées. A douze, l'Egypte
éprouve la famine; à treize elle se ressent du besoin; quatorze ramènent la gaîté; quinze la sécurité, et seize les délices de l'abondance). On a désigné ce dernier nombre
sur les médailles par la marque IϚ, qui signifie seize, et
sert à indiquer que cette année là le Nil a atteint la hauteur tant desirée des Egyptiens.

(AU.) **P. M. TR. P. COS. III.** Un temple au milieu
duquel figure Hercule debout entre deux femmes qui cher-
chent à l'attirer chacune de son côté (*V*. Pl. V, fig. 2).

Cette médaille renferme un sujet moral, dont l'auteur,
suivant *Xénophon*, est le sage *Prodicus*. Hercule étant encore dans l'âge de l'adolescence, la Vertu et la Volupté se
présentèrent à lui sous la figure de deux femmes. Chacune
cherchait à se l'attacher, et toutes les deux faisaient à l'envi
les plus grands efforts pour le séduire. Hercule, après quelques instans de réflexion, se livre tout entier à la Vertu,
qu'on nomme en grec αρετη, et en latin *Virtus*. On entendait
par cette allégorie, que la véritable grandeur d'ame se trouve
toujours unie à la sagesse et à la prudence. Hercule, ayant
préféré la vertu au vice, mérita de partager le séjour de
l'Olympe avec les dieux. Ce sujet faisait allusion à Hadrien,
qui renonça volontairement aux douceurs du repos pour
entreprendre des voyages pénibles, et prouver par son infatigable activité combien il avait à cœur d'assurer le bonheur de ses peuples.

(G. B.) LOCVPLETATORI ORBIS TERRARVM S. C. (au bienfaiteur du monde). L'Empereur assis sur une estrade a à ses côtés la *Libéralité*, qui, d'une corne d'abondance répand ses dons sur deux figures qui sont au bas, et représentent le peuple. (*V.* Pl. V, fig. 3).

Hadrien s'était acquis, par sa générosité et ses largesses, ce titre extraordinaire et jusqu'alors inusité. *Dion Cassius* dit que ce prince avait comblé de ses dons des provinces entières, une foule de citoyens de toutes les classes et de tous les rangs, et que jamais il n'attendait, pour exercer sa bienfaisance, que la nécessité les obligeât à y avoir recours.

(AR.) SAEC*ulum* AVR*eum* P. M. TR. P. COS. III. Figure debout, tenant dans une main un phénix, sur d'autres médailles, un globe au milieu d'une auréole (*V.* Pl. V, fig. 4).

D'après la mythologie des anciens, on avait classé les siècles ou âges suivant les métaux; de là *l'âge d'or*, qui désigne l'époque de ce qu'ils nommaient les temps heureux. Voilà pourquoi on voit dans Virgile qu'Anchise avait prédit à son fils Enée que le siècle d'Auguste ramènerait l'âge d'or :

Augustus Cæsar, divum genus, aurea condet
Sæcula.

La légende apologétique de cette médaille fait allusion à l'époque du règne d'Hadrien, que l'adulation faisait de même qualifier d'âge d'or.

Le phénix était également regardé chez les anciens comme symbole d'une longue durée, parce qu'ils s'imaginaient que cet oiseau vivait au-delà d'un siècle. L'auréole

ou cercle dont le type de la médaille est environné, représente le zodiaque, qui, d'après le cours du soleil, dé-
termine la mesure du temps.

SABINA AVG. — SABINE, FEMME DE L'EMPEREUR HADRIEN,

Etait une petite-nièce de Trajan.

(G. B.) Ses médailles en G. B. ont pour légende, du
côté de la tête : SABINA AVGVSTA HADRIANI AVG.
P. P. ; au revers, nous citerons celle qui porte : VENERI
GENITRICI S. C. (à Vénus Génitrice, ou qui préside à la
naissance).

La qualité de *genitrix*, donnée à Vénus sur ce revers,
tient aux anciennes traditions des Romains. Enée étant
censé fils de Vénus, tout le peuple honorait cette déesse
comme mère. Cependant Sabine n'eut point d'enfans; et
l'épithète dont il est ici question ne peut faire allusion à sa
fécondité; elle exprimait peut-être le vœu que l'empire formait pour qu'elle devînt mère. La tête de cette impératrice, ainsi que celles de Marciane, Matidie et Plotine,
sont coiffées de différentes manières et avec beaucoup
d'élégance, ce qui prouve la diversité des modes et fixe l'é-
poque de leur changement (*V*. Leçons élémentaires de
Num. Rom., p. 131).

AELIUS CÉSAR,

Adopté par Hadrien, l'an 136 de notre ère, ne lui succéda point à l'empire, étant mort avant cet Empereur.

(G. B.) Ses médailles de G. B. ont pour légende :
L. AELIVS CAESAR ; au revers, CONCORDIA S. C. (la
Concorde assise), ou SALVS TR. P. COS. II. S. C. (Hygie
assise). Quoiqu'on regarde assez généralement comme

très-peu rares les médailles d'Aelius en G. B., l'auteur des Leçons élémentaires de Numismatique Romaine, assure le contraire, et pense qu'étant rares et assez chères en Italie, si elles étaient communes en France, bientôt elles le deviendraient en Italie et ailleurs.

(G. B.) Autre, ayant au revers : PANNONIA TR. POT. COS. II. S. C. L'emblème de la Pannonie (ou Hongrie) sous la figure d'une femme debout, coiffée d'un bonnet, et tenant à la main une pique, au bout de laquelle est un petit étendard. Aelius, aussitôt après son adoption, avait été envoyé par Hadrien pour gouverner la Pannonie ; et la figure représentant cette province est caractérisée, sur cette médaille, par une sorte de bonnet que les auteurs anciens nous disent avoir été la coiffure des peuples au couchant de la mer Noire. L'étendard carré au bout d'une pique, que la Province tient à la main, appelé d'abord *vexillum*, et propre à la cavalerie, prit plus tard le nom de *labarum* (30), et devint, dans le Bas-Empire, la principale enseigne des armées romaines.

ANTINOUS, FAVORI D'HADRIEN.

Ce jeune Bithynien, d'une beauté ravissante, s'étant noyé dans le Nil, l'Empereur pleura sa mort, et pour s'en consoler, voulut le faire regarder comme un dieu. Il força même les Égyptiens à lui rendre les honneurs divins ; c'est pourquoi il paraît souvent couronné de fleurs de *lotus*. Une ville fut bâtie en son honneur et nommée *Antinopolis* : elle renfermait un temple magnifique avec cette inscription : *A Antinoüs, synthrone des Dieux d'Égypte*, c'est-à-dire, participant au même trône. Le nouveau dieu

ne fit pas fortune : sa divinité finit avec le prince qui l'a-
vait créée.

(Méd. de Col.) (AE.) Il n'existe point de médailles d'Antinoüs à légende latine ; parmi les *médaillons grecs*, nous
citerons celui ci-après : HPOC ANTINOOC (Antinoüs héros).
Sa tête nue : au revers, ΑΔΡΙΑΝΗΣ ΤΑΡCΟΥ ΜΗΤΡΟΠΟΛΕΩC
ΝΕΩΚΟΡΟΥ (A l'Empereur Hadrien, la ville de Tarse, Métropole Néocore). Fleuve couché, au - dessous duquel,
ΚΥΔΝΟC. Les villes grecques, toujours promptes à flatter
les caprices les plus honteux de leurs maîtres, ne rougirent
point de faire figurer Antinoüs sur leurs monnaies. Celle
que nous rapportons ici a été frappée à *Tarse*, ville de
Cilicie, située sur le fleuve *Cydnus* (*V.* les Leçons élément. de Numism. Rom., p. 133).

ANTONINVS PIVS. — ANTONIN, EMPEREUR,

Le meilleur des princes, fut adopté par Hadrien après la
mort d'Ælius - César, et succéda à l'empire. Il mérita,
par ses rares vertus, son respect pour les lois, sa sagesse
et sa droiture, le titre de *Pius*, qui lui avait été donné dès
son avènement au trône, non-seulement parce qu'il était
de mœurs irréprochables, mais parce qu'il n'était occupé
que du bonheur de ses sujets. Après vingt-trois années
d'un règne qui est resté gravé par la reconnaissance et la
vénération dans le souvenir des hommes, ce prince mourut, le 7 mars de l'an 161 de J.-C., universellement regretté. Plusieurs de ses successeurs, dans l'intention de
s'attirer l'amour des peuples, joignirent son nom au leur ;
mais ils le déshonorèrent souvent par des actions qui les
rendaient indignes de le porter.

L'inscription de ses médailles lui donne le titre de :

IMP. CAES. T. AELIVS HADRIANVS ANTONINVS
PIVS AVG. Les noms d'*Ælius Hadrianus* étaient ceux
son adoption.

(G. B.) ASIA (l'Asie) Figure de femme tenant de la
main droite une couronne, et de la gauche une ancre; à
ses pieds est un navire (*V*. Pl. V, fig. 5).

(G. B.) CAPPADOCIA (la Cappadoce). Une semblable
figure tient de la droite un vase, et de la gauche une enseigne militaire. A ses pieds est le mont *Argéen* (*V*. Pl.
V, fig. 6, et l'art. Hadrien).

PARTHIA (le royaume des Parthes). Un soldat parthe
tient de la main droite une couronne et de la gauche ses
armes, composés d'un arc et d'un carquois.

PHOENICE (la Phénicie). Une femme, tenant de la droite
un vase; derrière elle est un palmier. De cette manière,
l'Afrique, la Dacie, la Scythie, et *la Sicile* sont représentées sur les médailles d'Antonin.

Toutes les médailles de ce genre nous offrent le Génie des
provinces tenant une couronne, un vase ou un coffret. Ce
type renferme un sujet intéressant. En Grèce on était dans
l'usage d'offrir aux grands et aux princes, des couronnes
d'or, quand on voulait leur témoigner son dévouement ou
leur donner des preuves d'affection. Cet usage, étant lu-
cratif, ne manqua pas d'être accueilli des Romains. Les
historiens font souvent mention de semblables couronnes
que des villes ou des provinces offraient aux généraux romains tout aussitôt qu'ils entraient sur leur territoire. Sous
les Empereurs on multipliait les occasions d'en recevoir dès
qu'un événement extraordinaire avait lieu. Quand ils ve-

naient, par exemple , de remporter une victoire, ou dès
leur avénement au trône , ou bien lorsqu'ils prenaient un
nouveau titre d'honneur, les provinces ne manquaient jamais de joindre, comme un témoignage de leur satisfaction,
l'offre d'une couronne d'or ; et quoique , dans le principe,
cette offrande eût été purement volontaire, elle dégénéra cependant en présent obligé, et devint par la suite une espèce
de tribut, qui ne différait que par le nom qu'on lui donnait.
C'était ce que nous connaissons sous la dénomination de
don gratuit. On ne tarda point à en faire un véritable
abus ; et ces sortes de présens devinrent très-onéreux pour
les provinces, surtout lorsqu'elles y étaient obligées ,
comme sous le règne de *Caracalla* , qui en exigeait arbi-
trairement et pour des sujets de très-mince importance.
Il est nécessaire de faire observer que ces offrandes ne consistaient pas toujours en couronnes effectives, mais souvent aussi en or monnayé ou brut , d'où on lui donnait le
nom de couronne d'or, *aurum coronarium.* Lors de l'avénement d'Antonin, les envoyés des provinces vinrent lui
présenter leurs couronnes d'or ; et les noms de ces mêmes
provinces sont rappelés sur les médailles. Elles y sont représentées ordinairement sous la figure d'une femme qui
tient , soit une véritable couronne , soit un coffret renfermant la valeur de la couronne. L'histoire rapporte qu'Antonin eut la générosité d'affranchir de ce tribut toute l'Italie
et la moitié des provinces du dehors.

On pourrait nous objecter à ce sujet, qu'au rang de
ces provinces la Parthie et la Scythie se trouvent com-
prises , quoique la plupart du temps elles fussent ennemies des Romains ; mais il faut savoir que souvent des
nations étrangères rendaient ces honneurs aux princes qui

gouvernaient l'Empire, pour s'attirer leur bienveillance ou
leur protection, que la nécessité les obligeait quelquefois
d'implorer. Josephe, auteur de l'Histoire des Juifs, rapporte que le roi des Parthes avait envoyé à Titus une couronne d'or, lors de ses conquêtes en Judée.

On doit encore faire attention aux symboles caractéristiques des provinces. L'*Asie* a près d'elle une ancre et un
vaisseau, parce qu'on ne pouvait se rendre de Rome dans
cette province que par mer. La *Cappadoce* a à ses pieds le
mont *Argée*, qui était honoré de ses habitans comme un
dieu, parce qu'il paraissait être quelquefois tout en feu pendant la nuit, ce qu'ils regardaient comme un phénomène.

On voit la *Parthie* armée d'un *arc* et d'un *carquois*, ses
habitans étant connus pour être les meilleurs *archers* ou
arbalêtriers. La *Phénicie* est accompagnée d'un *palmier*,
arbre qui y est indigène, et duquel elle tire son nom, car
φοινιξ en grec veut dire palmier.

(G. B.) REX ARMENIS DATVS. Antonin debout et
vêtu de la toge, pose une couronne sur la tête du roi
d'Arménie (*V*. Pl. V, fig. 7).

(G. B.) REX GVADIS DATVS. Antonin présente la
main au nouveau roi des Guades (*V*. Pl. V, fig. 8).

Ces médailles rentrent dans la catégorie de celles de
Trajan, ayant pour inscription : REX PARTHIS DATVS
Elles servent à prouver la supériorité que les Romains
s'étaient acquise sur les nations étrangères. L'histoire ne
nous apprend cependant pas qu'Antonin ait imposé aux
Arméniens et aux Guades de nouveaux rois; il n'y a que les
médailles qui nous en offrent le témoignage. Le royaume
d'Arménie était situé entre les deux plus puissantes mo-
narchies du monde, l'empire Romain et celui des Parthes,

ce qui le mettait dans le cas de recevoir ses souverains tantôt de l'une, tantôt de l'autre nation. Les Guades habitaient la rive gauche du Danube, contrée qui fait aujourd'hui partie de la Basse-Autriche et s'étend jusqu'en Moravie. Ces barbares devinrent redoutables à l'empereur Marc-Aurèle.

(G. B.) TIBERIS. S. C. Le Tibre (31) est représenté sous la figure d'un vieillard à demi couché et accoudé; il a un roseau dans sa main gauche et pose sa droite sur une nacelle ou un bateau.

(G. B.) SENATVS. Le Sénat, et dans le champ : S. C. Le Génie du Sénat romain, sous les traits d'un homme mûr, vêtu de la toge et debout, tenant une branche d'olivier, signe de la paix, et le sceptre d'ivoire, marque distinctive des consuls. Cet emblème fait allusion à la dignité et à la gravité de cet antique et illustre corps.

(G. B.) ROMVLO AVGVSTO (A Romulus Auguste).

Romulus, couvert d'une cuirasse, tient une lance et porte en trophée les armes du roi Acron, qu'il va offrir à Jupiter Férétrien (a). Cette médaille a été frappée en l'honneur d'Antonin, auquel le Sénat avait donné le surnom de Romulus à cause de son attachement pour les anciens usages religieux des Romains (V. Eckhel, Doctr. Num. vet. 15).

MÉDAILLONS D'ANTONINUS.

(AE.) S. P. Q. R. VIC. PARTHICAE (Monument de la victoire sur les Parthes). Deux Victoires soutiennent un bouclier votif (32) entouré de laurier, dans lequel on lit

---

(a) V. ci-dessus l'explication, fam. Claudia.

I.   11

l'inscription précitée; au-dessous est la Province assise et plongée dans la tristesse; à côté d'elle est une enseigne militaire. On lit autour : TR. P. XXII IMP. IIII COS. III (la vingt - deuxième année de la puissance tribunitienne, Empereur pour la quatrième fois, Consul pour la troisième) (*V.* Venuti, Mus. Alban., XXX, n° 3).

(AE.) LE JUGEMENT DE PARIS. Médaille frappée à Alexandrie, sous Antonin-le-Pieux.

Les trois déesses sont sur le mont Ida ; à droite est Vénus à moitié nue, au milieu est Junon voilée; elle tient une haste : à gauche est Minerve casquée, qui tient aussi une haste. Pâris est assis sous un arbre; Mercure lui montre les déesses. Sur le sommet de la montagne on voit des chèvres; un Génie, qui porte une couronne, plane au-dessus de Vénus : dans le champ sont les lettres L. Z. (an VII) (*V.* Morell, Specimen, II).

MÉDAILLON DE PROMÉTHÉE, MUSÉE DU VATICAN.

(AE.) Prométhée, assis sur un rocher, forme l'homme ; Pallas lui donne la vie en mettant un papillon (signe de l'ame) sur sa tête. Derrière Minerve est un arbre autour duquel est entortillé un serpent, symbole de la prudence qui règle toutes les actions de la déesse (*V.* Venuti, Mus. Vatic., XXV, n° 2 ; *V.* Pl. VII de cet ouvrage, fig, 4).

On sait que Psyché et l'Amour signifient l'union de l'ame avec le corps, aussi Psyché est-elle souvent représentée ayant un papillon au-dessus de sa tête.

Ce médaillon est *contorniate* suivant toute apparence ; car Millin ne lui assigne aucune légende, et la figure publiée par lui semble ne laisser aucun doute à cet égard.

M. Mionnet cite un médaillon de bronze d'Antonin-le-
Pieux, qui présente le même sujet : il est sans légende (*V.*
Mionnet, du Prix et de la Rareté des Médailles Romaines,
p. 134.)

MÉDAILLE DE G. B. D'ANTONINUS PIUS, AVEC LE JUPITER SÉRAPIS AU MILIEU DES SEPT PLANÈTES ET DES DOUZE SIGNES DU ZODIAQUE.

(G. B.) D'un côté la tête de l'Empereur Antonin couronnée de lauriers, avec cette légende autour : ΑΥΤ. Κ. Τ.
ΑΙΛ. ΑΔΡ. ΑΝΤΩΝΙΝΟC CΕΒ. ΟΥΕ, c'est-à-dire, l'Empereur
César Titus Ælius Hadrianus Antonin Auguste le Pieux
(*V.* Pl. VII, fig. 15) : au revers, JUPITER SÉRAPIS a sur
la tête le *modius* (boisseau) et est environné des *sept planètes ; Jupiter* couronné de *laurier ; Saturne*, avec la tête
voilée et le *globe* dessus ; *Mars* casqué, *Apollon* (Helios)
radié ; *Diane* avec le *croissant; Mercure*, une *étoile* sur la
tête, Vénus coiffée d'une *sphendone* (*a*) : autour sont les
douze signes du Zodiaque. Dans le champ on lit L. H.
(*l'an* VIII). Cette médaille a été frappée à Alexandrie en
Égypte, l'année VIII du règne d'Antonin (*Académie des
Inscriptions et Belles-Lettres*, T. XLI, Pl. I, fig. 11).

Il faut observer que sur ces médailles les planètes sont
caractérisées par une tête de divinité et par une étoile.
Nous avons dit qu'elles ont été frappées dans la huitième
année du règne d'Antonin. Ce prince, associé par Hadrien

_____

(*a*) Ornement de tête en forme de couronne, avec des bandelettes;
il s'élargissait sur le devant et avait la forme d'une fronde.

à la puissance tribunitienne au commencement de l'année 138 de J.-C. , monta sur le trône le 10 juillet de la même année; et comme, d'après un usage reçu depuis long-en Égypte, il compta la deuxième année de son règne du 29 août suivant, il s'ensuit que la huitième année de ce règne s'étend depuis le 29 août 144 de J.-C. jusqu'au 29 août 145 de la même ère : c'est par conséquent dans cet intervalle de temps qu'on a joint, sur plusieurs de ses médailles, une planète avec un ou deux signes du Zodiaque, et sur celle-ci tous les signes du Zodiaque avec toutes les planètes (*V.* Rem. sur les médailles d'Antonin frappées en Égypte, Numism. de l'abbé Barthélemy).

MÉDAILLONS DE G. B. D'ANTONINUS PIUS , AVEC LA TRUIE ET SES TRENTE PETITS.

. (G. B.) D'un côté la tête de l'Empereur Antonin avec la légende ordinaire.

Le revers de ce beau médaillon représente Énée portant son père Anchise, au moment où il est forcé d'abandonner Troie. Ce sujet était un des symboles de la piété filiale chez les anciens. D'autres médaillons (33) présentent Énée et son fils Ascagne descendant d'un vaisseau sur le rivage du *Latium;* en face une truie allaitant ses petits sous un figuier sauvage; on voit au-dessus les murailles d'une ville. Cette truie est celle qu'Énée sacrifia avec ses trente petits au lieu où il bâtit *Lavinium,* dont la porte et les murailles sont ici représentées (*V.* la Pl. VII, fig. 13). Les médailles de G. B. où ce sujet est représenté sont sans légende du côté du revers, de même que ce médaillon.

MÉDAILLES CONCERNANT LES BOUCLIERS ANCILES.

On voit ces boucliers sur un denier d'argent frappé sous Auguste ; au milieu est l'*apex* ou bonnet du flamine (*a*). On lit autour (AR.) P. STOLO III VIR (*V*.Fortia, Histoire des Saliens, p. 173 ; *idem*, Mionnet, Fam. Licinia, et les monétaires d'Auguste, dans l'ouvrage intitulé : de la Rareté et du prix des Médailles Romaines, p. 80 ; Gal. mythologique, t. I, p. 55, Pl. XXXVIII, fig. 149, et Pl. VII, fig. 11 de cet ouvrage).

Nous possédons une médaille *d'Antonin-le-Pieux*, de M. B. offrant d'un côté la tête de cet Empereur ; légende : ANTONINVS AVGVSTVS PIVS ; au revers, les *boucliers anciles*. On lit autour : IMPERATOR II. S. C. , et le mot AN-CILIA à l'exergue.

Les Romains qui ont dû à leur génie militaire l'empire du monde, honoraient le dieu Mars d'un culte particulier : il était le père de leurs fondateurs *Remus et Romulus*, qu'il avait eus de Rhea Sylvia. Numa, qui a si bien su faire servir la religion à l'avantage de la politique, fit répandre qu'un bouclier était tombé du ciel. Les aruspices (*b*) déclarèrent que l'empire du monde était réservé à

(*a*) Les *Flamines*, chez les Romains, étaient des prêtres exclusivement attachés au service d'un Dieu. Numa en institua trois : le premier était celui de Jupiter, qu'on nommait *flamen Dialis* ; le second, *flamen Martialis*, ou celui de Mars ; le troisième, *flamen Quirinalis*, ou celui de Romulus, surnommé *Quirinus*.

(*b*) Un *Aruspice*, du temps des anciens, était celui qui avait l'art de connaître la volonté des Dieux, en examinant les entrailles

la ville dans laquelle ce bouclier serait conservé. Numa ordonna de le déposer dans le temple de Mars, et en fit faire plusieurs autres semblables, pour tromper ceux qui voudraient s'en emparer. Ces boucliers se nommaient anciles; et les prêtres de Mars, nommés saliens, les portaient dans des processions solennelles (Ovid., Tite-Live, *V.* Saliens).

(M. B.) PRIMI DECENNALES COS. IIII. S. C., en inscription dans une couronne de chêne. Méd. de M. B.

(G. B.) SECVND. DECENNALES COS. IIII. S. C., de même, Méd. de G. B.

Les Romains, peuple essentiellement religieux, adressaient souvent aux dieux des vœux solennels, c'est-à-dire des prières accompagnées de sacrifices. Auguste, qui avait eu la feinte modestie de n'accepter d'abord l'empire que pour dix ans, ensuite pour cinq autres, et ainsi de suite jusqu'à la fin de sa vie, et qui célébrait par des sacrifices ces prétendus renouvellemens de pouvoir, fut imité par ses successeurs dans les *sacrifices décennaux*, offerts principalement pour la conservation du prince et le bonheur de l'Empire. Mais ces vœux *décennaux* ne furent expressément mentionnés et distingués sur la monnaie qu'à dater du règne d'Antonin, quoique dès le commencement de l'Empire, certains vœux publics y fussent quelquefois rappelés (*V.* les Leçons élémentaires de Numismatique Romaine, p. 157).

(AV.) TEMPLVM DIV. AVG. REST. COS. IIII. S. C.

---

des victimes immolées (*V.* Furgault, *Recueil d'antiquités grecques et romaines*).

Temple *octostyle* ou à huit colonnes, dans l'intérieur duquel sont deux figures assises.

Chez les anciens, la restauration d'un édifice formait aussi le sujet d'une médaille. Le rétablissement du temple d'Auguste, qui avait été fondé par Tibère, n'est connu que par ces seuls monumens. La XXIIᵉ puissance tribunitienne, qui est marquée du côté de la tête d'Antonin, indique l'an de Rome 912, ou 159 de notre ère.

(G. B.) DIVO PIO. S. C. Colonne Antonine telle qu'on la voit encore à Rome.

Cette belle colonne avait été élevée à la mémoire de l'Empereur Antonin par Marc-Aurèle, son successeur.

FAUSTINA ANTONINI. — FAUSTINE LA MÈRE,

Femme d'Antonin le pieux, mourut la troisième année du règne de cet Empereur, qui, malgré ses débordemens, la fit mettre au rang des dieux, suivant l'usage. On lui érigea un temple à Rome, et Antonin fit frapper, en son honneur, une suite des plus belles médailles.

MÉDAILLES.

(AR.) DIVA AVG. FAVSTINA. Tête de Faustine : au revers, PVELLAE FAVSTINIANAE. Antonin, assis sur une estrade, tend les bras à un enfant que lui présente une personne du peuple (*V*. Pl. V, fig. 9).

Le mot *diva* annonce que Faustine a déjà reçu les honneurs de l'apothéose. Le revers confirme les soins donnés aux établissemens d'éducation, dont le fondateur était l'Empereur Trajan, qui prit sous sa protection spéciale les orphelins ou les enfans abandonnés, ainsi que nous

l'avons déjà remarqué. Antonin suivit ce noble exemple,
et fit élever, aux frais de l'état, un grand nombre de jeunes filles pauvres, qui furent appelées *Faustiniennes,* en
mémoire de l'impératrice Faustine.

Un très-beau médaillon de *Faustine,* appartenant au
cabinet du Roi, a pour sujet le combat des Sabins contre
les Romains. En voici la description : Les Sabins indignés
de l'enlèvement de leurs femmes et de leurs filles, ont,
sous la conduite de leur roi *Tatius,* attaqué les Romains.
Le combat s'est engagé; *Hersilie,* qui est devenue femme
de Romulus, et les autres Sabines, se précipitent au milieu du champ de bataille entre leurs pères, leurs frères et
leurs époux, et leur présentent leurs enfans; Tatius et
Romulus cessent le combat (*V.* Morell, médaillon du cabinet du Roi, Pl. IX, fig. 2).

On connaît l'admirable tableau du peintre David sur
cet intéressant sujet.

GAL. ANTONINUS. — GALÈRE-ANTONIN,

Fils d'Antonin le pieux et de Faustine. On ne trouve
point de médailles latines de ce prince, qui mourut jeune;
mais il y en a de grecques qui sont fort rares, et il en
existe beaucoup de fausses (*V.* Mionnet, de la Rareté et
du prix des Médailles Romaines).

MARCUS AURELIUS. — MARC-AURÈLE, EMPEREUR,

Adopté par Antonin le pieux, fut nommé *César,* et succéda à l'empire. Il prit pour collègue Lucius Verus; et, ce
qui avait été sans exemple jusqu'alors, ce fut de voir gouverner l'état par deux Augustes à-la-fois. Cet exemple se

renouvela plusieurs fois par la suite des temps. Le règne de Marc-Aurèle fut fertile en événemens malheureux : il lui fallut d'abord soutenir la guerre contre les Parthes et ensuite contre les Marcomans, les Quades, les Sarmates, et presque tout le Nord, ligués contre les Romains. Cette guerre eut lieu dans un temps où les provinces romaines étaient désolées par la peste; ce qui rendit la situation de l'empire d'autant plus critique.

Marc-Aurèle fit tête à l'orage, et sauva l'empire par sa fermeté, par les sages mesures qu'il prit, et par un zèle infatigable au milieu du danger. Sa droiture, son amour de la justice et de l'humanité étaient le fruit d'un esprit cultivé et d'une sage philosophie. Tant de vertus dans un souverain l'ont rendu l'idole des peuples et le modèle des princes. Il termina sa glorieuse carrière à *Vindobonna* dans la Pannonie (*a*), dans la vingtième année de son règne, après avoir triomphé de ses ennemis, et principalement des Marcomans dont il consomma la ruine.

L'inscription de ses médailles, n'étant encore que *César* (*b*), est : AVRELIVS CAESAR AVGVSTI PII FILIVS; comme Auguste : IMP. CAES. M. AVREL. ANTONINVS AVG. Il y joignit, par la suite, les titres d'ARMENIACVS, PAR-

---

(*a*) Aujourd'hui *Vienne*, en Autriche.

(*b*) Ce titre de *César* paraît sur les médailles de Marc Aurèle pour la première fois; il se retrouve fréquemment sur celles des jeunes princes créés *Césars*, à l'imitation d'Auguste, lors de l'adoption de ses petits-fils Caïus et Lucius. Les nouveaux Césars étaient au collège des prêtres : c'est à quoi font allusion les instrumens de sacrifice qui sont au revers de ces médailles.

THICVS, MAXIMVS. que ses victoires en Orient lui avaient ac-
quises; et on remarque sur quelques médailles fort rares
celui de MEDICVS, provenant de la victoire remportée sur
les Mèdes, et enfin celui de GERMANICVS SARMATHICVS.

MÉDAILLES.

(G. B.) CONCORDIAE AVGVSTOR. TR. P. XV. COS.
III. S. C. Les deux Empereurs Aurelius et Verus, vêtus de
la toge et debout, se donnent la main en signe d'union (*V*.
Pl. V, fig. 10).

Nous avons remarqué que Marc-Aurèle, après la mort
d'Antonin, avait associé aux honneurs de la souveraineté
L. Vérus, en se réservant seulement le grand pontificat.
C'est le sujet de cette médaille, dont le type est la Concorde entre les deux Empereurs. Vérus était fils de Lucius
Aelius, adopté par Hadrien, et enlevé au monde par une
mort prématurée. Les mœurs et les sentimens de Vérus
étaient en tout opposés aux vertus et à la sagesse de
Marc-Aurèle; aussi abandonnait-il le soin des affaires du
gouvernement à son collègue, pour se livrer à tous les
excès d'une vie licencieuse et déréglée. Dès son avénement
au trône, Marc-Aurèle l'avait envoyé dans l'Orient pour
s'opposer aux Parthes qui venaient de pénétrer dans l'intérieur de l'empire à l'effet de soutenir leurs prétentions sur
le royaume d'Arménie. Mais entièrement plongé dans la
débauche, Vérus ne quitta point Antioche, et confia le
commandement de son armée à ses lieutenans, qui, par
leurs talens militaires remportèrent de grands avantages, et
terminèrent de la manière la plus heureuse une guerre
qui, sans leur prudence, aurait pu compromettre le salut de l'état. Ce triomphe valut aux deux Empereurs le

titre d'*Armenicus* , *Parthicus Maximus et Medicus,* qui leur est reconnu sur les médailles.

(G. B.) ARMEN. (l'Arménie) personnifiée est assise à terre auprès d'un trophée composé des dépouilles des Arméniens ; de la main droite elle soutient sa tête, qui est coiffée d'un bonnet phrygien ; de sa main gauche elle tient un arc ; autour on lit : P. M. TR. P. XVIII. IMP. II. COS. III. (Souverain pontife revêtu pour la dix-huitième fois de la dignité tribunitienne, Empereur pour la deuxième fois et Consul pour la troisième) (*V.* Oisel. Num. select. XIX, n° 7).

A l'occasion des puissances tribunitiennes de ce prince, et qui se montent jusqu'à trente-quatre (quoique son rè gne n'ait été que de dix-neuf ans, si son commencement ne date que depuis la mort d'Antonin), observons qu'elles se comptent de l'an de Rome 900, ou 147ᵉ de notre ère, époque où la première lui fut accordée par son beau-père, huit ou neuf ans après son adoption (*V.* Leçons élémentaires de Num. Rom. , p. 147).

(G. B.) RELIG. AVG. IMP. VI. COS. III. S. C. Temple soutenu par quatre termes, et dans le milieu duquel est la statue de Mercure sur un piédestal ; dans ce fronton, paraissent une *tortue,* un *coq,* un *bélier,* attributs du messager des dieux (34). La légende de ce revers, RELIGio AVGusti, paraît pour la première fois sur les médailles. Mercure passait pour être le premier auteur des rites sacrés en Egypte ; et c'est sans doute la raison pour laquelle Marc-Aurèle, zélé pour tout ce qui avait rapport au culte, choisit de préférence cette divinité, afin de manifester sa *religion* (*V.* Leçons élémentaires de Numismatique Rom. , p. 147).

(G. B. et AR.) DE GERM*anis*, ou DE SARM*atis*. Un monceau d'armes provenant des Germains, ou bien une enseigne militaire placée entre deux captifs Sarmates. (*V*. Pl. V, fig. 11 et 12).

Le monceau d'armes qu'on voit sur cette première médaille et l'enseigne militaire de la deuxième sont en mémoire des victoires remportées sur ces deux nations, qui méritèrent à Marc-Aurèle les titres de *Germanique* et de *Sarmatique*. Les Sarmates étaient une nation belliqueuse et très-barbare : le pays qu'elle occupait était séparé de la Pannonie par le Danube, et s'étendait au loin dans les contrées du nord auxquelles on a depuis donné le nom de Pologne.

FAUSTINA AURELII. — FAUSTINE LA JEUNE,

Fille d'Antonin le pieux et de Galeria Faustina, était femme de Marc-Aurèle; mais indigne de cet Empereur par son immoralité et ses débauches, elle déshonora la noble famille dont elle portait le nom. On avait conseillé à l'Empereur de la répudier ; « si je prends ce parti, répon- » dit le prince, il faudra donc que je lui rende sa dot. » Il entendait par là l'Empire Romain, qu'il ne tenait que de son alliance avec elle. Sa mort précéda celle de Marc-Aurèle, qui n'hésita point à lui faire obtenir les honneurs de l'apothéose, malgré le blâme des gens de bien.

MÉDAILLES.

(AR.) FAVSTINA AVGVSTA. Tête de Faustine : au revers, FORTVNAE MVLIEBRI. La Fortune assise, tient de la main droite un gouvernail et de la gauche une corne d'abondance (*V*. Pl. V, fig. 13).

La Fortune ne fut jamais plus encensée, et on ne lui avait nulle part élevé plus de temples qu'à Rome, où ils étaient connus sous diverses dénominations. La raison en est que, de l'aveu même des Romains, ils croyaient être plutôt redevables de leur prospérité à la fortune et au hasard qu'à leur valeur et à leur sagesse. Plutarque a composé un ouvrage sur ce seul sujet. On reconnaissait à Rome, du temps de Servius Tullus, *la Fortune Virile ;* mais depuis que les femmes étaient parvenues, par leurs prières et leurs larmes, à détourner Coriolan du dessein qu'il avait formé de mettre le siége devant Rome, la *Fortune Mulièbre* reçut les mêmes honneurs.

(G. B.) SAECVLI FELICITAS. S. C. Deux tout jeunes enfans sur un lit à baldaquin : au-dessus de chacun d'eux une étoile.

Cette médaille de G. B. représente, sous l'emblème de *Castor* et *Pollux,* la double naissance, en l'an de Rome 914, du jeune *Commode* et de son frère jumeau *Antoninus,* qui mourut en bas âge. On ne peut trouver une allégorie plus ingénieuse pour signaler un semblable événement (*V.* les Leçons de Num. rom., p. 149).

(G. B.) MATRI CASTRORVM. S. C. Femme assise, ayant devant elle trois enseignes militaires.

Le revers de cette médaille de G. B. est remarquable : le titre de mère des camps ou de l'armée, qui reparaît plusieurs fois dans la suite des impériales, mais qu'aucune impératrice n'avait porté, fut donné à Faustine pour avoir suivi l'Empereur son mari dans la campagne contre les Quades, l'an de Rome 927 ou 174 de notre ère, campagne mémorable par la victoire qui s'ensuivit : elle fut regardée comme tenant du prodige, et attribuée aux prières de la légion *Thébaine* surnommée *Fulminante.*

ANNIUS-VERUS,

Fils de Marc-Aurèle et de Faustine, reçut le titre de Céssar en même temps que Commode, son frère aîné. Il mourut à l'âge de sept ans, l'an 170 de notre ère.

Les médailles de G. B. de ce jeune prince sont extrêmement rares : sa tête y paraît au revers de celle du jeune Commode. M. Mionnet en rapporte aussi plusieurs médaillons de bronze qui sont d'une grande rareté. On voit sur l'un, les têtes nues d'Annius-Vérus et de Commode jeune en regard. Le revers a pour légende : TEMPORVM FELICITAS (le bonheur des temps). G. B. ou médaillon.

LUCIUS VERUS,

Fils de L. Aelius Cæsar, adopté à l'âge de sept ans par Antonin le pieux, devint le collégue de Marc-Aurèle, et mourut onze ans avant lui, l'an 169 de notre ère.

L'inscription de ses médailles est : IMP. CAES. L. AVREL. VERVS AVG. ou L. VERVS AVG. ARMENIA-CVS PARTHICVS MAXIMVS.

MÉDAILLES.

(G. B.) FELICITATI AVG. TR. P. II. COS. III. S. C. La galère prétorienne voguant à la rame.

Vérus, avant l'avénement de Marc-Aurèle au trône, ne fut revêtu ni de la puisssance tribunitienne ni du titre de César. Le type de la galère prétorienne fait allusion aux vœux de l'empire pour la félicité du prince. (V. Leçons élémentaires de Num. Rom., p. 153).

(G. B.) REX ARMENIS DATVS, etc. L'Empereur assis,

entouré de trois figures placées près de lui sur une estrade au bas de laquelle est le Roi d'Arménie debout.

Quoique les historiens ne donnent que peu de lumières sur le sujet de ce revers, cependant on peut conjecturer qu'il s'agit du roi *Sœmus*, qui d'abord imposé aux Arméniens par les Romains, expulsé ensuite du trône, y remonta par la protection de Vérus (*V.* l'ouvrage précité, ibid).

LUCILLA,

Fille de Marc-Aurèle et de Faustine la jeune, était femme de L. Vérus. Elle fut mise à mort par ordre de Commode, son frère, l'an 183 de J.-C. Après la mort prématurée de son mari, à laquelle on l'accusa d'avoir eu part, elle fut remariée par son père à *Claudius Pompeïanus*, homme de simple condition; mais elle conserva ses honneurs et son titre.

Les revers de ses médailles de G. B. et d'argent ont assez ordinairement pour légendes : JVNONI LVCINAE ou FECVNDITAS s. c. La première a pour type : Junon *Lucine*, ou qui préside aux accouchemens; la deuxième présente une femme assise, tenant deux enfans sur ses bras et en ayant deux autres à ses pieds, par allusion à la fécondité de Lucille, qui eut des enfans de ses deux maris (*V.* l'ouvrage précité, p. 155).

AURELIUS ANTONINUS COMMODUS. — COMMODE, EMPEREUR,

Était fils de Marc-Aurèle et de Faustine la jeune. L'Empereur, son père, l'éleva, vers la fin de son règne, à la dignité *d'Auguste*. Malgré l'exemple qu'il avait sous les yeux, et malgré l'éducation soignée dont il était redevable à d'excellens maîtres, on vit bien, après la mort de l'Empereur, qu'il n'en avait retiré aucun avantage; aussi s'abandonna-t-il au déréglement de ses passions; et après avoir signalé son règne odieux par des actes d'infamie, de cruauté et de démence, dont plusieurs de ses médailles offrent la preuve, ses excès devinrent tels, que sa perte fut résolue, et qu'une conjuration dont il fut la victime délivra Rome et l'Empire d'un monstre qui lui rappelait sans cesse les jours désastreux des Caligula, des Néron, des Domitien. L'inscription de ses médailles varie à l'infini. Tantôt il prend le prénom de LUCIUS, tantôt celui de MARCUS. Ses autres noms étaient : AELIUS AMELIUS ANTONINUS COMMODUS PIUS FELIX, auxquels il ajouta BRITANNICUS, d'une victoire remportée sur les habitans de la Grande Bretagne.

MÉDAILLES.

(G. B.) COLonia Lucia ANtoniniana COMmodiana. P. M. TR. P. XV. IMP. VIII. COS. VI. S. C. L'Empereur voilé conduit une charrue tirée par un bœuf et une vache (*V*. Pl. V, fig. 14).

La démence de Commode lui fit imaginer de changer le nom de la ville Rome, et d'en faire une colonie portant son nom; il l'appela, en conséquence, *Colonia Commodiana*. Cet acte d'une insigne folie est non-seulement confirmé par la légende de notre médaille, mais aussi par le sujet qui y est gravé; elle représente en effet la cérémonie observée par les Romains lors de la fondation de leurs colonies. Ils en traçaient l'enceinte par une charrue qui était attelée d'un bœuf et d'une vache, et que conduisait un prêtre voilé.

(AR) HERCVLI ROMANO AVGVSTO. Hercule debout, tenant sa massue avec la dépouille du lion, couronne un trophée. Sur d'autres médailles, on voit au lieu d'Hercule ses seuls attributs (*V*. Pl. V, fig. 15).

Sur un médaillon de bronze du même Empereur, Hercule s'appuie sur sa massue posée sur un rocher, attitude que les artistes ont particulièrement donnée aux héros. On lit autour : HERCVLI ROMANO AV*Gusto* P. M. TR. P. XVIII. COS. VII. P. P. (A l'Hercule Romain, Auguste, Souverain Pontife, la dix-huitième année de sa puissance tribunitienne, Consul pour le septième fois, Père de la patrie); La tête de l'Empereur est coiffée de la dépouille du lion de Némée. On lit autour : L. AELIVS COMMODVS AVG. PIVS FELIX (Lucius Aelius Commode Auguste, Pieux, Heureux). (*V*. Morell. médaill. du Roi, XIV).

(AV.) HERCVLI ROM*æ* COND*itori* COS. VII. P. P. Hercule conduisant une charrue. De l'autre côté est la tête de Commode coiffée de la dépouille du lion. (*V*. Pl. V, fig. 16).

Commode poussa la ridicule vanité jusqu'à se faire appeler Jupiter le jeune et l'Hercule Romain (*Hercules Augustus, vel Commodianus*). Pour mieux remplir son but, il déposa le laurier que portaient les Empereurs, affectant de se couvrir de la dépouille d'un lion et de porter une massue comme Hercule. Il parut en public dans cet accoutrement : ses statues et ses médailles le représentent souvent dans ce nouveau costume : ayant donné des preuves multipliées de sa force prodigieuse, en abattant dans le *Cirque* (35) divers animaux féroces, il pouvait bien, sous ce rapport, être comparé à Hercule.

La deuxième médaille que nous avons citée a rapport à
la ville de Rome changée en colonie portant le nom de
Commode, ainsi que nous l'avons vu plus haut.

TEMPORVM FELICITAS (félicité des temps). Les quatre
enfans qu'on voit sur ce beau médaillon de Commode, désignent les quatre saisons; le *Printemps* tient une corbeille
pleine de fleurs; l'*Eté*, une faucille; l'*Automne*, un panier de fruits et un lièvre; l'*Hiver*, un lièvre et une branche d'arbre pour se chauffer. Ce Médaillon annonce le
bonheur dont on était censé jouir sous le règne de l'Empereur (*V.* Morell., Médaillons du Cabinet du Roi, et
Pl. VII, fig. 14, de cet ouvrage).

Tête de cet Empereur, M. COMMODVS ANTONINVS
AVG. PIVS BRIT. ; au revers, P. M. TR. P. VIII IMP. VII
COS. IIII P. P. ; exergue : VOTA PVBLICA; (ce qui signifie
Marc Commode Antonin Auguste, le Pieux, le Bri-
tannique, et au revers : Souverain Pontife jouissant de la
puissance tribunitienne pour la huitième fois, Empereur
depuis sept ans, Consul pour la quatrième fois, Père de la
patrie, vœux publics). Un temple *hexastyle* ou à six colonnes, devant lequel l'Empereur, debout et voilé, sacri-
fie en présence d'un victimaire qui se prépare à assommer
un taureau, et de plusieurs personnages, dont un joue de
la double flûte. Ce revers offre un des plus beaux sacrifices
qui nous restent des anciens : il serait à désirer seulement
que le temps eût respecté le bas-relief de ce médaillon,
qui est un des plus précieux de tous ceux qu'on connaît
(*V.* C. Patin, Introduction à l'Histoire des Médailles; Paris,
1665, in-12, p. 206 et *V.* Pl. VII, fig. 7 de cet ouvrage).

(Médaillon de B.) AESCVLAPIVS. Esculape, sous la figure d'un serpent (56), arrive dans l'île du Tibre; le fleuve
paraît à moitié au-dessus de l'eau prêt à le recevoir; il tient
d'une main un roseau et étend l'autre vers le serpent : dans
le fond est le temple que les Romains bâtirent à Esculape
dans cette île (*V.* Morell, Médaillons du Cabinet du Roi,
VI , et Pl. VII, fig. 8 de cet ouvrage).

Un semblable médaillon de bronze, déjà frappé sous
l'empereur Antonin le pieux, est cité par M. Mionnet, dans
son ouvrage intitulé : de la Rareté et du Prix des Médailles
Romaines, p. 132. Il paraît que Commode a voulu rappeler le même sujet sur ses monnaies.

Le plus magnifique temple élevé au dieu de la médecine
était celui d'Épidaure, où on l'honorait sous la figure
d'un serpent, animal qu'on regardait comme le symbole
de la santé, à cause de la faculté de rajeunir qu'on lui sup-
posait, ou comme celui de la prudence, pour montrer que
les médecins ne sauraient en avoir trop dans le traitement
des maladies. La reconnaissance des villes et des princes a
placé les images d'Esculape sur un grand nombre de médailles; il y paraît seul ou accompagné de sa fille Hygie
(la santé) qui présente, dans une patère, de la nourriture
à un serpent, pour indiquer probablement qu'un convalescent doit se soutenir par une nourriture accordée avec
prudence. Son fils *Telesphore* (qui apporte la fin des maux)
l'accompagne souvent aussi et figure sur les monumens
comme dieu de la convalescence; il est pesamment couvert d'un manteau à capuchon, qui marque le soin avec
lequel un convalescent doit se couvrir. Enfin les *Grâces*
l'accompagnent aussi quelquefois, comme symbole de la
fraîcheur qui renaît avec la santé après une longue mala-

die (*V.* Millin, Gal. Myth. , T. I, p. 139). Sur un très-beau médaillon grec du Cabinet du Roi, qui a été également frappé sous l'empereur Commode, on voit Esculape élevé sur une base entre deux centaures *dadouques* (c'est-à-dire qui tiennent des flambeaux). On lit autour : ΕΠΙ. ΣΤΡ. ΠΑ. ΓΛΥΚΟΝΙΑΝΟΥ ΠΕΡΓΑΜΗΝΩΝ. B. ΝΕΩΚΟΡΩΝ (sous le Stratège Paulus Glyconianus : *monnaie* des Pergaméniens Néocores, pour la seconde fois; *V.* Venuti, Antiq. Num. I, XLVI, 2). On faisait usage des flambeaux dans les fêtes d'Esculape, nommées *Asclepeia.* Les centaures font allusion à des courses de chevaux aux jeux équestres, où l'on courait avec des torches allumées (*V.* Visconti, Iconog. grecq.)

CRISPINA , FEMME DE COMMODE ,

Etait la fille d'un sénateur généralement estimé pour son rare mérite. Soit par haine, soit pour s'être livrée à tous les désordres auxquels entraîne l'immoralité, Commode l'exila à Caprée, et ordonna ensuite qu'elle fût mise à mort, ainsi que *Lucille*, sa belle-sœur.

(G. B.) Ses médailles sont en G. B. Nous ne citerons que celle dont la légende est : CRISPINA AVG. IMP. COMMODI AVG. , ayant au revers, SALVS S. *C.* La Santé ou Hygie, assise, tient une patère qu'elle tend à un serpent qui s'élève de dessus un autel. Ce type paraît indiquer une maladie dont l'impératrice était guérie.

P. HELVIUS PERTINAX , EMPEREUR ,

Quoiqu'étant de basse extraction, s'éleva, par son mérite et ses talens, aux premières dignités. Dans la nuit même où Commode perdit la vie , les plus intimes amis de cet empereur vinrent offrir la couronne à Pertinax, qui ignorait encore ce qui s'était passé. Il s'y refusa d'abord; mais on le détermina à accepter pour le bien de l'Empire. Ses premiers soins furent de réprimer la licence et de rétablir les bonnes mœurs et la discipline militaire ; ce qui déplut aux prétoriens, que Commode avait habitués à ses déprédations : aussi le nouvel Empereur fut-il inhumainement massacré l'an 193, après trois mois de règne.

L'inscription de ses médailles est : IMP. CAES. P. HELV. PERTINAX AVG.

MÉDAILLES.

(AR.) JANO CONSERVAT*ori*. Janus debout tient de la main droite une lance.

Pertinax fit choix de Janus pour sa divinité tutélaire, probablement parce qu'il avait été élevé à l'empire dans les premiers jours de janvier, et que ce mois est consacré au dieu Janus, qui ouvre et ferme les portes de l'année.

(AR.) MENTI LAVDANDAE. Une femme debout tient de la main droite une couronne et de la gauche une lance (*V*. Pl. V, fig. 17)

Par le mot *mens* on entendait le sens ou le jugement, qui sont par eux-mêmes susceptibles du bien ou du mal. Pris dans une acception favorable, telle que *bona mens*, il avait un temple à Rome et y était honoré d'un culte divin. Mais le règne de Commode ayant constamment été celui de la démence, ou *malæ mentis*, il importait beaucoup à Pertinax de ramener à des idées saines (*mentem bonam vel laudandam*), ce qu'il essaya de faire, mais en vain.

Titiana,

Femme de Pertinax, fut nommée Auguste par le Sénat.
Elle survécut à son mari. L'Empereur n'avait consenti qu'a-
vec peine aux honneurs rendus à une épouse livrée à la
débauche : il s'opposa sans doute à lui accorder celui de
figurer sur la monnaie romaine; et effectivement, à peine
trouve-t-on quelques médailles grecques qui offrent son
nom et son effigie. (*V*. les Leçons élém. de Num. Rom.,
p. 165).

Didius Julianus, Empereur,

Après la mort funeste de Pertinax, fut proclamé par
les soldats prétoriens, envers lesquels il avait con-
tracté des obligations fort au-dessus de ses moyens. N'ayant
pu les remplir, et s'étant rendu par là méprisable aux Romains, il se vit bientôt en butte aux attaques de Sévère dans
la Pannonie, de Clodius Albinus dans les Gaules, et de
Pescennius Niger en Orient, qui se soulevèrent à la fois
contre lui, en prenant chacun le titre d'Empereur. Sévère
se présenta le premier devant Rome, à la tête de ses légions, et obtint du Sénat intimidé que le faible Julien lui
serait sacrifié, ce qui eut lieu en juin 193. Les médailles
lui donnent le titre de : IMP. CAES M. DID. SEVER.
JVLIAN. AVG.

(G. B.) Au revers d'un G. B. on lit : RECTOR ORBIS
S. C. L'Empereur, en toge et debout, tient un globe dans
sa main droite. Ce titre de maître du monde est remarquable
en ce qu'il paraît pour la première fois sur les médailles
(*V*. l'ouvr. précité, à l'art. *Titiane*).

Manlia Scantilla,

Femme de l'Empereur Didius Julianus, fut nommée Auguste. Ayant survécu à son mari, elle rentra dans la vie privée.

(G. B.) Ses médailles de G. B., quoique rares, n'offrent rien de remarquable (*V*. l'ouvrage précité).

Didia Clara,

Fille unique de Didius Julianus et de Scantilla, partagea la grandeur éphémère et le sort de sa mère.

(AR.) Ses médailles sont fort rares, surtout en argent. Les revers n'ont rien de remarquable.

Un G. B., avec sa tête, a au revers : HILAR. TEMPOR. S. C. Femme debout tenant de la main droite une palme et de la gauche une corne d'abondance (*V*. l'ouvrage précité).

HILARITAS. (La Gaîté ou la Joie personnifiée). Sur beaucoup de médailles romaines, on la voit figurée sous les traits d'une matrone, tenant dans la droite un rameau de laurier qu'elle approche de la terre, et dans la gauche une corne d'abondance. Les rameaux verts étaient le symbole de la gaîté; c'est pourquoi, dans les réjouissances publiques et particulières, chez presque tous les peuples, on ornait de branches et de rameaux d'arbres les chemins, les temples, les portes, les maisons et souvent des villes entières. Selon Artemidore, les enfans des princes sont désignés par des branches de palmier. Ces médailles portent pour épigraphe, tantôt seulement le mot *Hilaritas*, tantôt *Hilaritas Populi Romani*, gaîté du peuple Romain; *Hilaritas Augusti*, gaîté de l'Empereur; *Hilaritas tem-*

porum, temps joyeux. Quelquefois elle est assise ou debout, au milieu de deux ou trois enfans ; quelquefois elle tient une patère au lieu de la branche de laurier. On la voit aussi tenant la haste, quelquefois aussi une fleur. On la trouve surtout sur les médailles d'Hadrien, de Marc-Aurèle, de Faustine jeune, de Lucilla, de Crispine, de Julia Domna, de Plautilla, de Caracalla, de Tetricus-le-Vieux, de Claude-le-Gothique, etc. (*V*. Millin, Dictionnaire des Beaux-Arts.).

PESCENNIUS-NIGER, EMPEREUR,

Gouverneur de Syrie, prend le titre d'Empereur à l'instigation secrète du Sénat qui s'était prononcé contre Didius Julianus ; mais après avoir perdu plusieurs batailles contre Sévère, Pescennius fut tué l'an 194 de notre ère.

N'ayant jamais été reconnu à Rome, il n'existe de lui aucune médaille en bronze de coin romain ; mais on en a d'argent, frappées en Asie, avec des légendes latines. Les médailles grecques sont toutes très-rares. Celles d'or sont suspectes (*V*. l'ouvrage précité).

MÉDAILLES.

(AR.) Sur les véritables deniers d'argent, il prend le surnom de JUSTUS, et l'inscription est : IMP. CAES. PESC. NIGER JVST. AVG. Les types des revers offrent pour la plupart des sujets mythologiques. Une des médailles les plus rares de Pescennius est celle que possède le cabinet impérial de Vienne, sur laquelle on remarque un panier rempli d'épis, de raisins et autres fruits, avec la légende : FELICITAS TEMPORVM. (*V*. Pl. V, fig. 18).

ALBINVS,

Gouverneur de la Grande-Bretagne et des Gaules, forma
des prétentions à la souveraineté après la mort de Pertinax,
et parvint à se faire déclarer *César* par Sept.-Sévère, occupé alors à soumettre l'Orient et à combattre Pescennius-
Niger, mais dans la suite, forcé de disputer ses droits contre
ce redoutable compétiteur, il osa attendre son attaque près
de Lyon, et perdit, par suite d'une bataille décisive, l'empire et la vie, l'an 197 de notre ère.

Il prend sur ses médailles le titre de DECIMVS CLO-
DIVS SEPTIMIVS ALBINVS CAES.

(G. B.) Au revers d'un G. B. se trouve la légende :
SAECVLO FRVGIFERO. Figure debout, demi-nue, tenant de la
droite un caducée et de la gauche un trident.

Ce type est moins commun que ceux de ses autres médailles de bronze ; mais il fait également allusion à l'abondance que procurent le commerce et la paix (*V.* les Leçons élément. de Num. Rom.).

SEPTIMIUS SEVERUS. — SEPTIME-SÉVÈRE, EMPEREUR.

Quoique ce prince ne fût pas d'une origine illustre, sa
valeur et ses grands talens militaires lui acquirent une
haute considération de la part des légions. Après avoir
triomphé de ses adversaires, il s'occupa spécialement des
intérêts de l'état. Les Parthes, à la suite d'une longue
guerre contre les Romains, furent contraints par Sévère
de faire la paix à des conditions humiliantes. Dans le cours
de ses dernières années il se vit obligé d'aller combattre ses
sujets de la Grande-Bretagne, soulevés contre lui. Sévère

mourut pendant cette guerre (l'an 211), après dix-neuf années d'un règne glorieux, à la vérité, mais souillé par ses cruautés.

Ses titres sur les médailles sont : SEPTIMIVS SEVERVS AVG. Quelquefois il y ajoute le surnom de *Pertinax*, ensuite ceux de PARTHICVS MAXIMVS ARABICVS ADIABENICVS et BRITANNICVS, que lui valurent ses victoires.

MÉDAILLES.

(AV.) Le buste de Sévère : au revers, FÉLICITAS SAECVLI (le bonheur du siècle) Une tête de femme entre deux têtes de jeunes princes (*V.* Pl. V, fig. 19).

Cette médaille réunit tout ce qui composait la famille de l'Empereur. D'un côté est son buste, et au revers ceux de *Julia Domna*, sa femme, et de ses deux fils, *Antonin Caracalla* et *Géta*, qui ont occupé l'empire après sa mort. Quelques-unes de ses monnaies portent pour légende : AETERNIT. IMPERII, ce qui indique que le bonheur de l'empire est assuré pour un long avenir par les jeunes princes appelés à lui succéder.

(G. B.) *Pii* DIVI *Marci Filius* P. M. TR. P. III COS. II P. P. S. C. Sévère, tenant dans sa droite le globe du monde surmonté d'une Victoire, et de la gauche une lance, est couronné par le Génie de la valeur *(Virtus)* qui tient une massue (*V.* Pl, V, fig. 20).

Cette médaille découvre une circonstance singulière et remarquable de la vie de Sévère. Ce prince voulut se faire passer pour un fils de Marc-Aurèle, quoique tout le monde connût son origine et qu'on sût parfaitement qu'il n'appartenait nullement à la famille des Antonins. D'après cette bizarre prétention, nul doute qu'on ne s'empressât de lui donner, sur les monumens publics, les surnoms de *fils de Marc-Aurèle, frère de Commode et petit-fils d'Antonin-le-Pieux*, et ainsi de suite. Il lui fut facile alors de changer le nom de *Bassianus*, que portait son fils, en celui d'Antonin. On fut tenté de rire de ce qu'on appelait une ridicule manie; mais elle cachait un but politique prémédité. Se donnant pour un descendant de la famille des Antonins, dont la mémoire était chère aux Romains, Sévère acquérait par là des droits à l'amour de ses sujets et à leur vénération; et quoique la partie éclairée du public découvrît aisément l'imposture, cette fable généalogique n'en produisit pas moins une certaine impression sur l'esprit du peuple, qui se compose de la classe la plus nombreuse des citoyens.

(G. B.) DIS AVSPICIBVS. Bacchus et Hercule debout avec leurs attributs; à leurs pieds une panthère.

L'Empereur, en portant la guerre en Orient, affecta de prendre pour patrons Bacchus et Hercule, que d'anciennes traditions désignaient comme premiers conquérans de cette contrée. Il fit construire un vaste temple en l'honneur de ces dieux, qui reparaissent fréquemment sur ses monnaies. Ce médaillon d'argent est rare (*V*. les Leçons élém. de Num. Rom., p. 175). Il y a aussi un G. B. au même revers (*V*. Mionnet).

MÉDAILLON GREC DE SEPTIME-SÉVÈRE.

Hector, fils de Priam (*a*) et d'Hécube, le plus vaillant des Troyens, armé d'une cuirasse et d'un casque,

---

(*a*) *Priam* veut dire racheté parceque ce prince devait sa liberté

tient dans une main sa lance et son bouclier, et dans l'autre les rênes des quatre chevaux qui traînaient son char (*a*) et une Victoire ailée qui porte une couronne et une palme ; au-dessus on lit son nom EKTΩP (Hector), et dans l'exergue : IΛIEΩN (Monnaie des Iliens) (*b*) (*V.* Morell, Médaillons du Cabinet du Roi, XVII, 8, et Pl. VII, fig. 12 de cet ouvrage).

Julia-Domna,

Femme de Septime-Sévère, survécut à ce prince et conserva son crédit sous le règne de Caracalla son fils aîné, après la mort duquel elle se laissa mourir de faim, l'an 217 de notre ère.

Ses inscriptions sont : JVLIA DOMNA AVGVSTA, ou JVLIA PIA FELIX AVG.

(G. B.) Sur une médaille de **G. B.** on lit : MAT. AVGG. MAT. SEN. M. PATR. S. C. Julie, assise, tenant des épis de la main droite et une haste de la gauche.

Non-seulement ces titres n'avaient point encore paru jusqu'à présent, mais aucune autre impératrice ne porta ceux de *Mater Senatus, Mater Patriæ.* Ils étaient la suite d'une vénération outrée qu'affectait pour elle son fils Caracalla (*V.* les Leçons élém. de Numism. Rom.),

---

à la rançon qu'Hésione avait donnée pour lui à Hercule. Priam se distingua dans sa jeunesse par une expédition contre les Amazones. Il se nommait originairement *Podarces.*

(*a*) Hector fut le seul des héros de cette guerre qui monta un quadrige.

(*b*) Il ne faut pas confondre ce mot avec *Ilion,* nom que portait la ville de Troie et qui lui venait d'*Ilus* (37).

Caracalla, Empereur,

Était le fils aîné de Septime-Sévère et de Julia-Domna. Il porta d'abord le nom de *Bassianus*; mais son père, étant devenu Empereur, le nomma *M. Aurelius Antoninus*, par considération pour la famille des Antonins, dont la mémoire était en grande vénération chez les Romains. Dès l'âge de dix ans, Sévère lui donna le titre d'Auguste et l'adopta pour collègue. Du vivant même de son père, ce prince donna des marques d'un naturel dur et féroce, mais après sa mort il s'abandonna à toute la fougue de ses passions. D'après la volonté de Sévère, les deux frères devaient partager les soins du gouvernement; mais Caracalla, voulant régner sans contrainte, songea à se défaire de Géta, qu'il regardait plutôt comme un rival que comme un frère. Les provinces, alarmées, prévoyant bien quelle serait la suite de cette mésintelligence entre les deux frères, eurent recours aux dieux et célébrèrent des fêtes en l'honneur de l'amour fraternel, auxquelles ils donnèrent le nom de *Philadelphia*. Elles sont représentées sur les médailles. Cela n'empêcha point le féroce Caracalla de poignarder Géta jusque dans les bras de sa mère où il s'était réfugié. Le remords d'avoir commis un aussi horrible forfait le poursuivit partout et l'excita à commettre d'autres cruautés. Ses fureurs n'ayant point de bornes, il fut égorgé par ordre de Macrin, chef de sa garde en Mésopotamie, l'an 217 de notre ère. Il avait régné seul pendant six ans.

Ses inscriptions sont : M. AVRELIVS ANTONINVS PIVS FELIX AVG. Le nom de *Caracalla* ne paraît sur aucun monument public, lui ayant été donné par la populace à cause d'une espèce de tunique gauloise qu'il avait coutume de porter et qu'on nommait ainsi. Il partagea, de commun avec son père, les titres de PARTHICVS MAXIMVS et de BRITANNICVS, et prit même celui de GERMANICVS, en raison de ses prétendues victoires sur les Germains.

(AR.) P. M. TR. P. XVIII. COS. IIII. P. P. (Souverain-Pontife, revêtu de la dignité tribunitienne pour la dix-huitième fois, Consul pour la quatrième, Père de la Patrie). Esculape debout et tenant de la droite une verge autour de laquelle est un serpent. A ses côtés est Telesphore, et à ses pieds le globe du monde, qui indique que la médecine est universelle (*V*. Pl. V, fig. 21).

(AR.) *Même légende*. Apollon, tenant de la main droite un rameau, s'appuie de la gauche sur sa lyre, qui repose sur un trépied (*V*. Pl. V, fig. 22).

(AR.) *Même légende*. Hercule tient de la main droite un rameau, et de la gauche sa massue ainsi que la dépouille du lion de Némée (*V*. Pl. V, fig. 23).

Ces différentes médailles furent frappées dans les dernières années du règne de Caracalla; elles ont rapport à l'état critique de sa santé, que le souvenir du meurtre de son frère minait sourdement. Il le voyait sans cesse une épée nue à la main et proférant contre lui les plus terribles menaces. Souvent il invoquait les mânes des morts et principalement celles de son père, qui paraissait toujours accompagné de Géta. Enfin ne trouvant de repos nulle part, il crut devoir implorer les dieux protecteurs de la santé, et conséquemment s'adresser à Esculape, à Apollon et à Hercule, qui paraissent sur les médailles précitées. Les deux premiers, comme dieux de la santé, sont suffisamment connus. A côté d'Esculape est le petit Telesphore (qui apporte la fin des maux). Nous en avons parlé à l'article d'un médaillon de Commode tome 1ᵉʳ, p. 179 de cet ouvrage. Hercule était aussi compris dans la médecine, et surnommé , par cette raison, *Alexicacus* (qui éloigne le mal). On le regardait également comme le dieu qui préside aux bains de santé des sources thermales.

(G. B.) *Même légende* (dix-huitième tribunat). L'Empereur écrasant sous son pied un crocodile , et recevant des épis que lui présente une femme.

Cette médaille est un monument de son voyage en Egypte et de l'atroce vengeance qu'il exerça contre les habitans d'Alexandrie qui l'avaient offensé par des railleries.

(G. B.) INDVLGENTIA AVG. IN CARTHAGO S. C. Cybèle assise sur un lion et vis-à-vis un rocher duquel sortent des eaux.

Le revers indique que l'Empereur usa d'indulgence envers les habitans de l'antique Carthage , ou bien il relate quelque bienfait; mais l'histoire ne présente rien de positif à cet égard.

(AR.) DIVO ANTONINO MAGNO (Tête de Caracalla) : au revers, CONSECRATIO. Un bûcher, qu'on nommait *rogus*, ou un aigle (*V*. Pl. V, fig. 24).

Quoique Caracalla fût devenu généralement odieux, il était cependant regretté de ses soldats; et ce fut par ménagement pour ceux-ci que Macrin, son successeur , obtint du Sénat de le faire mettre au rang des dieux. On lui donne sur cette médaille le nom de grand (*Magnus*) ; il en prit même le titre, parce qu'Alexandre, Roi de Macédoine, auquel il affectait de se comparer, l'avait obtenu.

Il est quelquefois assez difficile de faire la distinction des médailles de *Caracalla* avec celles d'*Elagabale*, qui prenait également les noms de M. AVRELIVS ANTONINVS. Voici quelques règles pour y parvenir.

1° La tête sans couronne et le titre de César seul ne peuvent convenir qu'à *Caracalla*, puisqu'*Elagabale* fut de suite créé Auguste.

2° La dignité de *Pontifex* sans l'épithète de *Maximus*, dont Caracalla fut revêtu pendant la vie de son père, ne peut convenir à Elagabale, qui fut toujours *Souverain Pontife*.

3° Une tête très-enfantine ou fortement barbue : les titres de *Parthicus Maximus Britannicus Germanicus* n'appartiennent qu'à *Caracalla*, de même que l'épithète *Augg.* (*Augustorum*), aux légendes de certains revers, attendu qu'il régna simultanément pendant plusieurs années, soit avec *Sept. Sévère*, soit avec *Géta*, tandis qu'Elagabale n'eut jamais de collégues.

4° Enfin *Caracalla*, dans le cours de son cinquième tribunat, fut Consul pour la première fois, et Elagabale, dès son tribunat (époque où il périt), Consul pour la quatrième fois : donc toute puissance tribunitienne cotée d'un nombre excédant V, ne peut convenir qu'au fils de Sévère (*V*. les Leçons élémentaires de Num. Romaine, p. 179).

L'abbé Eckhel, pour ne point trop étendre son Traité élémentaire de Numismatique, s'était borné à présenter une suite choisie de médailles impériales romaines, depuis Jules - César jusqu'à l'Empereur Caracalla; mais nous avons cru devoir l'augmenter de quarante articles, en y ajoutant la continuation depuis *Caracalla* jusqu'à *Postume* inclusivement, passé lequel l'art monétaire, déjà singulièrement dégénéré, retombe tout-à-fait dans la barbarie.

Nous pensons donc être utiles à ceux qui cultivent la science des médailles, en leur offrant ici la suite choisie des impériales jusqu'à *Postume*, puisée dans l'excellent ouvrage intitulé : *Leçons élémentaires de Numismatique Romaine* (a), que nous avons déjà eu occasion de citer plusieurs fois dans le cours de ce traité, non-seulement parce qu'il renferme beaucoup de remarques d'un grand intérêt, mais parce qu'ayant, comme nous, consulté les écrits du savant Eckhel, la méthode qu'il a adoptée se rapproche assez de celle que nous avons suivie dans cette partie de l'ancienne Numismatique.

PLAUTILLA,

Fille de *Fulvius-Plautianus,* préfet du prétoire, devint l'épouse de Caracalla l'an 202. Elle fut exilée après la fin tragique de son père, qui eut lieu l'année suivante, et enfin mise à mort l'an 211 de notre ère, par ordre de l'Empereur.

(M. B.) Sur une médaille de M. B. assez commune, est sa tête, avec la légende PLAVTILLA AVGVSTA : au revers, VENVS VICTRIX S. C. Vénus debout, tenant la pomme et une palme; à ses pieds Cupidon. Ses médailles sont très-rares en G. B.

GETA,

Second fils de Sept. Sévère et de Julia Domna, reçut le titre de César en 198, fut associé à la souveraineté par son père en 209, et assassiné en 212 par son frère Caracalla. Ses titres sont : IMP. CAES. P. SEPT. GETA PIVS AVG. BRIT. Sur le revers d'une médaille de M. B. on lit : NOBILITAS S. C. Femme debout tenant de la droite une haste, et de la gauche une petite victoire.

_____

(a) Paris, 1823, in-8°.

Quoique de tout temps les Romains eussent eu pour la noblesse des races une considération qui se confondait en quelque sorte avec l'amour de la patrie, cependant il ne paraît pas que le type de la *noblesse* proprement dite, qui est gravé sur cette médaille de Géta, ait paru sur les monnaies impériales avant le règne de Commode. Mais, à l'imitation de celui-ci, beaucoup de ses successeurs le firent figurer sur leurs monnaies, principalement au revers des jeunes héritiers de l'Empire, auxquels appartint bientôt le titre de *Nobilissimus Cæsar*.

MACRINUS, EMPEREUR,

Préfet du Prétoire sous Caracalla, fit assassiner ce prince en Mésopotamie l'an 217, fut élu Empereur par les troupes et reconnu par le Sénat ; mais au bout d'un an *Elagabale* est proclamé ; Macrin battu par les troupes de son adversaire, est pris et mis à mort l'an 218 de notre ère.

(G. B.) Sur une médaille de G. B. ayant pour légende : IMP. CAES. M. OPEL. SEV. MACRINVS AVG. est la tête laurée de cet Empereur : au revers, SECVRITAS TEMPORVM Femme debout, tenant de la main droite une haste, et appuyant la gauche sur une colonne.

Plus les révolutions se multipliaient sous les Empereurs, plus le trône devenait chancelant ; c'est aussi par cette raison que les princes qui y étaient appelés affectaient d'invoquer une *sécurité* dont ils doutaient peut-être eux-mêmes. Aussi ce type devint-il très-commun.

DIADUMENIANUS CAESAR. — DIADUMÉNIEN,

Fils de Macrin, nommé César en 217, cherche à se réfugier chez les Parthes après la défaite de son père, mais il fut découvert, et mis à mort par les soldats d'Elagabale en 218.

(G. B.) Une médaille de G. B. lui donne le titre de M. OPEL. ANTONIVS DIADVMENIANVS CÆS. : au revers, PRINCIPI JVVENTVTIS S. C. Diaduménien debout entre trois enseignes militaires.

Le prince de la jeunesse était le chef de l'ordre équestre ou des chevaliers romains. Cette dignité, quoique simplement honorifique, paraît avoir été, depuis le commencement de l'Empire, l'apanage des jeunes héritiers du trône (a), et se trouve rappelée directement ou indirectement sur la monnaie de la plupart d'entre eux. Les types qui y ont rapport nous présentent ordinairement, sous les premiers règnes, des cavaliers ou des chevaux, etc. ; mais après *Géta*, ce prince n'y paraît plus qu'à pied.

M. AURELIUS ANTONINUS. — ELAGABALE OU HÉLIOGABALE, EMPEREUR,

Dont le vrai nom était *Varius Avitus Bassianus*, est proclamé Empereur, à Emèse en Phénicie, par suite des intrigues de Mæsa son aïeule et de Soemias sa mère. Ce monstre exécrable, que l'histoire caractérise en disant ; « qu'il était *le mari de toutes les femmes et la femme de tous les maris* », fut assassiné par les prétoriens, l'an 222 de l'ère chrétienne.

Etant petit-neveu de *Julia Domna*, par conséquent cousin de l'Empereur *Caracalla*, et peut-être son fils natu-

_____

(a) *V.* ci-desssus Caïus et Lucius Césars.

rel, il prit dans les monumens publics les noms de *M. Aurelius Antoninus* qu'avait portés celui-ci.

Au revers d'une médaille de G. B. , on lit ; INVICTUS SACERDOS AVG. S. C. L'Empereur debout, devant un autel enflammé, tenant de la main gauche une palme ; par terre est un bœuf qui doit servir de victime ; en l'air une étoile.

Sur le revers d'un autre G. B. , est la légende SACERDOS DEI SOLIS ELAGABAL. S. C. L'Empereur sacrifiant sur un autel d'où sort une flamme.

Bassianus se trouvait à Emèse prêtre du dieu phénicien appelé Elagabale ou Héliogabale (que l'on croit le soleil, d'après l'indication même de ses médailles) lorsqu'il fût appelé à l'Empire. Conservant pour sa divinité favorite une extravagante vénération, il en apporta à Rome et le culte et l'idole (qui était une grosse pierre noirâtre de forme conique) (*a*), et lui fit bâtir un temple où il remplissait lui-même les fonctions sacerdotales. Enfin, de tous ces actes de démence dont notre médaille offre un faible monument, il resta à l'infâme pontife le nom de son dieu pour sobriquet. Pour bien distinguer ses médailles de celles de Caracalla, il faut observer ; 1° qu'Elagabale, porté au trône à l'âge de quatorze ans, périt à l'âge de dix-huit; 2° en atteignant sa cinquième et dernière puissance tribunitienne, il fut revêtu du consulat pour la quatrième fois (tandis que Caracalla, lors de son cinquième tribunat, n'était consul que pour la première fois); 3° depuis le troi-

---

(*a*) *V.* ci-dessus pour le culte des pierres, la note 10 du chap. XII.

sième consulat d'Elagabale, ses médailles ont presque toujours une étoile au revers. Cet astre ajouté aux divers types, rappelait sans doute sa divinité favorite ou sa dignité de prêtre de ce dieu, et se retrouve sur les médailles de ses trois femmes; 4° enfin, dans la combinaison des noms et des titres, on trouve encore quelques indications. Par exemple (mais sur les médailles de bronze seulement), les titres *Imp. Cæs.* se trouvent au commencement de la légende de la tête pour *Elagabale*, et non pour *Caracalla.*

JULIA PAULA,

· Fille de *J. Paulus*, préfet du prétoire, première femme d'Elagabale, fut mariée à cet Empereur l'an 219, peu de temps après qu'il fut arrivé à Rome; et les noces furent célébrées avec une magnificence extraordinaire; mais ayant été répudiée, elle rentra dans la vie privée.

Ses médailles de G. B. avec sa tête, et le titre de JVLIA PAVLA AVG. ont au revers : CONCORDIA ou CONCORDIA AETERN. S. C. Sur cette dernière, on voit l'Empereur et Paula contractant leur alliance en se donnant la main ; entre eux est une figure voilée qui représente sans doute un pontife.

AQUILIA SEVERA,

Jeune vestale que l'infâme Elagabale épousa, l'an 220, après l'avoir enlevée au sanctuaire. Répudiée à son tour, elle fut reprise par lui sur la fin de son règne, et lui survécut.

En G. B. avec sa tête : JVLIA AQVILIA SEVERA AVG. : au revers, CONCORDIA S. C. La Concorde debout,

portant une double corne d'abondance; à ses pieds un petit autel; une étoile dans le champ.

Enlevée au corps respectable des vestales, au grand scandale des Romains, que ce crime inouï avait révolté, Elagabale crut se justifier, en disant *qu'un prêtre du Soleil pouvait bien épouser une prêtresse de Vesta,* puisqu'il n'en pouvait naître qu'une postérité divine.

ANNIA FAUSTINA,

Descendait de Març-Aurèle, et avait d'abord été mariée à *Pomponius Bassus,* qu'Elagabale fit périr pour pouvoir l'épouser; mais répudiée presqu'aussitôt, elle rentra dans sa première condition. Ses médailles romaines de G. B. qui ont au revers, CONCORDIA S. C., sont extrêmement rares. On y voit Elagabale et Faustine debout se donnant la main; une étoile dans le champ.

(AR.) On connaît une médaille de cette impératrice, qui, du cabinet de M. de Rothelin, a passé dans celui du Roi d'Espagne. M. Mionnet en porte la valeur à 1,000 fr.

SOÉMIAS,

Mère d'Elagabale, était fille de *Mœsa,* sœur de *Julia Domna,* et veuve de *Sex. Varius Marcellus;* elle sut gagner les troupes qui étaient campées auprès d'Emèse, en faveur de son fils (en 218), et l'ayant accompagné à Rome, elle y fut massacrée avec lui en 222.

(G. B.) Ses médailles de G. B. avec sa tête ont pour légende : JVLIA SOAEMIAS AVG.; au revers, VENVS CAELESTIS S. C. Femme assise tenant la haste, et présentant une pomme à un enfant.

Les médailles de cette princesse ont dû être frappées sous le règne de son fils Elagabale, pendant la durée duquel elle exerça une influence qui l'avait rendue odieuse aux Romains.

MÆSA,

Sœur de *Julia Domna;* mère de *Soémias* et de *Mamée*, était l'aïeule d'*Elagabale* et d'*Alexandre Sévère;* elle parvint à gagner les troupes par ses largesses, et aida le premier à s'élever au trône; mais prévoyant d'avance la funeste issue que ses déréglemens amèneraient, elle l'engagea adroitement à adopter Alexandre Sévère, qu'elle fit proclamer son successeur à l'empire.

(G. B.) Sur une médaille de G. B., avec la tête de Mœsa, on lit : JVLIA MAESA AVG.; au revers, saecvli felicitas S. C. Femme debout, tenant un caducée; à ses pieds un *modius* ou boisseau d'où sortent des épis; dans le champ une étoile.

La plupart des médailles de Mœsa appartiennent vraisemblablement aussi au règne d'Elagabale, car cette princesse, également aïeule d'Alexandre-Sévère, qu'elle fit parvenir au trône, vécut pendant plus d'un an sous ce dernier règne, et y conserva ses honneurs et son influence.

Marcus Aurelius Severus Alexander. — Alexandre Sévère, Empereur.

M. Aurelius Severus Alexander Aug. Pius, appelé d'abord *Bassianus*, fils de Mamée et petit-fils de Mœsa, fut adopté, l'an 221 de notre ère, par Elagabale, et salué Empereur (en 222) après la mort de ce monstre. Ses vertus et sa sagesse rappelèrent aux Romains les temps heu-

reux des Titus et des Marc-Aurèle , dont il suivit constamment les traces, et, après avoir fait avec succès la
guerre aux Perses et aux Germains, il fut assassiné par
Maximin, l'an 235.

MÉDAILLES.

On voit, au revers de trois médailles de G. B. , PROFEC-
TIO AVGVSTI , VICTORIA AVGVSTI , PAX AVGVSTI S. C.

Ces trois médailles ont évidemment rapport à la guerre
des Perses, qui donna lieu au départ de l'Empereur, à des
victoires , des triomphes, et fut suivie de la paix; mais
comme elles ne portent point de date, il serait possible
que celle qui exprime des vœux décennaux écrits par la
Victoire sur le bouclier de la seconde médaille , portant :
Victoria Augusti, ne fussent que des vœux pour le succès des armes de l'Empereur et non un monument de
triomphe, Il ne faut point ériger en certitude une conjec-
ture. Sur une autre médaille de M. B. , avec la tête laurée
d'Alexandre Sévère, on lit, au revers : RESTITVTOR MON. S.C.
Cette médaille donne à l'Empereur le titre de restaurateur
de la monnaie. Il serait bien difficile d'en expliquer la raison , car les monnaies de ce prince n'offrent aucune supériorité en titre, poids ou fabrique , sur celles de ses prédécesseurs, et semblent même leur être inférieures.

Alexandre avait pris le titre de *Pius* dans le cours de la
dixième puissance tribunitienne qu'il exerça.

(AE.) Médaillon d'Alexandre Sévère, représentant la
Victoire couronnant *l'Empereur* dans un *quadrige :* il tient
une *branche* de *laurier* dans sa main droite; deux *soldats*
conduisent les *chevaux;* dans le fond on voit d'autres *soldats*

qui portent des *palmes* : on lit autour , P.·M. TR. P. VIII
COS. III P. P. (*Souverain Pontife, Tribun du peuple pour
la huitième fois, Consul pour la troisième, Père de la
Patrie*). (*V*. Buonarroti, *Méd. Ant.*, XII).

(Médaillon de Colonie.) Ce médaillon d'Alexandre
Sévère , frappé à Acrasus en Lydie, et représentant *Diane
d'Éphèse*, dans un char traîné par deux *cerfs*, tenant
dans sa main droite l'image de la *Fortune* , et portant le
timon et la *corne d'abondance* ; les deux déesses ont le
modius (boisseau) sur la tête. On lit autour et au bas :
ΕΠΙ ϹΤΡΑ ΑΥΡ ΜΟϹΚΙΑΝΟΥ Τ Β ΑΚΡΑϹΙΩΤΩΝ (sous *Aurelius
Moskianus*, *Préteur pour la seconde fois* : monnaie des
Acrasiens). (*V*. Buonarroti, *Méd. Ant.*, XII, 2.)

ORBIANA,

Gneia Seia Herennia Sallustia Barbia Orbiana, troisième femme de l'Empereur Alexandre Sévère. Cette princesse n'est connue que par ses seules médailles. Celles de
G. B., avec sa tête, ont au revers : CONCORDIA AVGVSTORVM
S. C. L'Empereur et l'Impératrice , debout, se donnant la
main, ou la Concorde assise.

Les antiquaires ont cru pendant long-temps qu'*Orbiana*
avait été femme de *Trajan-Dèce*; mais des médailles trou-
vées avec la tête de cette princesse, au revers d'Alexandre
Sévère, firent cesser tous les doutes.

MAMAEA,

Etait fille de Mœsa et mère d'Alexandre Sévère. Cette
princesse reçut le titre d'Auguste lors de l'avénement de

son fils au trône, en 222. Elle périt en même temps et de la même manière que lui , en 235.

(G. B.) Ses titres sont , sur les médailles : JVLIA MA-MAEA AVGVSTA. Les revers des G. B. n'offrent rien de remarquable. On y lit ordinairement : FELICITAS PVBLICA, JVNO AVGVSTAE , FAECVNDITAS AVGVSTAE S. C. Les types en sont connus et cités dans l'ouvrage de M. Mionnet.

(AR,) Médaille de Julia Mamæa, représentant *Venus Genetrix* (qui préside à la naissance) , debout , vêtue d'une longue *tunique ;* de la main droite elle soutient un *globe ,* et elle appuie l'autre sur une *haste* sans fer ; un *enfant nu* est debout devant elle et lui tend les bras. On lit autour : *Venus Genetrix* (Vénus Genitrice) ; et des deux côtés de la figure : S. C. (182 Gessner, *Num. Imp. Rom.* , CLXVI, 47).

MAXIMINUS , EMPEREUR ,

Né en Thrace, d'une famille obscure et barbare , fait lâchement assassiner Alexandre Sévère en 235, et parvient au trône ; mais justement abhorré par son avarice et sa cruauté , il est massacré par ses propres soldats , en 238.

(G. B.) Ses titres sont , sur les médailles : IMP. MAXI-MINVS PIVS AVG. GERM. Les revers de celles de G. B. , sont assez communs ; tels que : LIBERALITAS AVG. FIDES MILITVM VICTORIA GERMANICA , dont les types sont connus.

(G, B.) Un G. B. offre la tête laurée de cet empereur, et ayant pour légende, au revers, P. M. TR. P. IIII COS. P. P. S. C. (Souverain - Pontife, possédant le tribunat pour la quatrième fois, Consul, Père de la Patrie, sous l'autorité du Sénat). L'Empereur debout , tenant sa haste au milieu de trois enseignes militaires.

Cette dernière médaille est intéressante, du moins sous le rapport chronologique. Les historiens n'étaient point d'accord sur la durée du règne de Maximin. Plusieurs ne lui donnaient que deux ans, tandis que d'autres le supposaient de cinq ou de six. Mais on voit, par la quatrième puissance tribunitienne, dont la médaille fait mention, que la troisième année de ce règne était au moins commencée lorsquelle fut frappée. D'un autre côté, on ne trouve sur aucun monument public de cinquième puissance tribunitienne pour *Maximin*, et puisque les chronologistes fixent le commencement de son règne au mois de mars de l'an de Rome 988, le quatrième tribunat de ce prince doit se rapporter à l'an de Rome 991, époque la plus vraisemblable de sa mort.

PAULINA,

Femme de Maximin, n'est connue que par les seules médailles; elle mourut au commencement du règne de ce barbare qui consacra son apothéose.

(G. B.) Sur un G. B.*, est sa tête voilée, avec la légende DIVA PAVLINA; on lit au revers, S. C. Elle a pour type un paon emportant au ciel l'âme de cette Impératrice.

MAXIMUS CÉSAR,

Fils de Maximin et de Pauline, était remarquable par sa beauté; associé à la souveraine puissance et créé César par son père il subit le même sort que lui en 238. Les médailles de G. B., avec sa tête, ont pour légende : C. JVL. VERVS MAXIMVS CAES. ou MAXIMVS CAES. GERM., revers : PIETAS AVG. S. C. Vases et instrumens de sacrifices qui sont les marques du pontificat, ou bien PRINCIPI JVVENTVTIS S. C., type connu, médaille commune.

GORDIEN D'AFRIQUE PÉRE, GORDIEN D'AFRIQUE FILS, EMPEREURS.

Le premier, âgé de quatre-vingts ans, était Proconsul en Afrique, et son fils avait l'emploi de son lieutenant, lorsque les troupes révoltées contre la cruauté de Maximin, les proclamèrent tous les deux Empereurs. Ils furent reconnus par le Sénat; mais, vaincus par une armée du dernier Empereur, Gordien le père se donna la mort après un règne d'environ quarante jours, et le fils fut tué dans la bataille qui les détrôna, l'an de notre ère 238. Les légendes de leurs médailles sont les mêmes et portent : IMP. CAES. M. ANT. GORDIANVS AFR. AVG.

(G. B.) Au revers d'un G. B. de Gordien père, on lit : SECVRITAS AVGG., et de deux autres G. B. du fils, ROMAE AETERNAE S. C. et VIRTVS AVG. S. C. Médailles RR., types connus.

Les deux Gordiens, proclamés en Afrique, n'eurent point le temps d'arriver à Rome, ce qui prouve que le Sénat n'attendait point toujours l'entrée du nouvel Empereur dans la capitale pour faire frapper des monnaies de bronze avec son effigie. L'abréviation des revers *Augg.* pour *Augustorum*, rappelle qu'il y avait alors deux Augustes. On l'employait également pour mari et femme, le père et le fils, lors même que ce dernier n'était que César. Dans la suite, quand il y eut trois collègues à l'Empire, l'abréviation se composait de : *Auggg.*

BALBINUS ET PUPIENUS. — BALBIN ET PUPIEN, EMPEREURS,

Elus Empereurs en 238, par le Sénat, soulevé contre la tyrannie de Maximin, ils partagèrent d'un commun accord le gouvernement de l'empire; mais ayant sans doute déplu

aux prétoriens pour avoir voulu rétablir la discipline militaire ou refusé de satisfaire à des prétentions exagérées,
ils furent tous deux massacrés, après trois ou quatre mois
de règne, en 238.

(G. B.) Leurs médailles de G. B, avec leurs têtes, ont
pour légendes : IMP. CAES. D. CAEL. BALBINVS AVG.
et IMP. CAES. M. CLOD. PUPIENVS AVG. ; au revers :
CONCORDIA S. C., ou LIBERALITAS AVGVSTORVM S. C. Femme
debout tenant une tablette et une corne d'abondance. Sur
une autre, ayant la même légende, on voit une estrade sur
laquelle sont assis les deux Empereurs et le jeune Gordien
César, entre deux figures debout, dont l'une tient une tablette; au bas de l'estrade est une sixième figure. Enfin,
sur un G. B. de *Pupien*, on lit au revers : VOTIS DECENNA-
LIBVS S. C., en inscription dans une couronne de laurier.

Balbin et *Pupien* furent les deux premiers Empereurs
élus avec des droits absolument égaux. Le souverain pontificat même leur fut également départi. Animés du même
esprit, leur parfait accord est souvent exprimé sur ces médailles.

Nous avons déjà parlé des *Vœux décennaux* ; la formule
que l'on voit sur cette médaille de Pupien, et qui fut dans
la suite fréquemment employée, s'appliquait sans doute,
soit au vœu proprement dit, soit à son accomplissement.
Alors on pouvait sous-entendre *susceptis* reçus, ou *solutis*
accomplis. Les vœux *quinquennaux* ne paraissent que sous
Postume.

GORDIANUS PIUS. — GORDIEN, III° DU NOM, EMPEREUR,

Fils du consul *Junius Balbus* et de *Metia Faustina*, était
petit-fils de Gordien d'Afrique le père. Il fut créé César par

les empereurs Balbin et Pupien. Les prétoriens, après la mort tragique de ces deux princes, proclamèrent Gordien Auguste et ensuite Empereur, en 238. N'ayant alors que treize ans et demi, il montrait déjà la sagesse de l'âge mûr et une partie des talens qui annoncent l'homme digne de commander ; aussi vit-on renaître sous son règne les beaux jours de Rome, et le jeune Gordien, dont la conduite ne se démentit jamais, était devenu les délices de l'Empire et le véritable Père de la Patrie, lorsqu'il fut assassiné par suite des intrigues de Philippe, en 244.

Ses titres, sur les médailles, sont : IMP. GORDIANVS PIVS FELIX AVG.

MÉDAILLES.

(G. B.) Nous citerons deux médailles de G. B. de cet Empereur, qui sont *inédites*, La première a au revers : LI-BERALITAS AVGVSTORVM. S. C. (la libéralité debout, tenant une tablette ou tesssère et une corne d'abondance) , et la seconde, LAETIT. MAGN. S. C. (femme debout tenant de la main droite une couronne et posant la gauche sur une ancre).

Des types de libéralité de Balbin et Pupien nous ont fait fait voir trois princes représentés sur l'estrade, savoir : les deux Augustes et le jeune Gordien, qu'ils avaient été forcés, par le vœu du peuple, de reconnaître César. Il n'est donc pas étonnant que la Libéralité se retrouve ici au revers de ce dernier prince, puisque les largesses avaient été faites également en son nom.

Le revers de la seconde médaille présente, avec un type très-commun, une légende qui peut paraître inédite, à moins qu'elle ne soit l'effet d'une transposition de lettres dans la

gravure du coin. On voit fréquemment LAETITIAE AVG. N.
Mais on lit ici. LAETITIA MAGNA.

Lætitia. C'est-à-dire la Joie ou la Réjouissance. Elle est
personnifiée sur plusieurs médailles et caractérisée par différens attributs. Elle tient une couronne, parce que dans
les réjouissances publiques le peuple avait coutume de se
couronner. Quelquefois elle tient des rameaux d'arbres,
parce que la verdure des branches et des rameaux réjouit
l'ame; ce qui fait que, dans les réjouissances publiques et
particulières, on ornait de rameaux les rues et les maisons, pour indiquer qu'elle devait être durable. On lui a
souvent donné une ancre dans les mains ; c'est ainsi qu'on
la voit sur les médailles de Gordien-le-Pieux, de Philippe
père, de Valérien, de Gallien, de Victorinus, de Quinti-
lus, d'Aurélien, de Sévérina, de Tetricus, de Florianus,
de Probus, de Carausius, d'Allectus, de Galerius. Quelquefois *Lætitia* est figurée debout, tenant une couronne et
un gouvernail. C'est ainsi qu'on la voit sur les médailles
de Crispine, de Lucilla, de Septime - Sévère, de Julia-
Domna, de Caracalla, d'Elagabale, d'Alexandre-Sévère,
de Mæsa, de Philippe père, de Tacitus et de Carinus.
Quelquefois elle a les mêmes attributs, mais elle est figurée
assise, telle qu'on la voit sur quelques médailles de Philippe père. On peut consulter, sur les attributs qui lui ont
été donnés, les lettres adressées à Ursius par Annibal
Caro, chevalier de Malte, Ven., 1592, in-4°. (*V.* Millin, Dict. des Beaux-Arts).

(G. B.) Autre médaille de Gordien Pie, ayant au revers un théâtre. Le revers d'une médaille de G. B., frappée sous Gordien Pie, à Héraclée en Bithynie, et publiée
dans les médaillons du cabinet Carpegna, par Buonarroti,

14 , 7 , p. 275 , nous offre un théâtre avec un portique derrière la scène ; celle-ci est décorée d'un temple.

M. Fauvel possède à Athènes une médaille de cette ville , en bronze, qui représente un des côtés de l'*Acropolis* avec le théâtre de Bacchus (*V.* Millin , Diction. des Beaux-Arts , t. 3 , p. 667).

TRANQUILLINA ,

(*Furia Sabinia Tranquillina*) fille du savant et vertueux *Misithée*, épouse Gordien Pie en 242, et lui survit.

Les médailles latines de cette impératrice sont excessivement rares (*V.* la Table chronologique à la fin de cet ouvrage) ; les grecques le sont beaucoup moins.

M. JUL. PHILIPPUS. — PHILIPPE LE PÈRE , EMPEREUR ,

Préfet du prétoire , né en Arabie , soulève les troupes contre Gordien Pie qu'il fait périr pour s'emparer du trône, et lui succède en 244; il est reconnu par le Sénat ; parvient à appaiser différentes révoltes , et finit lui-même par être massacré par ses troupes , qui se déclarèrent en faveur de Trajan-Dèce , en 249. Ses titres sur les médailles sont : IMP. M. JVL. PHILIPPVS AVG.

MÉDAILLES.

(G. B.) Sur le revers d'un G. B. on lit : ADVENTVS AVGG. S. C. L'Empereur à cheval, élevant la main droite et tenant de la gauche un javelot.

Le premier soin de Philippe, après son avénement au trône, fut de conclure la paix avec *Sapor*, roi de Perse , et de retourner ensuite à Rome. Quoique les conditions de

ce traité fussent peu glorieuses pour l'Empire Romain ,
cette paix fut mentionnée et rappelée de diverses manières
sur la monnaie. Le retour et l'arrivée à Rome , de l'Empereur , furent aussi expressément indiqués , comme on le
voit par le revers de la médaille précitée.

(G. B.) Au revers de cinq G. B. de cet empereur ,
on lit : MILIARIVM SAECVLVM (cippe sur lequel est écrit :
COS. III); SAECVLVM NOVVM S. C. (temple à huit colonnes
dans le milieu duquel une statue); SAECVLARES AVGG. S. C.
(cippe avec l'inscription : COS. III) ; SAECVLARES AVGG.
S. C. (cerf) , et AETERNITAS AVGG. S. C. (éléphant monté
de son cornac ou conducteur).

Pour consacrer l'anniversaire mémorable de l'an 1000
de la fondation de Rome , Philippe fit célébrer , avec une
magnificence extraordinaire , des Jeux Séculaires (ce furent les neuvièmes et derniers). Cette période de mille
ans , justement appelée *siècle millénaire* dans notre première médaille , semble autoriser à commencer une nouvelle ère et à intituler *siècle nouveau* celui qui va commencer , ainsi que le porte le revers de la seconde.

Au reste , les chronologistes ne sont pas parfaitement
d'accord sur l'année précise de la célébration de ces Jeux :
les uns pensent qu'ils eurent lieu l'an 247 de notre ère ;
mais les autres , s'appuyant sur le témoignage des médailles mêmes , où ces jeux paraissent concourir avec le
troisième consulat de Philippe , les remettent à l'année
suivante , c'est-à-dire à l'an 248 , époque de ce consulat , et
où les *mille ans* , depuis la fondation de Rome , étaient
révolus.

Un nombre prodigieux de médailles retrace , de diverses
manières , ces solennités. Des animaux de différentes es-

pèces figurent sur leurs types; les uns sauvages et rares,
et l'on ne s'étonne point qu'ils eussent concouru à la magnificence des spectacles; mais les autres, si communs,
qu'il paraît difficile d'expliquer la cause de la mention ex-
presse qui en est faite sur la monnaie.

Quant au type de la dernière médaille, il nous suffira de
rappeler que l'éléphant était pris pour symbole d'une espèce d'*éternité*, d'une très-longue vie. Par ce type, on paraissait donc souhaiter à l'Empereur et aux siens une vie
plus longue qu'il n'appartenait à l'humanité. Mais lorsqu'il était question de l'éternité de l'Empire, le soleil était
pris ordinairement pour symbole, comme objet vraiment
éternel. Cependant cette distinction ne fut pas toujours
rigoureusement observée.

OTACILIA-SEVERA,

Femme de l'Empereur Philippe, déclarée Auguste, survit à son mari et à son fils. Cette princesse avait embrassé
la religion chrétienne, et par sa protection, les *chrétiens*
respirèrent en paix sous le règne de Philippe.

Les inscriptions de ses médailles sont MARCIA OTA-
CILIA SEVERA AVG.

(G. B.) Au revers des G. B. de cette Impératrice on
lit : CONCORDIA AVGG. S. C.; PVDICITIA AVG. S. C.; et sur
un autre : SAECVLARES AVGG. S. C. (hippopotame).

Cette dernière retrace retrace l'époque célèbre des Jeux
Séculaires.

M. JUL. PHILIPPUS CAESAR. — PHILIPPE LE FILS, CÉSAR,

Fils de l'empereur Philippe et d'Otacilia Sévéra, déclaré César à l'âge de sept ans, reçoit le titre d'*Auguste*

dès l'avénement de son père à l'Empire, en 244, lors de la célébration des Jeux Séculaires; il est massacré par les prétoriens entre les bras de sa mère, en 249.

Ses titres sont : M. JVL. PHILIPPVS CAES., et en-suite : IMP. M. JVL. PHILIPPVS AVG.

(G. B.) Sur un G. B., ayant au revers : SAECVLARES AVGG. S. C., figure un animal désigné sous le nom de *chèvre d'Afrique.*

Depuis l'époque où le jeune Philippe fut déclaré *Auguste* et admis à tous les honneurs de la puissance souve-raine, le revers de la plupart des monnaies du père et du fils eurent des types semblables.

PACATIANUS, TYRAN.

IMP. TI. CL. MAR. PACATIANVS. M. Mionnet cite des médailles d'argent de ce tyran, qui précède Trajan-Dèce dans la suite des impériales; elles sont d'une grande ra-reté, surtout celle qui présente Rome-Nicéphore assise, et dont la légende est : ROMAE AETER. AN. MILL. ET PRIMO (*V.* Mionnet, de la Rareté et du Prix des Médailles Romaines, et Millin, Monum. ant. inéd., t. I, p. 49).

TRAJAN-DÈCE, EMPEREUR.

Ce prince était doué de toutes les vertus civiles et mili-taires, et avait des connaissances étendues dans les arts. Aussi ne lui reproche-t-on que sa persécution contre les chrétiens. Envoyé par Philippe pour calmer les révoltés des armées de *Pannonie*, il fut proclamé Empereur par ces légions, en 249, et succéda à Philippe. Il périt en dé-cembre 251, dans une bataille contre les Goths.

Dèce fut mis après sa mort au rang des dieux. Il nous reste un assez grand nombre de ses médailles grecques et romaines. Il est à observer que sous son règne seul, les *médaillons de bronze*, qui sont les pièces les plus importantes de la suite des Empereurs, portent tous le S. C. (*Senatus-Consulto*), qui signifie : frappé par autorité du Sénat, ce qui fait présumer qu'en rétablissant la place de Censeur, Dèce rendit encore au Sénat d'autres priviléges qui lui avaient été enlevés par ses prédécesseurs.

Ce sont les médailles qui nous font connaître son vrai nom de *Cneïus* au lieu de *Caïus*. Ses inscriptions sont : IMP. C. M. Q. TRAJANVS DECIVS AVG.

MÉDAILLES.

(G. B.) Au revers d'un G. B., DACIA S. C., et une figure debout, tenant un long bâton, au bout duquel paraît une tête d'âne.

Trajan-Dèce, élevé à l'empire par les légions de la Dace et de la Pannonie, devait affectionner ces deux provinces, qu'il défendit plusieurs fois des invasions des barbares et où il remporta des victoires signalées. Aussi figurent-elles souvent sur ses monnaies. La tête d'âne était sans doute l'attribut d'une enseigne militaire des Daces.

(G. B.) Revers d'un autre G. B., PANNONIAE S. C. Deux femmes debout, ayant entre elles deux une enseigne militaire.

La Pannonie était divisée en deux parties, la *supérieure* et l'*inférieure* (*V.* la Table géographique, fin du tome II), qui sont représentées par deux figures sur cette médaille.

(G. B.) Revers d'un troisième G. B. : GENIVS EXERCITVS

ILLVRICIANI S. C. Génie à demi-nu, ayant à sa gauche une enseigne militaire.

L'armée d'Illyrie avait trop de droits à la reconnaissance de l'Empereur pour que ce revers ait rien de surprenant.

HERENNIA ETRUSCILLA. — ETRUSCILLE, FEMME DE TRAJAN-DÈCE.

Etruscilla, appelée en outre *Cupiennia* sur les médailles grecques, n'est connue que par les seules médailles. Sur deux G. B. de cette impératrice, on lit : FECVNDITAS et PVDICITIA AVG. Ces légendes et les types qui s'y rattachent sont communs.

Les historiens n'avaient fait aucune mention de cette princesse; et les antiquaires, réduits aux conjectures, ne s'accordaient point sur le nom de son époux, lorsqu'une inscription découverte près de Rome, a démontré qu'elle était femme de *Trajan-Dèce*. La remarque suivante fera sentir de nouveau les secours que se prêtent réciproquement les inscriptions et les médailles. Une médaille de *Rhesaena*, en Mésopotamie, nous a confirmé que l'épouse de Trajan Dèce était *Herennia Etruscilla*. Elle nous offre sa tête avec celle de Dèce. Cet Empereur eut deux fils qu'il nomma *Césars, Herennius Etruscus* et *Hostilianus*. Quelques historiens en indiquent un troisième, qui se nommait *Trajan*.

HERENNIUS, CÉSAR,

(QVINTVS - HERENNIVS - ETRVSCVS - MESSIVS-DECIVS NOB. C.) fils aîné de Trajan-Dèce et d'Etruscille, nommé César dès l'avènement de son père, fut reconnu Empereur par le Sénat, en 249, et déclaré Auguste en 251. Quelque temps après il perdit la vie dans la même bataille que son père. Sur un G. B. de ce prince, on lit : PIETAS AVGG. (Mercure debout).

On remarquera qu'à dater de L. Verus et de Commode, la multiplicité des noms commença à s'introduire chez les Romains vers cette époque. Le fils, par la suite, réunissait souvent les noms de son père et de sa mère, ainsi que nous le voyons pour Herennius ; d'autres fois, ceux d'un aïeul ou d'une aïeule. Mercure se voit fréquemment au revers des monnaies de Trajan-Dèce et de ses fils, soit que ce dieu fut l'objet d'une dévotion particulière à cette famille, soit qu'il fût seulement considéré comme premier instituteur des rites sacrés de la religion païenne, à laquelle l'Empereur se montrait fort attaché (*V*. à ce sujet une médaille de Marc-Aurèle, offrant le temple de Mercure).

HOSTILIANUS, CÉSAR,

(CAIVS VALENS HOSTILIANVS MESSIVS QVIN-TVS), deuxième fils de Trajan-Dèce et d'Etruscille, créé César en même temps que son frère, l'an 249. A la mort de son père et de son frère aîné, il fut déclaré Auguste par le Sénat et par Trébonien, l'an 251 ; mais il mourut bientôt après.

(G. B.) Sur une médaille de G. B. qui a, au revers, pour légende : PRINCIPI JVVENTVTIS S. C., on voit Apollon assis appuyant la main gauche sur sa lyre et tenant de la droite une branche de laurier.

Le prince est ici représenté sous les attributs d'Apollon.

C'est une flatterie dont nous avons déjà vu bien des exemples sur les médailles.

TREBONIANUS GALLUS, EMPEREUR,

(CAIVS VIBIVS TREBONIANVS GALLVS) général, commandant les troupes de la Moesie, sous Trajan-Dèce, se fait nommer Empereur à la mort de celui-ci, l'an 251 ; il associe à la souveraineté, Hostilien, et son propre fils Volusien. Après avoir été vaincu par Emilien, il fut poignardé dans sa fuite auprès de Terni, l'an 253.

MÉDAILLES.

(G. B.) Au revers d'un G. B. on lit : APOLL. SALVTARI S. C.

Aux malheurs des règnes précédens, aux déchiremens intérieurs de l'empire, aux invasions des barbares, s'était joint le fléau d'une peste affreuse qui ravagea le monde pendant les règnes de Trébonien et de quelques-uns de ses successeurs. Ces princes invoquaient successivement celles des divinités du paganisme auxquelles ils supposaient du pouvoir sur la santé des mortels. L'épithète donnée à Apollon sur notre médaille, rappelle évidemment ces prières et ces vœux.

Au revers d'un autre G. B., ayant pour légende : JVNONI MARTIALI S. C., on remarque un temple rond, dans lequel la statue de la déesse paraît assise.

Sans doute Junon était redoutée et invoquée autant que toute autre divinité; mais que le surnom de *Martiale* lui ait été donné comme mère du dieu Mars, dont le secours était également nécessaire pour repousser les barbares; c'est ce que nous ignorons.

VOLUSIANUS, EMPEREUR,

(CAIVS VIBIVS VOLVSIANVS) fils de Trébonien-Galle, fut nommé César par son père, l'an 251, ensuite Auguste. Après la défaite de son père, qui entraîna aussi la sienne, ils furent tous deux mis à mort par les troupes d'Emilien, l'an 253.

Les légendes et les types de ses médailles sont communs et n'offrent rien de remarquable.

AEMILIANUS, EMPEREUR,

(C. M. JVLIVS AEMILIVS AEMILIANVS) gouverneur de la Moesie, avait été proclamé Empereur par son armée, à la fin d'août de l'an 253; mais à la nouvelle de l'élection de Valérien, il fut tué par ses propres soldats auprès de Spolète, au commencement de l'an 254.

(G. B.) Ses titres, sur les médailles, sont : IMP. CAES. AEMILIANVS P. F. AVG. Les types et légendes de celles de G. B. sont communs ; d'ailleurs, en avançant vers le Bas - Empire, l'intérêt historique des sujets diminue en même temps que l'élégance de la fabrication.

CORNELIA SUPERA,

N'est connue que par ses médailles ; mais on suppose, avec assez de vraisemblance, qu'elle était femme de l'Empereur Emilien.

(AR.) Presque tous les antiquaires présumaient que cette

princesse avait été la femme de Valérien jeune ; mais
Eckhel, se fondant sur deux médailles de *Cornelia Su-
pèra*, l'une grecque, d'*Aegae* en Cilicie, l'autre de la colonie de *Parium* en Mysie, dont les époques et les revers
se retrouvaient exactement sur des médailles d'*Emilien*,
n'a pas hésité à en conclure qu'elle était son épouse. Cette
opinion a prévalu. On verra par là combien les diverses
branches de la Numismatique peuvent s'entr'aider et combien il est désavantageux d'en cultiver exclusivement une
seule.

VALÉRIANUS, EMPEREUR,

(PVBLIVS LICINIVS VALERIANVS) d'une famille
illustre, fut élevé au trône par l'armée de Rhétie et reconnu
par le Sénat, l'an 253 de notre ère. La guerre qu'il entreprit, vers l'an 260, lui devint funeste, car il y fut vaincu et
fait prisonnier. *Sapor*, leur roi, en usa envers lui avec la
dernière barbarie. Enfin, après environ sept années de
captivité, la mort vint mettre un terme aux malheurs de
ce prince.

(G. B.) Ses médailles de G. B. n'offrent rien de remarquable. En effet, à cette époque les revers ne contiennent
plus que des sujets banaux dictés uniquement par une
basse adulation, et dont l'expression des légendes contraste
singulièrement avec les malheurs de toute espèce qui dé-
solaient l'empire.

MARINIANA,

Seconde femme de Valérien, mourut vraisemblablement au commencement du règne de ce prince.

(G. B.) Ses médailles de G. B. ont pour légende : DIVAE MARINIANAE AVG. (Sa tête voilée). Au revers : con-secratio S. C. (un paon faisant la roue).

Quoique plusieurs auteurs paraissent convaincus que cette impératrice mourut captive des Perses, ainsi que Valérien, après avoir éprouvé les mêmes indignes traite-mens de ces barbares, nous énonçons, d'après Eckhel, une autre opinion, attendu qu'une médaille de la colonie de *Viminacium*, dans la Mœsie supérieure, et portant la date de l'an de Rome 1007, représente cette princesse comme ayant déjà reçu les honneurs de l'apothéose.

GALLIENUS, EMPEREUR,

(PVBLIVS LICINIVS EGNATIVS GALLIENVS) fils de Valérien et d'une première femme, qu'on suppose avoir été nommée *Galliena*, fut associé à l'Empire par son père, l'an 253. Gallien était né avec d'heureuses qualités; mais le mérite dont il avait fait preuve sous le règne de Valérien, s'évanouit entièrement dès qu'il eût pris les rênes de l'état. S'abandon-nant à toute la fougue de ses passions, il se livra bientôt à la débauche, à la cruauté, et devint la honte de l'empire. Après avoir laissé périr son père dans une affreuse captivi-té, sans vouloir tirer aucune vengeance des affronts qu'on lui faisait souffrir chez les Perses, il ne tarda point à recevoir le juste châtiment que méritaient sa lâche conduite et ses déréglemens. L'empire fut attaqué sous son règne par tous les barbares qui l'environnaient, et il s'éleva dans son sein près de 30 tyrans qui prirent le nom d'Empereurs, à la tête des troupes qu'ils commandaient, et qui firent à Gal-lien une guerre continuelle. D'autres calamités se joigni-rent au fléau de la guerre et réduisirent les provinces romaines à un état déplorable. Enfin, après un règne des plus malheureux, Gallien, assiégeant Milan, où le tyran Auréole s'était renfermé, fut assassiné à la suite d'une conspiration, l'an 268 de notre ère. Ses titres, sur les médailles, sont : IMP. C. P. LIC. GALLIENVS P. F. AVG.

(G. B.) Sur un G. B. romain on lit : GENIVS P. R. (tête radiée de Gallien surmontée du *modius*); au revers : INT. VRB. S. C. , en inscription dans une couronne.

Quoique cette médaille ne porte point le nom de Gallien, elle doit cependant lui appartenir, puisque sous l'emblème de *Serapis*, on reconnaît évidemment ses traits. Elle fut sans doute frappée à l'occasion d'un retour de l'Empereur dans la Capitale. La légende : GENIVS *Populi Romani* INT*ra* VRB*em*, paraît l'expliquer d'une manière aussi neuve que flatteuse pour le prince.

SALONINA,

(JVLIA CORNELIA SALONINA CHRYSOGONE) femme de l'Empereur Gallien. Cette princesse se distinguait par sa beauté, sa sagesse et son savoir. Elle partagea le funeste sort de son mari, en 268.

(G. B.) Les médailles lui donnent le titre de CORNELIA SALONINA AVG. Mais les noms de *Julie* et de *Chrysogone* (*a*) ne se trouvent que sur des médailles grecques.

SALONINUS, CÉSAR,

(PVBLIVS LICINIVS CORNELIVS SALONINVS VA-LERIANVS) fils de Gallien et de Salonine, créé César par

_____

(*a*) Qui dérive du grec et signifie *or natif*.

Valérien, son aïeul, l'an 253, fut envoyé dans les Gaules par Gallien, son père, pour se former à l'art militaire. La résidence qu'il y fit maintint, pendant quelque temps, les provinces dans l'obéissance des Romains; mais Postume parvint à soulever contre lui les troupes qui étaient sous son commandement, et le fit assassiner à Cologne, en 259.

(G. et M. B.) Les médailles lui donnent le titre de : LIC. COR. SAL. VALERIANVS N. CAES. Les revers des G. et M. B. sont communs pour ce qui concerne les légendes et les types.

Nous nous bornerons à ne citer de ce prince qu'une seule médaille de G. B., ayant pour légende : DIVO CAES. VALERIANO (sa tête nue) ; au revers : CONSECRATIO S. C. (bûcher nommé *rogus*).

(G. B.) Pendant long-temps les antiquaires, guidés par la seule autorité de *Trebellius-Pollio*, et surtout par la variété des noms qui sont donnés à Salonin sur ses médailles, ne pouvaient croire qu'elles appartinssent au même prince; et d'après quelques différences dans la légende, ils attribuaient les autres au jeune *Valérien*, second fils de l'empereur *Valérien* et de *Mariniana*. Cependant il leur était impossible de s'accorder sur les distinctions et le classement, parce que les médailles qui réunissaient les noms divers, les jetaient dans de nouvelles incertitudes, augmentées par la ressemblance des têtes. Eckhel est encore le premier qui ait osé rejeter l'ancienne opinion, et il a prouvé, d'une manière très-plausible : 1° que le fils de Mariniana n'avait jamais obtenu ni le titre de César, ni celui d'Auguste, ni l'honneur même de figurer sur la monnaie ; 2° que toutes les combinaisons de noms, de titres et de dates offertes par les médailles en question, pouvaient et devaient convenir au fils de Gallien, au seul SALONINVS (*Voy.* Eckhel, Doct. Num. vet., tom. VII, p. 425). Ce sentiment paraît avoir été généralement adopté; mais il reste une difficulté. Pourquoi quelques médailles d'argent donnent-elles le titre d'Auguste à Salonin, qui, à sa mort même, ne porta légalement que le titre de César, ainsi qu'on peut le voir sur la médaille précitée ?

VALERIANUS LE JEUNE,

Fils de *Valérien* Ier et de *Mariniana*, périt, avec Gallien son frère, sous les murs de Milan, âgé d'environ trente ans. Pour contester au jeune *Valérien* tout droit aux honneurs de la souveraineté, Eckhel se fonde : 1° sur le silence de tous les autres historiens; 2° sur les contradictions de *Trebellius Pollio*; 5° sur l'absence de toute monnaie qui, présentant les traits d'un homme de son âge ou tout autre signe caractéristique, puisse réellement lui appartenir; 4° sur les médailles même de *Gallien*, qui prouvent que ce prince, après la mort de Valérien, n'eut point de collègue, attendu que, dans la légende des revers, pendant les dernières années de son règne, l'épithète *Avg.* n'est plus au pluriel.

POSTUMUS, EMPEREUR OU TYRAN,

(MARCVS CASSIANVS LATINIVS POSTVMVS) préfet des Gaules, y prit la pourpre, vers l'an 258 de notre ère, après avoir fait périr Salonin à Cologne. Son mérite personnel et ses grands talens militaires l'ont fait considérer avec raison comme le plus illustre des trente tyrans.

Il donna à Postume, son fils, les titres de César et d'Auguste en l'associant à la puissance souveraine. Ces deux princes furent massacrés par leurs soldats, vers l'an 267 de l'ère chrétienne.

Sur les médailles, ses titres sont : IMP. C. M. CASS. LAT. POSTVMVS P. F. AVG.

(G. B.) Sur une médaille de G. B., ayant pour légende : VIRTVS POSTVMI AVG., est sa tête casquée; au revers : LAETITIA AVG. (galère prétorienne avec des rameurs).

(G. B.) Au revers d'un second G. B., avec la tête radiée de cet Empereur, on lit ; HERC. DEVSIONIENSI ; elle a pour type Hercule debout (38), tenant de la main droite sa massue, et de la gauche un arc. Ces deux médailles sont assez rares. Hercule était particulièrement honoré dans les Gaules, et Postume affectait beaucoup de dévotion pour cette divinité du pays. Le surnom dont fait mention notre dernière médaille, venait d'un temple fameux situé, à ce que l'on croit, sur la rive gauche du Rhin, vis-à-vis Cologne. Postume ne fut jamais reconnu par le Sénat de Rome, parce qu'il n'étendit point son pouvoir sur l'Italie. Néanmoins il ambitionna de se parer de tous les titres ordinaires des empereurs légitimes, peut-être même se créat-il un simulacre de sénat, car il fit mettre la marque sénatoriale, S. C., sur plusieurs de ses monnaies de bronze, mais non pas sur toutes. Sa tête est rarement *casquée* sur les médailles, mais ordinairement *radiée*, ou quelquefois *laurée*.

Beaucoup de monnaies de ce tyran paraissent avoir été coulées et non frappées. D'autres, évidemment refrappées, conservent l'empreinte d'empereurs et d'impératrices qui avaient précédé son avénement, ce qui prouve qu'il fit rebattre avec précipitation et à son effigie une partie de la monnaie en circulation.

NOTES.

CHAPITRE PREMIER.

(1) Tous les journaux ont parlé de la découverte faite dans les dernières fouilles de Famars (département du Nord), laquelle a produit 19,470 médailles impériales d'argent, du Haut et du Bas-Empire, offrant une très-grande variété de revers (*V*. notamment le *Journal des Débats* des 2 et 12 octobre 1824).

A *Trigny* et à *Merfy*, dans le département de la Marne, arrondissement de Rheims, des cultivateurs découvrirent, en 1822 et 1823, 12,400 médailles romaines d'argent et de potin de la plus belle conservation, dont plusieurs présentent des revers rares.

(2) Lorsque Lysimaque eut forcé Pyrrhus à lui céder toute la Macédoine, il devint un prince très-puissant. M. Cary pense que c'est à cette époque que furent frappées la quantité de ses médailles d'or et d'argent qui sont venues jusqu'à nous (*V*. Cary, Hist. des rois de Thrace, etc., p. 41).

CHAPITRE II.

(1) L'origine de cette belle partie de l'Italie méridionale, connue jadis sous le nom de grande Grèce, remonte à l'époque du siége de Troie. On sait que les restes de l'armée des Grecs, vieillis à ce siége mémorable, se dispersèrent après leur conquête et cherchèrent long-temps, de mer en mer, une patrie qui semblait leur échapper. Peu d'entr'eux retrouvèrent leur pays : la navigation était alors dans son enfance, et la boussole n'existait pas. Le plus grand nombre de ces vainqueurs, poussés par les vents sur les côtes d'Italie, s'y arrêtèrent, heureux, après tant de malheurs, de rencontrer une terre hospitalière qui leur offrait le sol, la fertilité et le climat de la Grèce. Barbares eux-mêmes, ils eurent peu à craindre des habitans plus sauvages encore de ces contrées, qui, à l'approche de leurs nouveaux hôtes, se réfugièrent dans les retraites de l'Apennin. Tels furent les premiers fondateurs des établissemens grecs dans l'Italie, qui s'accrurent bientôt des émigrations nouvelles de ceux que leurs démêlés et leurs défaites chassèrent de leur patrie. C'est à ces époques reculées que l'Italie fit partie de ces vastes domaines qui ont porté le nom de Grèce (*V.* Aug. de Rivarol, Notice hist. sur la Calabre).

(2) Cette manière d'écrire se nommait *boustrophédon* en grec, parce qu'elle va d'un côté et revient de l'autre, comme le sillon que trace un bœuf. En voici deux exemples : sur les médailles de Naples on lit : ΝΕΟΠΟΛΙ ; sur celles de Ténédos : ΤΕΝΕΛΙ
.ЗΑΤ   .ΝΟ

CHAPITRE III.

(1) *Triumviri monetales* (Triumvirs monétaires). C'étaient les officiers directeurs, ou surintendans préposés, chez les Romains, à la fabrication des monnaies. Du temps de la République, l'intendance des monnaies était commise à trois officiers ou magistrats qu'on nommait *Triumviri auro, argento, ære flando, feriundo*. Jules-César en ajouta un quatrième ; mais sous Auguste, les changemens faits par son prédécesseur furent réformés, et les Triumvirs monétaires continuèrent de graver leurs noms sur les monnaies qu'ils faisaient frapper. Après la mort de ce dernier, on ne lit plus sur les médailles les noms des Triumvirs monétaires. Dans le Bas-Empire, il n'est plus fait mention de ces officiers, et le S. C. ne se trouve plus, comme auparavant, sur les monnaies de bronze. Cela fait présumer que les Empereurs, attribuant à leur dignité le droit exclusif de faire battre monnaie, abolirent les trois charges de ceux qui présidaient à la fabrication, et qui probablement n'étaient pas nommés sans l'approbation du Sénat. Selon les apparences, ce changement arriva sous Aurélien, contre qui les monétaires s'étaient révoltés. Les ouvriers qui travaillaient sous les ordres des Triumvirs, étaient des affranchis ou des esclaves. On les divisait en plusieurs classes. Les uns, nommés *signatores*, gravaient les coins ; les autres, appelés *suppostores*, avaient soin de mettre la pièce de métal entre les coins ; d'autres, appelés *malleatores*, les frappaient avec le marteau. Il y avait, outre cela, d'autres ouvriers occupés de la fonte et de la préparation des métaux. Quelques-uns étaient chargés de la vérification du titre et du poids des espèces ; on les appelait *Exactores auri, argenti, æris* : et c'est pour cela qu'on lit *Exagium solidi* sur certaines médailles

1. 15

d'Honorius et de Valentinien III, lesquelles paraissent avoir été
une espèce de pied-fort pour vérifier les sous d'or qu'on frappait
du temps de ces empereurs. Le chef de ces ouvriers est appelé
optio dans les inscriptions (*Voy*. Millin, Dictionnaire des Beaux-
Arts).

(2) On ne peut citer véritablement que des statues de ce métal,
fabriquées par d'habiles ouvriers, et rien ne porte à croire qu'on
en ait frappé des médailles. Tout ce qu'on rapporte sur la fusion
des métaux dont il était composé est fabuleux. La composition de
ce métal était sans doute un effet du hasard.

(3) La *patine*, ou le vernis, est un des signes caractéristiques
de l'antiquité des médailles. Selon sa qualité, elle détériore une médaille ou ajoute à sa beauté. Quelquefois cette *patine* est si brillante
et devient tellement inhérente au métal qu'il serait impossible de
l'entamer sans altérer la médaille qu'elle couvre. Les faussaires ont
cherché à l'imiter avec du sel ammoniac, du vinaigre et des compositions factices ; mais elle s'enlève toujours facilement, et il est
aisé de reconnaître la fraude. Ce faux vernis est d'autant plus aisé
à découvrir, dit Beauvais, qu'il est pour l'ordinaire noir, gras et luisant, ou couleur de vert-de-gris, empâté et tendre à la piqûre, au
lieu que la *patine* (ou vernis antique) est extrêmement brillante et
aussi dure que la médaille même. (*V*. Dumersan, Numismatique du
Voyage du jeune Anacharsis, chap. VII, T. I, p. 32).

CHAPITRE IV.

(1) Les mots *as* et *libra* sont synonimes ; la livre était en même
temps le principe des poids et celui des monnaies ; et toutes les
sommes au-dessous et au-dessus de l'*as* étaient des fractions ou

des multiples de cette valeur primitive; les mesures même de capacité croissaient ou décroissaient dans la même proportion, et les
différens vases, depuis l'*amphora* jusqu'au *ciathus*, suivaient les
divisions de l'*as* ou de la livre.

Division de l'as ou de la livre romaine.

La livre romaine se divisait en douze onces, et sa douzième partie
se nommait *uncia*; deux onces s'exprimaient par le mot *sextans*,
qui veut dire sixième; trois onces par *quadrans* ou quart, quatre
onces par *triens* ou tiers, cinq onces par *quincunx*, six par *semis*
ou moitié de l'*as*, sept par *septunx*, huit par *bes*, neuf par *do-
drans*, dix par *decunx*, et onze par *deunx*. La ressemblance de
ces deux derniers mots nous oblige à expliquer le dernier. Tout le
monde sait que *decunx* signifie dix onces et qu'il est une construction de *decem unciæ*; mais on ne devine pas aussi facilement que
deunx est une ellipse de *deest uncia*, et que par conséquent il signifie une livre moins une once. Nous avons cru devoir répéter ici
cette espèce de tarif, parce que M. l'abbé Eckhel n'entre pas dans
tous ces détails, et que nous avons vu des hommes, d'ailleurs ins-
truits, prendre *triens* pour *trois* et *quadrans* pour *quatre*, igno-
rant que ces mots n'expriment point le nombre d'onces mais leur
rapport avec la livre. Ainsi, malgré l'apparence, *triens* veut dire
quatre et *quadrans* trois, puisque le premier est le tiers et le second le quart des douze onces dont la livre romaine se composait.
Pline assure que, pendant la première guerre punique, c'est-à-dire
vers l'an 490, les besoins de l'état forcèrent les Romains de réduire
l'*as* à deux onces ou à la sixième partie de son poids primitif; et
en 537, époque de la seconde guerre punique, sous la dictature du
consul *Fabius*, ce même *as* fut réduit au poids d'une once; mais
en même temps on décida que le denier vaudrait seize *as*. Enfin,
vers l'an de Rome 563, la loi *Papiria* réduisit l'*as* à une demi-
once.

Nous avons dit que les Romains comptaient la monnaie par *ses-*

terces, mot qui se rencontre fort souvent dans les auteurs latins, et qui s'écrit en toutes lettres ou bien par H S; mais il faut bien observer, s'il est question du *sestertius* ou petit sesterce, ou bien du *sestertium* grand sesterce; car le premier ne vaut guère que dix-neuf centimes de notre monnaie, tandis que l'autre vaut mille fois d'avantage, c'est-à-dire 193 francs 75 cent. ; ainsi, *decem sestertii* n'indiquent que dix sesterses, tandis que *decem sestertia* en valent dix mille. Or il est à remarquer que, quand les Romains désignaient la somme par des mots, l'adverbe numérique mis avant le mot *nummum* ou *sestertium*, désignait cent mille de ces valeurs; ainsi *quadragies sestertium* équivaut à *quadragies centena millia sestertiorum*, ou à quatre millions de sesterces. Quelquefois l'adverbe seul exprime la somme aussi complètement que si elle était écrite en toutes lettres : *decies* ou *vigesies* représentent *decies* ou *vigesies centena millia sestertiorum*, c'est-à-dire un ou deux millions de sesterces.

Souvent, au lieu de mots on se servait de chiffres romains ou de lettres; et quoique la valeur de ces chiffres nous soit parfaitement connue, la manière dont ils sont tracés exige une grande attention de la part du lecteur. Les lettres H S, qui signifient *sesterces*, precèdent toujours les chiffres, et il faut observer, de plus, s'ils sont ou s'ils ne sont pas surmontés d'une ligne horizontale, car cette ligne apporte une énorme différence dans la valeur de la somme, puisqu'elle la rend cent mille fois plus considérable; exemple : H S — M C n'expriment que 1100 sesterces, tandis que H S $\overline{\text{M C}}$ en représente cent dix millions. La première somme ne répondrait guère qu'à 213 francs et l'autre s'élèverait à plus de 21 millions. La négligence des copistes, qui ont souvent omis de tracer cette ligne supérieure, a donné lieu à des erreurs absurdes; et plusieurs passages, qui ne présentent qu'un nombre ridicule quand il s'agit d'exprimer une somme exorbitante, deviennent exacts et clairs si l'on rétablit cette ligne si importante.

L'exactitude de tous ces nombres dépend de la véritable valeur du *sesterce* et de l'*as*, qui est le type primitif. Plusieurs écrivains

l'évaluent différemment , et l'on sait d'ailleurs que les monnaies romaines ont subi des altérations dans leur poids et des variations
dans leur valeur. Mais quand l'énonciation d'une somme s'accorde
avec toutes celles qui sont exprimées par tous les auteurs ; quand elle
est proportionnée à l'étendue , à la population de l'empire, à la richesse de l'état et des particuliers , à la quantité de l'or qui fut porté
dans Rome après la conquête des Gaules, et de celui que l'on tirait
alors des Pyrénées , de la Macédoine, de l'Asie et de l'Afrique , ce
serait outrer le scepticisme que de vouloir supposer des erreurs
ou des altérations dans le texte de ces auteurs, par la seule raison
que ces valeurs sont hors de proportion avec celles auxquelles nous
sommes habitués dans une sphère infiniment plus étroite. S'il ne
restait aucun monument romain , les incrédules traiteraient de fa-
bles la description d'une salle de spectacle qui contenait quarante
mille spectateurs , et d'un amphithéâtre où plus de cent mille personnes étaient assises commodément. Si nous n'avions pas le pont
du Gard, nous ne croirions pas à trois ponts bâtis l'un sur l'autre
et qui unissent deux côteaux situés sur les bords d'une rivière. Nos
habitudes forment notre jugement ; mais commençons par nous
faire une idée de Rome comme centre du monde civilisé , comme le
gouffre où s'engloutissaient les richesses de tant de nations soumises
ou tributaires ; représentons-nous ces monumens dont les ruines,
après dix-huit siècles, attestent encore la grandeur et la magnificence du peuple qui les a construits, alors nous ne trouverons rien
d'invraisemblable dans l'opulence de quelques particuliers et les
prodigalités de quelques empereurs.

Si l'on considère l'étendue de l'empire romain sous les premiers
empereurs , si l'on observe que la Méditerranée tout entière, en y
joignant l'Archipel, la Propontide et une partie de la Mer-Noire ,
n'était qu'un lac enfermé dans cet empire immense ; si l'on porte
les yeux sur une carte , depuis les frontières de l'Écosse jusqu'à
celle de la Nubie , et depuis le cap Finistère jusqu'aux bords de
l'Euphrate ; si l'on ajoute à ces considérations que l'Asie-Mineure ,
la Syrie , la Palestine , l'Égypte, la Cyrénaïque, les deux Mauri-

tanics, la Macédoine et la Grèce étaient beaucoup plus peuplées qu'elles ne le sont aujourd'hui, si l'on compare enfin l'étendue de cet empire si florissant et si peuplé à celle de la France ou de l'Angleterre, on reconnaîtra que les sept milliards sept cent cinquante millions auxquels Vespasien reconnut que s'élevaient les dépenses annuelles de l'état, n'excèdent pas, toute proportion gardée, les revenus de la France, et sont, avec la même proportion, fort au-dessous des taxes de tout genre qui pèsent aujourd'hui sur l'Angleterre. Or il est certain que, si la France, peuplée comme elle l'est, devenait dix fois plus grande, elle atteindrait à peine l'étendue de l'empire romain dans le premier siècle de l'ère chrétienne ; et certes alors les sept milliards en question seraient tout au plus suffisans pour toutes les dépenses de l'état (*V.* le *Journal des Débats* du 15 septembre 1818, article signé Z.).

(2) *Castor et Pollux* ont été honorés d'un culte commun sous le nom de *Dioscures* (fils de Jupiter et de Léda). Castor fut principalement célèbre dans l'art de dompter et de conduire les chevaux ; ce qui l'avait fait regarder comme l'inventeur de la course. Pollux se distingua par sa force et son adresse au combat du ceste. Ils sont coiffés du *pileus* (bonnet conique), qu'on regarde comme la moitié de l'œuf qui leur a donné naissance. Ces bonnets sont souvent figurés seuls pour rappeler les dieux à qui ils appartenaient. L'étoile qui est le signe de leur catastérisme ou constellation, brille ordinairement au-dessus de leurs têtes ou de leurs bonnets.

Ils forment dans le ciel la constellation des *Gémeaux*, composés de deux étoiles, dont l'une se cache sous l'horizon quand l'autre paraît. Ils étaient en grande vénération chez les Romains, et les marins les regardaient comme leurs principaux protecteurs. Sur les médailles on les représente près de leurs chevaux, qu'ils tiennent par la bride : ils sont armés de lances. Souvent ils vont dans des directions opposées pour indiquer le séjour qu'ils font alternativement dans le ciel et dans les enfers. Les médailles où on les voit réunis et de face nous paraissent indiquer l'époque où les jours sont égaux aux nuits.

Quelquefois de jeunes Césars, fils d'empereurs, ont été figurés sous les traits des Dioscures, ce qu'on reconnaît aux couronnes de laurier dont leurs têtes sont alors ornées(*V*.Millin, Gal. Myth. , T. II , p. 202).

CHAPITRE V.

(1) Les premières richesses des hommes furent leurs troupeaux et leurs bestiaux , surtout leurs bœufs. La première monnaie en Italie fut appelée *pecunia* ou *pecus*, et les plus anciennes pièces de monnaies avaient la figure d'un bœuf empreinte sur un de leurs côtés. Les Grecs, du temps d'Homère, comptaient leurs richesses par le nombre de bœufs auquel elles étaient équivalentes, comme nous l'apprend ce poète célèbre ; car il nous dit que l'armure du roi Glaucus valait cent bœufs, au lieu que celle de Diomède , pour laquelle elle fut échangée , n'en valait pas plus de neuf. La figure du bœuf, qui paraît sur les plus anciennes monnaies , paraît avoir été convertie en Étrurie dans le symbole de la tête de cet animal , unie avec celle de *Janus*, qui , dit-on , est le premier qui ait introduit la monnaie en Italie (*V*. les Transactions philosophiques , tom. I , 2ᵉ partie , p. 299).

(2) *Cistophore* ou Cistiphore, celui ou celle qui, dans les mystères de Bacchus , ou de Cérès, ou de Proserpine, portait la ciste qui renfermait le serpent sacré. Dans le recueil d'inscriptions de Muratori, on trouve le titre de *Cistophorus* et celui de *Cistophora*, donné à la déesse Isis. Chez les Grecs c'étaient ordinairement de jeunes filles de condition relevée qui portaient , dans les pompes publiques , la ciste sacrée. On donne ce nom , dans les arts , aux figures de femmes qui portent, non pas seulement des paniers (canephores), mais de ces espèces de corbeilles appelées cistes. Les

médailles où figure la corbeille mystique sont connues des antiquaires sous le nom de *Cistophores*. On les frappait par autorité
publique au sujet des orgies ou fêtes de Bacchus. On y voit cette
ciste, d'où sort le *serpent bacchique*, dans une couronne de *co-
rymbes* et de *feuilles de lierre*. Le revers représente *deux serpens*
dressés et entrelacés par leurs queues ; au milieu est un *carquois*; à
gauche est un *thyrse* autour duquel est entortillé un *serpent*. On lit
au-dessus un monogramme qu'on explique par le mot *Prytane*, et
ME, initiales du nom de ce magistrat ; l'autre monogramme est
incertain. (*V*. Panel, de *Cistophoris*, et Millin, Dictionnaire des
Beaux-Arts).

(3) Les antiquaires les nomment médailles dentelées parce que
leur bord a été taillé en forme de dents ou de festons. On n'en
trouve que parmi celles des rois de Syrie et des familles romaines,
connues sous le nom de médailles consulaires.

(4) Les médailles *Contorniates* sont de deux espèces. Il y en a
de grecques, que l'on croit avec raison avoir été fabriquées dans la
Grèce à l'honneur des grands hommes qu'elles représentent et d'autres qui ont été frappées pour des empereurs romains : ce sont ces
dernières qui se trouvent plus facilement et qu'on range dans la
suite du grand bronze ou parmi les médaillons. Les antiquaires
sont fort partagés sur le temps où ces médailles ont été frappées ;
les uns prétendent qu'elles ont été restituées par Gallien dans le
temps où ce prince fit restituer toutes les consécrations de ses prédécesseurs ; d'autres reculent nous croyons, avec plus de raison,
le temps de leur fabrique jusqu'à Valentinien. M. Visconti regarde
comme authentiques, jusqu'à un certain point, quelques portraits
qu'on ne trouve que sur les médailles contorniates, et frappées,
suivant lui, à l'époque de la décadence des arts, c'est-à-dire dans
les IVe et Ve siècles de l'ère chrétienne. « Ces têtes, ajoute ce savant, quoique reproduites par l'art, après un intervalle de plu-
sieurs siècles, ne doivent pas être considérées comme des portraits
imaginaires. Des collections de monumens de toute espèce, qui exis-

taient encore à cette époque à Rome et à Constantinople, présen-
taient des modèles que les graveurs des *contorniates* pouvaient imiter; et en effet ils y mettaient toute leur application, ainsi qu'on
peut s'en assurer en comparant ces portraits avec ceux que des
monumens plus anciens nous ont conservés. On n'y remarque d'autre différence que celle qui résulte du peu d'habileté des graveurs
de contorniates. » (*V*. Visconti, Iconogr. grecque, t. Ier, Disc.
prélim., p. 15). Il est inutile d'ajouter que les *contorniates* n'ont
jamais servi de monnaies, car leurs types ne ressemblent nullement
à ceux des pièces reconnues pour telles.

CHAPITRE VI.

(1) Sur les médailles autonomes le revers, suivant M. Dumersan, s'accorde assez ordinairement avec le côté de la tête. Ainsi
les dieux et les déesses y ont leurs attributs ou les animaux qui
leur sont consacrés. On joint, par exemple, à la tête de Jupiter le
foudre ou l'aigle; à celle d'Apollon, le trépied, la lyre, une branche de laurier; à Neptune, le trident; à Diane, un cerf ou un chien
(*V*. Dumersan, Numism. du Voyage du Jeune Anach., t. I, p. 40).

(2) Le type indique souvent le nom de la ville qui est le sujet
d'une médaille, par exemple : ΑΚΡΑΓΑΣ, qui, en grec, signifie
crabe, est l'étymologie d'Agrigente, ville de la Sicile : c'est ce qu'on
nomme *type parlant*.

(3) On trouve, sur des deniers de la famille *Pomponia*, les
neuf Muses, à cause de l'analogie du nom de *Pomponius Musa*,
qui les a fait frapper, avec celui des Muses (*V*. p. 73).

(4) *Les jeux publics*, marqués ordinairement par des vases d'où
il sort des palmes ou des couronnes, ne se distinguent que par la
légende qui contient ou le nom de celui qui les a institués ou de ce-

lui en l'honneur de qui on les célébrait. Ainsi l'on apprend que Néron fut l'auteur des jeux qui devaient être célébrés à Rome de cinq ans en cinq ans, par la médaille où on lit : *Certamen quinquennale Romæ constitutum*. Les Jeux séculaires, qui se célébraient à la fin de chaque siècle, étaient marqués avec grand soin sur les médailles. Sur celles de l'Empereur Domitien on lit : *Ludos Sæculares fecit* (Il institua les Jeux Séculaires),

(5) La belle exécution des *Médailles de Corinthe* a fait présumer qu'elles avaient été fabriquées dans la Sicile, et pendant long-temps elles furent classées mal à propos, dans les cabinets, avec celles de Syracuse. Le cheval Pégase, qui se trouve sur ces dernières, comme sur celles de Corinthe, se rapporte à la victoire que Bellérophon, citoyen de Corinthe, remporta sur la Chimère. L'ancien nom de cette ville célèbre était *Ephyra*, et Virgile nomme *Ephyreia æra* l'airain de Corinthe (Virg. Georg. 2, vers 264) (*V.* Dutens, Explic. des Méd. grecq. et phénic., p. 264).

(6) Le mot *Néocore* vient de *naos*, temple, et *korein*, avoir soin. C'était proprement, chez les Grecs, ce que nous appelons aujourd'hui sacristains, ceux qui avaient soin d'orner les temples et de tenir en bon état tous les ustensiles des sacrifices. Dans la suite des temps cet office devint très-considérable. Selon *Vaillant*, les néocores, au commencement, n'avaient soin que de balayer le temple. Montant ensuite à un degré plus haut, ils en eurent la garde. Ils parvinrent enfin à de plus hautes dignités. Ils sacrifièrent pour le salut des Empereurs, comme étant honorés du souverain sacerdoce. On trouve les néocores avec le titre de *prytane*, nom de gouvernement, et avec celui d'*agonothète*, qui distribuait le prix dans les grands jeux publics. Les villes de la Grèce, surtout celles où il y avait quelque temple fameux, comme Ephèse, Smyrne, Pergame, Pérynthe, prirent la qualité de Néocores (*V. Noel, Diction. de la Fable*, tome II, page 199).

(7) Le mot *Autonome* est celui par lequel on a coutume de

désigner les monnaies qu'un peuple ou une ville avait fait frapper de sa propre autorité et jouissant de tous les droits de sa liberté. Les villes et les peuples qui se gouvernaient par leurs propres lois ne mirent jamais sur leurs monnaies d'autres noms que le leur; et lorsque nous trouvons sur des médailles les mots AΘE, ΘΕΣΣΑΛΩΝ, ΕΦΗΣΙΩΝ, nous voyons facilement que ce sont des monnaies frappées par l'autorité des Athéniens, des Thessaliens, des Éphésiens. Les monnaies les plus anciennes de Rome, au temps de sa liberté, ne portent d'autre inscription que ROMA. De tout temps, le droit de battre monnaie fut celui de la République (*V.* Dumersan, Num. du Jeune Anacharsis, tom. I, chap. VIII, p. 36).

(8) Les villes Grecques étaient, comme on l'a vu, très-soigneuses d'exprimer les priviléges dont elles jouissaient, et de marquer leurs alliances avec d'autres villes. Celles qui n'étaient point soumises à la juridiction du magistrat envoyé de Rome pour gouverner la province dans laquelle elles étaient situées, s'appelaient *libres*. Les priviléges d'avoir un port de mer, d'être exempt des tributs et impôts, celui de colonies jouissant des mêmes droits que les citoyens Romains, étaient enviés et fort recherchés. La bonne intelligence de quelques villes entre elles, se marquait par le mot OMONOIA, qui signifie *concorde;* celui de KOINONIA, en latin *communitas*, exprimait une communauté de biens, priviléges, etc. (*V.* l'*Encyclopédie méthodique*, art. *Antiquités*, tom. III, IIᵉ part., pag. 445).

(9) *Stratège.* Ce mot a reçu deux significations, l'une militaire et l'autre civile. C'était, dans le principe, suivant Démosthène, le nom d'un général d'armée chez les Athéniens. Tous les ans, sur la fin de l'année, ils en choisissaient dix pour commander leurs armées; mais par la suite, il arriva qu'on donna ce nom à des hommes qui exerçaient des charges purement civiles ou sacrées. C'est dans cette dernière signification que le mot stratège, ou ΣΤΡΑΤΗΓΟΣ est employé sur les médailles des villes grecques, pour désigner un magistrat dont la charge répond à celle de Préteur.

Prytane. On nommait prytane, chez les Athéniens, cinquante
sénateurs tirés successivement par mois de chaque tribu pour présider dans le conseil de ces mêmes tribus. Les prytanes avaient
l'administration de la justice en chef, la distribution des vivres,
la police générale de l'état, et particulièrement de la ville, la dé-
claration de guerre, la conclusion et la publication de la paix, la nomination des tuteurs et des curateurs, et enfin le jugement de toutes les affaires qui, après avoir été instruites dans les tribunaux
subalternes, ressortissaient à ce conseil. Le temps de leurs exercices se nommait *prytanie*, et celui de leur assemblée *prytanée*
(*V.* l'Encyclopédie méthod., t. V. des Antiquités, aux mots précités).

(10) La forme des poinçons qui servaient à contre-marquer
les médailles était ronde, ovale ou carrée de trois et de quatre
à cinq lignes de diamètre : ces poinçons étaient gravés en creux et
à rebours, afin que leur impression rendît en relief et dans le sens
naturel les figures et les lettres dont ils étaient chargés (*a*). Les
monnaies antiques n'ont été contre-marquées que long-temps après
leur fabrication.

L'art et l'usage de contremarquer les monnaies ont pris leur
origine dans la Grèce, ce que prouve le grand nombre de médailles en argent et en bronze des villes grecques qui sont contre-marquées. Les contre-marques antiques ne proviennent point du ca-
price des monétaires : tout y annonce au contraire l'autorité du
ministère public, soit de la part des empereurs, soit de la part du
Sénat conjointement avec le peuple représenté par ses principaux
magistrats dans les villes grecques, par les tribunaux à Rome, et
par les décurions dans les colonies.

Pellerin pense, avec raison, que les villes contre-marquaient de
leurs noms abrégés ou de leurs symboles les monnaies étrangères

---

(*a*) *V.* les Mémoires de l'Académ. des Inscript., tom. XIV, p. 133.

auxquelles elles voulaient donner cours dans le commerce concur-
remment avec les leurs (b).

Tous les antiquaires conviennent que les lettres en relief qui ont
été placées dans le champ de la médaille avec le type au moment
de sa fabrication, sont des lettres numérales qu'il ne faut pas confondre avec les lettres incuses ou placées dans l'enfoncement qu'a
produit un coup de poinçon postérieur à la fabrication, qui sont
évidemment des contre-marques.

On trouve beaucoup plus de médailles de villes contre-marquées que de médailles de rois, et en voici la raison : les rois de
Macédoine, d'Egypte, etc., ne contractaient que des alliances de
protection avec les villes grecques libres. Jamais on ne lit sur leurs
médailles le mot OMONIA, employé si souvent pour exprimer l'association de deux villes grecques. On peut donc conjecturer d'a-
près ce fait, que les monnaies des rois n'avaient presque point de
cours dans le territoire de ces villes. Par contre, les monnaies des
villes unies ont été souvent adoptées ou réciproquement ou par
une d'entr'elles ; et dans ce cas, sa contre-marque était placée sur
les monnaies de ses alliées en signe d'adoption. C'est pourquoi les
médailles des villes sont si souvent contre-marquées et celles des
rois si rarement.

On demandera peut-être pourquoi l'or et l'argent des Romains
ne sont presque jamais contre-marqués, tandis que leur bronze
l'est souvent, et que l'argent des Grecs l'est si fréquemment. Nous
répondrons à cela avec Pellerin, que les monnaies d'or sont si rares chez les Grecs, qu'on peut dire qu'ils n'en frappaient point ordinairement. L'or des Romains leur en tenait lieu, et avait cours
dans toutes les villes grecques à cause de la bonté de son titre et de

---

(b) C'est ainsi qu'on voit aujourd'hui la ville de Berne en Suisse, adopter les anciens écus de 6 livres de France, les cordonner et denteler, y
imprimer sa contre-marque, et les mettre dans la circulation pour la valeur de 4 livres ou 25 batz du pays.

la puissance de ceux qui le faisaient frapper. Il en était de même de leur argent.

Ce fut sous Auguste que la méthode de contre marquer s'introduisit à Rome ; elle fut continuée sous Trajan, et reparut dans le Bas-Empire sous Justin ; Eckhel cite une médaille d'Anastase chargée de contre-marques.

On voit des médailles des empereurs qui sont contre-marquées avec des têtes d'autres empereurs. C'est ainsi qu'un médaillon de Vespasien, dont parle le baron de la Bastic, porte une tête d'Antonin en contre-marque, qu'un autre médaillon d'argent du même empereur a pour contre-marque la tête de Marc-Aurèle, accompagnée des lettres AYP. Ces contre-marques n'expriment point une augmentation de valeur, comme l'ont prétendu mal à-propos Mahudel et de Boze ; mais voici l'explication qu'en donne Pellerin : « Les gouverneurs romains en Syrie et en Chypre où il restait beaucoup de ces médailles qui y avaient été frappées, les faisaient ainsi contre-marquer sous les règnes d'Antonin et de Marc-Aurèle pour en permettre le cours, et autoriser peut-être par-là les habitans à les donner en paiement des contributions, et les receveurs à les faire entrer en recette. »

A l'égard des contre-marques doubles et triples qu'on remarque sur plusieurs médailles, cela s'explique par le passage de ces pièces d'une ville ayant droit de battre monnaie dans une autre qui jouissait du même droit. Nous pouvons citer, pour exemple, un médaillon de Gordien III frappé à Séleucie, sur lequel on voit pour contre-marque la lettre O dans un renfoncement ayant la forme d'un delta Δ, et ensuite un monogramme (b) formé d'un K et d'un A. La ville de Séleucie voulant donner cours à ce médaillon qu'elle avait frappé dans quelqu'occasion d'éclat, y aura mis à cet effet la

_____

(a) Lettres en forme de chiffres servant à indiquer une époque, un nom de ville ou de magistrat, etc. (*V.* l'Encyclop. Méthod., artic. Antiquités, tom. II, Iʳᵉ part., pag. 192).

première contre-marque. Ce médaillon ayant passé ensuite dans une autre ville qui avait droit de battre monnaie, y aura reçu la deuxième contremarque, signe d'adoption et de monnaie courante. On reconnaît, d'après ce système de Pellerin, qui nous a paru le plus clair et le plus simple, que les contre-marques ont été placées sur les médailles pour leur donner cours et les rendre monnaies usuelles dans les pays qui les adoptaient par l'apposition de leurs noms ou de leurs symboles.

(11) Il n'est nullement vraisemblable que cette contre-marque, ainsi que quelques auteurs l'ont prétendu, désigne l'île de *Caprée* ou le farouche Tibère, voulant se dérober aux regards des Romains, avait choisi sa retraite, et se livrait aux plus honteux excès. On a prétendu qu'il n'avait pas craint de dévoiler ses turpitudes sur des médailles qu'on nommait *spintriæ* ou *spintriennes*, frappées à Caprée.

Les opinions touchant ces sortes de médailles sont extrêmement partagées. Les uns prétendent qu'elles ont été frappées à l'occasion des débauches de cet empereur, d'autres les lui attribuent à lui-même (*a*); quelques-uns les croient frappées pour les fêtes de Vénus (*b*); d'autres pour le temps des Saturnales (*c*), et d'autres, enfin, pour être distribuées aux spectateurs lorsqu'on représentait des sujets lascifs (*d*). M. Millin pense que ces médailles ont été frappées pour dévoiler aux yeux de Rome entière la conduite scandaleuse que tenait Tibère dans l'île de Caprée; et il paraîtrait que pour les répandre avec plus de facilité, on avait imaginé d'y imprimer des lettres numérales comme sur celles qui servent de jetons d'entrée au spectacle.

(*a*) Patin, *Numism. Imp.*, p. 29.

(*b*) Clément Alexandre.

(*c*) Klotzius, *Hist. Num. contin. et satyr.*, p. 41 et suiv.

(*d*) Spanheim, *de usu præst. Num. vet dissert.* xiii, p. 521.

De ces divers sentimens, celui de Klotzius (a) est le moins soutenable. L'opinion de ceux qui attribuent les spintriennes à Tibère n'est appuyée sur le témoignage d'aucun historien. Suétone, qui s'étend le plus sur ce sujet, dit bien que Tibère avait rassemblé des peintures lascives, mais ne parle point de médailles de ce genre, à moins que par le mot *sigillum* on entende en cet endroit une médaille, comme le fait Patin. Mais si Tibère eut fait frapper de pareilles médailles, elles se fussent répandues dans Rome, et ce trait d'infamie eût été rendu par Suétone avec plus de force et d'énergie. La preuve peut-être la plus grande en faveur de ceux qui pensent que Tibère distribuait ces médailles à ses compagnons de débauche, est de dire qu'Adisson, en voyageant en Italie en 1699, en trouva encore dans l'île de Caprée ; mais il en conclut qu'elles ont été frappées contre Tibère (*V. Rem. of sev. parts of Italy*, *Lond.* 1705).

CHAPITRE VII.

(1) Quoique le latin ait toujours été la langue dominante dans tous les pays où les Romains ont été les maîtres, le grec est cependant une de ces deux langues savantes dont on s'est servi le plus universellement sur les médailles. Les Romains ont toujours fait un cas particulier de cette langue, et se sont même fait un honneur de l'entendre et de la parler. C'est pourquoi ils n'ont pas trouvé mauvais que, non-seulement toutes les villes de l'Orient, mais toutes celles où il y avait des Grecs la conservassent sur leurs médailles. Ainsi les médailles de la Sicile et de plusieurs villes d'Italie ;

(e) Klotzius, *Hist. Num. contin. et satyr.*, p. 41 et suiv.

celles des provinces et de tout le pays qu'on appelait la grandé Grèce , portent toutes des légendes grecques , et ces sortes de médailles sont une des parties les plus considérables de la Numismatique (*V*. l'Encyc. méthod. art. *antiquités,* t. 3, 2ᵉ Pl. , p. 445).

CHAPITRE VIII.

(1)   *Falsi denarii spectatur exemplar , pluribusque veris denariis adulterinus emitur. Plinii hist. nat.*

(2)   *Numi Romanorum anecdoti* (à la fin du 2ᵉ vol.) *Vindobonæ,* 1733 , in-4°.

(3)   On ne trouve rien dans *Vico* qui indique la manière dont on obtient la couleur du fer.

CHAPITRE IX.

(1)   C'est, suivant M. Visconti, aux médailles que nous devons le plus grand nombre de portraits historiques. Dans ces monumens solides par leur matière , et garantis de la destruction par leur forme circulaire et par leur peu d'étendue, nous retrouvons les effigies de tous les Empereurs Romains, et celles de la plupart des Rois depuis Alexandre-le-Grand, qui, suivant l'opinion de ce savant, est le premier souverain dont on ait, de son vivant, gravé l'effigie sur la monnaie. Les portraits conservés par la Numismatique ayant été exécutés par ordre de l'autorité publique et par des artistes contemporains des princes qu'ils représentent, portent un grand caractère d'authenticité. On peut en dire presqu'autant d'un

grand nombre de portraits empreints sur des médailles frappées quelquefois très-long-temps après la mort des personnages représentés (*V.* Visconti, Iconogr. grecque, t. I; disc. prélim., p. 14).

(2) La Gaule était encore barbare lorsque, vers la 45ᵉ Olympiade, les Phocéens d'Ionie vinrent jeter sur ses côtes les fondations de *Massilia* ou *Marseille.* Ils fuyaient la tyrannie du gouverneur que leur avait imposé *Cyrus*, roi de Perse. Ayant abandonné pour toujours leur patrie, ces courageux émigrés transplantèrent dans la Gaule les arts et les belles institutions de la Grèce. Les médailles de Marseille en sont la preuve. Elles se distinguent de toutes celles que l'on frappait dans la Gaule à la même époque, par leur belle fabrication et par le caractère et le style du dessin (*V.* Dumersan, Numismatique du Voyage du jeune Anacharsis, t. I, p. 57).

CHAPITRE XI.

(1) Chez les Romains, les noms propres se composaient d'un prénom tel que celui de *Lucius,* d'un nom de famille, tel que *Cornelius*, et d'un surnom, tel que celui de *Scipion.*

(2) *La monnaie,* personnifiée sur les médailles, tient dans sa main droite une *balance,* et dans l'autre une *corne d'abondance;* devant elle, à terre, est un tas de *monnaies; Jupiter* tient le *sceptre* et le *foudre; Hercule,* appuyé sur sa *massue*, porte une des *pommes* du jardin des Hespérides; *sa peau de lion* est jetée sur son bras gauche : On lit autour : *Moneta Jovi et Herculi Augg.* (monnaie *de Jovien et d'Herculien Augustes*). Dioclétien, et Maximien son collègue à l'empire, avaient pris les surnoms de *Jovien et d'Herculéen*, et se faisaient représenter sous les traits de *Jupiter* et d'*Hercule* (Médaillon de Maximien) (*V.* Buonarroti, *Méd. ant.*, Pl. XXXI, fig. 5).

(3)   Junon était surnommée *Moneta* par les Romains, *a mo-
nendo*, parce que cette déesse leur avait conseillé de n'entreprendre
que des guerres justes, leur promettant que, dans ce cas, l'argent ne
leur manquerait pas.

(4)   Dion Cassius, dans son Histoire Romaine, parlant de Bru
tus qui prétendait avoir délivré sa patrie de la tyrannie par la mort
de Jules-César, cite la médaille qu'on fit frapper à cette occasion,
et sur laquelle on voit le bonnèt de la liberté entre deux poignards,
celui de *Cassius* et le sien.

(5)   *Comices* ou assemblée du peuple Romain dans le Champ-de-
Mars, soit pour élire des magistrats, soit pour traiter des affaires
les plus importantes de la République. Les comices prenaient le
nom du magistrat dont on faisait l'élection, d'un consul, d'un
tribun, etc. On distinguait trois sortes de *comices*: *comitia curiata,
centuriata, tributa,* selon que le peuple opinait ou donnait son suffrage par *curies ,* par *centuries* ou par *tribus.*

(6)   Cet emblème paraît indiquer que ce qui donne à la puissance une véritable grandeur, c'est le commerce des Muses.

   Dulces antè omnia musæ.

(7)   Les *Féciaux* étaient des hérauts sacrés, qui proclamaient
les trèves, les traités de paix, les déclarations de guerres. Numa
les institua au nombre vingt. Leur chef s'apelait *Pater patratus,*
père accompli. Leurs fonctions tendaient à faire observer les traités et à empêcher que les Romains n'entreprissent une guerre injuste (*V.* Furgault, Dictionnaire d'Antiquités grecques et rom.,
p. 196).

(8)   *Palladium*, statue de Pallas, que l'on conservait à Troie
et de laquelle dépendait le sort de cette ville.
   On disait autrefois à Rome que l'on y conservait, dans le temple
de Vesta, une statue de *Pallas,* que l'on prétendait être le palladium de Troie apporté en Italie par Énée

CHAPITRE XII.

(1)   Ascagne , fils d'Enée et de Creuse , appelé aussi *Jules* , fut l'auteur de la famille *Julia* , à laquelle appartenait Jules - César. Enée avait eu de Lavinie un autre fils, *Æneas-Sylvius*, dont on faisait descendre les rois d'Albe.

(2)   Dans le principe, on accordait le titre d'Empereur (*Imperator*) à un général qui avait remporté quelque victoire éclatante. Depuis Auguste , les Empereurs étaient chefs de toutes les armées romaines : quand même ils n'en prenaient point le commandement , ils en portaient le titre , et ce titre devint dès-lors un des attributs de la souveraineté ; mais , dans ce dernier cas, il précède tous les noms et les titres, même celui de César , et n'est suivi d'aucun nombre sur les médailles. Quand , par contre , il désigne les victoires, il est ordinairement rapporté après le nom , et souvent même à la fin de tous les autres titres.

(3)   *Apothéose.* César est le premier qui ait reçu cet honneur : le Sénat lui avait déjà décerné de son vivant la *thensa* (a), le *ferculum* (machine à transporter des temples, des autels , des simulacres placés près des dieux) , un *pulvinar,* un *flamine* et des *luperces* (b); mais après sa mort, pendant les jeux qu'Auguste fit célébrer en son honneur, il parut une *comète* que le peuple regarda comme le signe de l'admission de César dans le ciel. Auguste lui fit donner le nom de *Divus ,* et lui attribua les honneurs divins.

(a) Litière sur laquelle on portait les statues des Dieux.

(b) Prêtres qui présidaient aux fêtes nommées Lupercales, instituées en l'honneur de *Pan* ; *Flamine*, prêtre attaché exclusivement au service d'un Dieu; *Pulvinar*, espèce de coussin.

Bientôt ils furent aussi décernés à *Auguste* lui-même. Ce furent d'abord les provinces de l'empire qui demandèrent la permission d'ériger des temples en son honneur. Auguste ne l'accorda qu'à condition qu'on lui associerait la déesse Rome ; et partout on leur éleva des autels communs (a); mais après sa mort, il reçut les honneurs de la consécration, et il eut à Rome même un temple particulier. Depuis lui, la cérémonie de l'apothéose fut désignée par le mot *consecratio*. Elle devait être décernée par le Sénat ; mais le peuple, les armées et l'Empereur même forçaient souvent sa décision. Cet honneur a aussi été accordé à des impératrices.

La cérémonie de la consécration était très-solennelle ; après avoir enseveli le corps, on le plaçait sur un lit d'ivoire : des jeunes gens choisis parmi les chevaliers le portaient sur leurs épaules jusqu'au *rogus* ou bûcher, qui était composé de plusieurs estrades placées l'une sur l'autre, remplies de matières combustibles, et décorées au dehors de peintures et de sculptures ; ils plaçaient le corps au deuxième étage, et on l'entourait d'aromates et de baumes précieux. Le prince qui devait succéder à l'Empereur prenait une torche, et mettait le feu au bûcher, de la sommité duquel sortait un aigle qui portait, disait-on, au ciel l'ame du défunt ; après cette apothéose, il avait des temples, des autels, des prêtres, et on lui rendait le même culte qu'aux dieux.

Les signes de la *consécration* se remarquaient principalement sur les médailles impériales. Les princes ont ordinairement la tête radiée ou entourée de rayons, et on voit au revers le *rogus* et l'aigle qui porte leur ame au ciel, ou le paon qui y élevait celle des impératrices ; on y voit aussi l'autel ; la *thensa* traînée par des chevaux ou des éléphans, le *carpentum* tiré par des mules, le phœnix, symbole de l'éternité ; le *lectisterne* (b) et le temple.

_____

(c) *V*. les médailles *Romæ et Aug.*, qui ont rapport aux autels de Lyon élevés à Rome et à Auguste, à l'art. des Médailles d'Auguste.

(a) Petit lit de table sur lequel on plaçait les images des Dieux.

(4) Les deux triumvirats durèrent environ douze ans.

Le premier fut formé par *César*, *Pompée* et *Crassus*, l'an 60 avant Jésus-Christ; le deuxième, par *Octave*, *Antoine* et *Lépide*, l'an 43 avant Jésus-Christ. On nommait ces trois chefs de l'État *triumviri reipublicæ constituendæ* (triumvirs pour établir la République). Ce fut le second qui acheva de porter les derniers coups à la liberté expirante. Enfin Octave s'étant brouillé avec ses collègues, leur fit la guerre, les vainquit tour-à-tour, et demeura seul maître de l'empire, l'an 29 avant notre ère (*V.* Royou, Abrégé de l'Histoire de la République romaine, t. IV, p. 304).

(5) C'est ainsi que, de nos jours, nous avons vu se renouveler une pareille œuvre de perfidie et d'iniquité à l'égard de l'infortuné Charles IV, Bonaparte ayant disposé de la couronne d'Espagne en faveur de son propre frère, après avoir forcé le légitime souverain d'abdiquer un trône que Louis XIV avait eu tant de peine à défendre et à protéger.

(6) *Colonne milliaire.* C'était anciennement une colonne de marbre qu'Auguste fit élever au milieu du *Forum*, d'où l'on comptait par d'autres colonnes milliaires, espacées de mille en mille sur les grands chemins, la distance des villes de l'Empire. Cette colonne de marbre blanc est la même que celle qu'on voit aujourd'hui sur la balustrade d'un perron du Capitole à Rome. Elle est de proportion massive, en forme d'un cylindre court avec la base, le chapiteau toscan, et une boule de bronze pour amortissement, symbole du globe qui représentait l'Empire. On l'appelait *Milliarium aureum*, parce qu'Auguste l'avait fait dorer, ou du moins sa boule. Elle a été restaurée par les Empereurs Vespasien, Trajan et Hadrien, comme il paraît par ses inscriptions (*V.* Millin, Dictionnaire des Beaux-Arts).

(7) Quelques médailles offrent des marches de Triomphe; on y voit tantôt un quadrige, comme dans celles de Vespasien, qui y paraît tenant un rameau de laurier, et couronné par la Victoire

Avant ce prince , Auguste se voit aussi sur ses médailles dans un
char semblable. *Daubses osservazioni sopra medaglioni IX, n° 1.*
Buonarotti a publié un médaillon où Caracalla est également placé
dans un quadrige, ayant à la main un sceptre d'ivoire. Le même
auteur a fait graver, *ibidem*, XXVI, n° 6 , un médaillon qui représente *Probus*, triomphateur , traîné dans un char attelé de six
chevaux. Les ornemens consistent dans la couronne de laurier , le
sceptre ou bâton d'ivoire , la toge et la tunique brodées d'or et de
pourpre , désignées par les mots *toga picta et toga palmata.*

Dans les cérémonies triomphales , le char était précédé de
tours appelées par les Latins *fercula ;* on plaçait dessus des prisonniers et les dépouilles des vaincus en forme de trophées. On les
décorait de peintures représentant tels principaux événemens de la
guerre qui avait amené le triomphe, et souvent aussi les villes vaincues. Le premier médaillon cité offre un *ferculum* de cette espèce.
Les soldats qui accompagnaient le triomphateur portaient des branches de laurier; mais sur les médailles ils ont des palmes (*V.* Millin,
Dictionnaire des Beaux-Arts)

(8)   Le Prince de la jeunesse (*princeps juventutis*) était le chef
de l'ordre équestre du temps des Romains. Cette dignité, quoique
simplement honorifique, paraît avoir été, depuis le commencement
de l'empire , l'apanage des jeunes héritiers du trône , et se trouve
rappelée directement ou indirectement sur les médailles qui leur
sont consacrées. Les types qui y ont rapport nous présentent ordinairement, sous les premiers règnes, des cavaliers ou des chevaux, etc.; mais après Géta, frère de Caracalla, ce prince n'y paraît plus qu'à pied (*V.* les Leçons élémentaires de Numismatique
Romaine, p. 187).

(9)   L'auteur des Leçons élémentaires de Numismatique Romaine , p. 95, cite une médaille de *Messaline*, frappée à Alexandrie la troisième année du règne de Claude, comme l'indiquent les
lettres LΓ, laquelle ne lui donne que le titre d'épouse de l'Auguste ;

mais plus tard le titre *d'augusta* ΣΗΒΑΣΤΗ lui fut donné à elle-même, ainsi que le prouvent d'autres médailles. M. Mionnet n'en rapporte aucune de cette impératrice.

(10) *Congiaires.* Des médailles qu'on nomme ainsi ont rapport aux différens genres de libéralité que les Empereurs Romains exerçaient envers le peuple. Dans les premiers temps de l'empire, ils lui firent des largesses en vin et en huile : ces matières liquides se distribuaient par mesure : cette mesure s'appelait *congius (conge)*, c'est ce qui fit nommer ces sortes de bienfaits *congiarium congiaires.* On changea ensuite le vin et l'huile en d'autres choses plus commodes et plus convenables, et on y substitua de l'argent et des grains ; mais le nom demeura toujours le même. Le revers des médailles de ce nom représente communément un Empereur assis dans sa chaise curule sur une estrade au milieu de plusieurs figures, dont les unes paraissent distribuer, d'autres recevoir le bienfait. Quelquefois on trouve sur ces monnaies l'empereur élevé aussi, et devant lui la libéralité, sous le symbole d'une femme, ayant une tablette d'une main et ordinairement la corne d'abondance sur le bras. La légende est : *Cong. dat. Pop.* (*Congiarium datum populo*, congiaire donné au peuple) ou *Lib. Aug.; liberalitas augusti*, libéralité de l'empereur. Quand ce prince jugeait à propos d'en accorder un second, un troisième, etc., on lisait alors sur la médaille *cong. II, cong. III, etc.*, ou Lib. Aug. II, III, etc. Aussi la tablette que cette femme tient dans la main marque le nombre des libéralités faites par le même empereur. S'il y a deux, trois ou quatre points sur cette tablette, cela signifie que c'était la deuxième, la troisième ou la quatrième fois qu'il offrait de semblables dons à ses sujets. Au reste, la congiaire était un présent que l'empereur faisait au peuple ; ses dons aux soldats ne s'appelaient point congiaires, mais *donatifs, donativum.* Ainsi on disait : *Congiarium populo dedit, militibus donativum addidit* (*V.* Capitolinus, de Antonio Pio, t. II, cap. 8, p 297, *in Collect. scrip. lat. vet.*).

(11) *Macellum* (*marché aux viandes ou boucherie*). Bouche-

rie , lieu destiné à tuer les bestiaux et à vendre la viande. Il paraît
que chez les Romains chacun de ces deux endroits avait un local
particulier ; que le lieu où l'on tuait n'était pas le même que celui
où l'on vendait, et que le mot *macellum* , qu'on traduit ordinairement par boucherie, désignait proprement un marché aux viandes,
aux poissons et autres comestibles. Sur une médaille de *Néron*, on
voit un édifice orné de colonnes, et comparable en magnificence
aux bains, aux cirques et aux amphitéâtres au-dessus duquel on
lit *Mac. Aug.* (*macellum Augusti*). Ce marché, bâti par Néron,
caractérise l'Empire Romain, qui prodiguait toute la magnificence
de l'art aux plus simples monumens d'utilité publique. Dans celui
qui est figuré sur cette médaille de Néron, on n'avait épargné ni
les colonnes ni les portiques, ni aucune des autres richesses de l'ar-
chitecture. Le mot *macellum*, écrit sur le plan du Capitole , en
face d'un édifice orné de colonnes, ne permet pas de douter de sa
destination ; mais il ne paraît pas être le même que celui figuré
sur la médaille (*V.* Millin, Dictionnaire des Beaux-Arts).

(12)   Ostie, ou *Ostia* , port d'Italie, à l'embouchure du Tibre :
c'est pourquoi on disait *Ostia Tiberina* : ce mot en latin signifie *entrée*. Ce port avait donc reçu son nom de sa position. Les Romains,
qui avaient senti combien il leur serait commode que les marchandises venues par mer pussent remonter le Tibre dans de petits bâ-
timens , ou du moins que les vaisseaux pussent s'arrêter à l'embouchure de leur rivière , s'occupèrent d'y construire un port. Il fut
fait au temps *d'Ancus Marcius*. Insensiblement ce port fut rempli
par le sable qu'y repoussait la mer. Plus on fut loin du temps où
l'on avait exécuté ces travaux et plus le mal se fit sentir. Enfin , à
l'occasion d'une famine, l'Empereur Claude forma le projet de
construire un autre port. *Ostia* était à l'embouchure du Tibre; le
nouveau port fut placé à la droite; on l'appela *Portus Augusti* ,
et aussi *Portus Romanus*. Un immense bassin fut creusé en pleine
terre. Deux môles d'une grande étendue lui formèrent, dans la mer,
une rade très-sure entre l'ancien et le nouveau port; deux bras du

Tibre formaient une île que l'on appelle *insula sacra* (île sacrée). Il y avait sur cette île un fanal pour la sûreté des vaisseaux qui arrivaient. Il ne reste presque rien de ces deux ports (*V.* Mentelle, Géographie ancienne).

(13) Sur plusieurs médailles impériales, l'Espagne est figurée sous les traits d'une femme en habit militaire et court, tenant d'une main des épis de blé, quelquefois aussi des pavots ou des branches d'olivier, symbole de la fertilité de ce pays, et de l'autre deux javelots et le petit bouclier espagnol appelé *cetra*, pour indiquer l'esprit guerrier des habitans. Le lapin sert souvent de symbole à l'Espagne sur les médailles de cette contrée. La quantité de lapins dans l'Espagne était telle, que, selon le témoignage de *Pline*, ces animaux minèrent une ville de ce pays, et que, selon Strabon, une partie des habitans demanda aux Romains des habitations dans une autre contrée, parce qu'ils ne se trouvaient plus en état de résister à l'accroissement de cette race d'animaux. Les types des médailles autonomes des villes de l'Espagne, sont également relatifs à la fertilité du pays, à ses productions et à l'esprit guerrier des habitans. On y voit des chevaux, des cavaliers armés, des couronnes, des branches d'olivier, des épis, des poissons (*V.* Millin, Dictionnaire des Beaux-Arts).

(14) Toutes les médailles qui ont au revers *genio Augusti*, *genio Senatus*, *genio populi Romani* (au génie d'Auguste, du Sénat, du peuple Romain, ou bien des *Panthéon* (a), avec les autres symboles des *Lares*; ce sont, ou les princes que la flatterie faisait représenter ainsi, ou bien les dieux protecteurs des magistrats ou des villes qui les avaient fait frapper (*V.* l'Utilité des Voyages par Baudelot de Dairval, Paris, 1686, t. I, p. 188).

(15) Sur quelques médailles de Galba et de Vitellius, l'*Hon-*

(a) Ce mot signifie à *tous les Dieux*. On sait qu'Agrippa, gendre d'Auguste, leur avait consacré le fameux temple de ce nom

neur paraît demi nu, tenant une pique de la main droite, et de la gauche une corne d'abondance. Près de lui est la Vertu, armée d'un casque, soutenant de la main droite une épée, et de l'autre une lance, et foulant à ses pieds un casque. Sur les médailles de Marc-Aurèle, encore César, on voit l'*Honneur* seul, vêtu d'une robe longue, portant d'une main une branche d'olivier, et de l'autre une corne d'abondance. Celles des familles *Fufia* et *Mucia* offrent ensemble la tête de l'*Honneur* couronnée de laurier, et celle de la Vertu coiffée d'un casque. On peut consulter à cet égard le *Specimen rei numariæ de Gesner* (*Liguri*, 1735) *Imperator. romanor. Tab. LI, LIII, CV, CVIII*, et le *Thesaurus Morellianus, sive familiar. Romanar. Numismata*, etc. (*Amstelod.*, 1734), t. I, aux noms *Fufia et Mucia* (*V*. Millin, Dictionnaire des Beaux-Arts).

(16) C'est à Vespasien que commencent les médailles qui constatent les victoires remportées sur les Juifs. Elles portent pour épigraphe ou inscription : *Judæa, Judæa capta, Judæa devicta, de Judeis*, et offrent pour type la *Judée* sous la figure d'une femme plongée dans le deuil, assise auprès d'un trophée d'armes, ou bien un jeune soldat désarmé, et debout à l'ombre d'un palmier. Celles de Titus portent le même caractère. La Judée est représentée sur une médaille d'Hadrien par une femme fléchissant le genou devant cet Empereur, qui la relève; elle est accompagnée de trois enfans qui élèvent les mains, et qui, selon Winckelmann, désignent les trois provinces conquises : savoir, la Judée, la Galilée et la Pétrée (*V*. Millin, Dictionnaire des Beaux-Arts).

(17) *Colisée*. (Coliseum), nom du plus grand amphithéâtre de Rome et de l'univers. Il fut ainsi appelé par corruption de *colosseum*, suivant les uns, à cause du colosse de *Néron* qui est dans le voisinage; suivant les autres, et plus probablement, à cause de sa grandeur colossale et gigantesque. Placé au milieu des sept collines de Rome, cet édifice égalait le sommet des plus hautes. Selon *Juste Lipse*, ses gradins tenaient huit mille personnes. *Fontana*, en ajou-

tant seulement dix mille places sur les portiques placés au-dessus des gradins , et douze mille dans les autres enceintes , tant du bas que du haut, où l'on plaçait des siéges portatifs, a trouvé que cent neuf mille spectateurs pouvaient y voir à l'aise les jeux et les combats de l'arène. *Vespasien* commença la construction de cet édifice immense, dont les ruines excitent encore aujourd'hui l'admiration. Il choisit l'emplacement de cet amphithéâtre au milieu de la ville, parce qu'Auguste avait déjà eu le projet d'y construire un édifice pareil ; mais il mourut avant d'avoir terminé cette construction. Elle ne fut achevée que sous *Titus*, son fils et son successeur. Celui-ci en fit la consécration sous son nom, parce qu'il en avait bâti la plus grande partie. A cette occasion, on y donna des combats d'animaux féroces, et après la fin des jeux, on conduisit de l'eau dans l'intérieur de l'amphithéâtre pour la transformer en naumachie. En mémoire de cette construction, le Sénat fit frapper deux *Médailles*, l'une du vivant de l'empereur, l'autre peu de temps après sa mort. On voit sur leur revers cet amphithéâtre. Sous le règne de *Domitien* on frappa une médaille semblable. Plusieurs autres empereurs ont eu soin de restaurer cet amphithéâtre : Antonin-le-Pieux le répara, Élagabale le fit rétablir après les dégradations qu'y avait causées une tempête sous le règne de Macrin. Alexandre Sévère acheva ce qu'Elagabale avait commencé ; c'est pourquoi on frappa encore alors quelques *Médailles* dont le type est ce même amphithéâtre. Le revers d'une médaille de Gordien offre également l'amphithéâtre ; il paraît, d'après cela, que cet édifice a été restauré pendant son règne. C'était le seul de ce genre qu'il y eût à Rome (*V.* Millin, Dictionnaire des Beaux-Arts).

(18) Le *Triomphe* était une cérémonie pompeuse et solennelle qui se faisait chez les anciens, lorsqu'un général d'armée, qui avait remporté une victoire signalée rentrait dans la capitale de l'empire. Le Sénat de Rome décernait les honneurs du triomphe à ceux qui avaient conquis une province ou gagné quelque grande bataille. Le triomphateur, précédé du Sénat, paraissait élevé sur un char, et couronné de lauriers : après lui marchaient les captifs.

Quelques médailles offrent des marches de triomphe ; on y voit tantôt un quadrige, comme dans celles de Vespasien, qui y paraît tenant un rameau de laurier et couronné par la Victoire. Avant ce prince, Auguste se voit aussi sur ses médailles dans un char semblable. Buonarotti (a) a publié un médaillon où Caracalla est également placé dans un quadrige, ayant à la main un sceptre d'ivoire. Le même auteur a fait graver (b) un médaillon qui représente Probus, triomphateur, traîné dans un char attelé de six chevaux. Les ornemens du triomphe consistaient dans la couronne de laurier, le sceptre ou bâton d'ivoire, la toge et la tunique brodées d'or et de pourpre, désignées par les mots *toga picta* et *toga palmata*. Dans les cérémonies triomphales, le char était précédé de tours appelées par les Latins *fercula ;* on plaçait dessus des prisonniers et les dépouilles des vaincus en forme de trophées. On les décorait de peintures représentant les principaux événemens de la guerre qui avaient amené le triomphe, et souvent aussi les villes vaincues. Le premier médaillon cité offre un *ferculum* de cette espèce. Les soldats qui accompagnaient le triomphateur portaient des branches de laurier; mais sur les médailles ils ont des palmes (*V*. Millin, Dictionnaire des Beaux-Arts).

Le petit triomphe ou *ovation*, s'appelait ainsi du mot *ovis*, bélier, parce qu'on n'y immolait que des béliers, au lieu que dans le grand c'étaient des taureaux. Il se faisait avec beaucoup moins de pompe que le grand.

(19) Les premiers signes des hommes pour exprimer leur reconnaissance d'un bienfait du ciel, ou pour perpétuer la mémoire d'un événement important, furent des pierres qu'ils accumulèrent. Ces monumens devinrent respectables, et les lieux où ils étaient posés devinrent sacrés. Le culte qu'on a rendu à ces symboles grossiers

---

(a) *Osservazioni supra Medaglioni*, ix, N° 1.

(b) *Ibid.*, xxvi, N° 6.

dura long-temps ; ensuite on ajouta à ce culte celui à tout être phy-
sique ou matériel qu'on rencontrait dans une situation critique,
considérant cet être comme le signe de la volonté de l'esprit bienfaisant, tel que le vol d'un oiseau, qui paraissait indiquer la route
qu'on devait faire ou abandonner , un grand arbre qu'on regardait
comme un abri, une forêt qui tenait lieu d'habitation ou de dé-
fense, un animal dont on tirait quelque avantage pour la vie, ou
dont la férocité et le poison étaient à craindre ; l'espérance, la terreur, le besoin en firent des êtres divins, et donnèrent naissance à
la zoolâtrie. Lorsque les sociétés furent plus rapprochées, les es-
prits moins stupides par la communication reçurent la doctrine de
ceux qui élevèrent leurs regards vers le ciel, pour y trouver les
images de la divinité ou de la nature productrice. Ils considérèrent
le soleil et la lune comme la cause de la fécondité et comme des
êtres divins du deuxième ordre , chargés de l'administration des
astres, et de vivifier les germes de la terre. Les arts un peu moins
grossiers, quoiqu'encore dans l'enfance, essayèrent de les représenter d'abord par des *colonnes* et des *pyramides* sur lesquelles ils
mirent ensuite des têtes humaines d'une figure informe , regardant
celle de l'homme comme la plus capable d'imprimer le respect dû
aux divinités, parce que l'homme est le plus parfait des êtres
créés. Tels étaient les simulacres des divinités de Thèbes et des autres contrées d'Egypte, de la Chaldée, de la Syrie , des temples
d'Emèse et de Palmyre , et du dieu *Irmensul* des anciens Saxons,
que Charlemagne détruisit. Les arts se perfectionnant, on fit des
figures humaines complètes et entières, qu'on adora ensuite ; tels
furent d'abord la naissance et les progrès de l'*idolâtrie*, qui succéda
à la *zoolatrie*.

L'amour-propre de l'homme le conduisit à donner sa figure,
comme la plus parfaite, à l'image que l'on devait se former de la
divinité. Cette erreur est monstrueuse ; mais elle n'approche pas
encore de la vanité et de l'amour-propre qui firent naître la doctrine que, non-seulement la forme humaine était celle, comme la
plus parfaite, qui pût représenter aux yeux l'image de la divinité ;

mais encore que la divinité amoureuse de cette forme, vint animer, un corps humain. Cette doctrine est le comble de l'orgueil et de la déraison de l'esprit de l'homme (*V.* l'Usage des Statues chez les anciens par l'abbé de Guasco, Bruxelles, 1768).

(20) *Rainssant*, garde des médailles du Cabinet du Roi, a publié en 1684 une savante dissertation sur douze médailles des *jeux séculaires* de Domitien; c'était une fête solennelle que les Romains célébraient avec une grande pompe vers le temps de la moisson, pendant trois jours et trois nuits consécutives. Voici comment Valère Maxime, Zozime et quelques autres auteurs en racontent l'origine. Dans les premiers temps de Rome, un homme riche nommé *Valerius*, qui vivait à sa campagne dans le pays des Sabins, près du village d'Ereta, eut deux fils et sa fille frappés d'une maladie épidémique qui ravageait le pays. Il reçut, dit-on, ordre de ses dieux Larès, de descendre le Tibre, avec ses enfans, jusqu'au lieu nommé *Terentinum*, qui est au bout du Champ-de-Mars, et de leur faire boire de l'eau qu'il ferait chauffer sur l'autel de Pluton et de Proserpine. Les enfans en ayant bu furent parfaitement guéris. Le père, en actions de grâce, offrit des sacrifices, célébra des jeux, et dressa aux dieux des lectisternes pendant trois nuits; et pour porter dans son nom même le souvenir d'un événement si singulier, il s'appela dans la suite, *Manius Valerius Terentinus : Manius*, à cause des divinités infernales à qui il avait sacrifié; *Valerius*, du verbe *valere*, parce que la santé de ses enfans avait été rétablie; et *Terentinus* du lieu où cela s'était passé.

Dans l'année qui suivit l'expulsion des Rois, une peste violente, accompagnée de plusieurs prodiges, ayant jeté la consternation dans la ville, *Publius Valerius Publicola*, l'un des deux consuls, offrit sur le même autel des sacrifices à Pluton et à Proserpine, et la contagion cessa. Soixante ans après, on réitéra les mêmes sacrifices, par ordre des prêtres des sybilles, en y ajoutant les cérémonies prescrites par les livres *sybillins ;* et alors il fut réglé que ces fêtes se feraient toujours, dans la suite, à la fin de chaque siècle : ce qui leur fit donner le nom de *jeux séculaires* (*V*. Millin, Dictionnaire des Beaux-Arts).

(21) Des fleuves ont aussi eu part aux honneurs de la divinité; on leur a donné des cornes au front, parce que le bruit de leurs ondes ressemble au mugissement des taureaux. On les représentait encore comme des hommes pleins de vigueur et de jeunesse, ou, dans un âge plus avancé, appuyés sur une urne dont l'eau s'écoule, et entourés des productions des contrées qu'ils arrosent (*V*. les médailles de Gela, ville grecque de la Sicile, et celles de l'Acarnanie).

(22) La *basilique* découverte à *Otricoli* a répandu beaucoup de lumières sur la forme et la nature des basiliques anciennes, car celles de Rome étaient presqu'entièrement détruites.

Des médailles nous ont consacré la mémoire de plusieurs basiliques qui existaient à Rome. La basilique *Æmilienne* se voit sur un denier de la famille *Æmilia*, la *basilica ulpia*, que Trajan avait fait bâtir, se voit sur une médaille en or, et sur une en grand bronze, de cet Empereur (V. Millin, Dictionnaire des Beaux-Arts).

(23) Le mot *Aqueduc* dérive du latin, *aquæ ductus, conduit d'eau ;* il désigne un canal construit en pierres ou en maçonnerie, pour conduire à travers un pays inégal une certaine quantité d'eau, et lui donner une pente réglée; ce canal se trouve quelquefois sous terre, quelquefois immédiatement au-dessus, et quelquefois il est élevé sur un ou plusieurs rangs d'arcades, comme ceux qu'on voit dans la campagne de Rome ; tels sont en France les aqueducs du Gard, de Marly, d'Arcueil et de Bucq près de Versailles. Les aqueducs *souterrains* sont percés à travers les montagnes, et couverts en-dessus de voûtes ou de dalles de pierre. Tels sont ceux de Roquencourt, de Belleville et du Pré-Saint-Gervais. Ces deux sortes d'aqueducs ont été souvent réunis et employés simultanément.

On distribue encore les *aqueducs* en simples , doubles et triples, selon qu'ils sont composés d'un , de deux ou de trois rangs ,
l'un au-dessus de l'autre. Les aqueducs ont été inconnus aux Grecs ;
les Romains se sont long-temps contentés de l'eau du Tibre ; mais
l'éloignement des canaux , quand la ville s'agrandit , rendit le
transport de l'eau incommode. Ils imaginèrent, en l'an de Rome
441 , des conduits pour amener l'eau des sources. Les aqueducs de
tout genre étaient très-multipliés, et une des merveilles de Rome.
Le consul Frontin, qui avait l'inspection des aqueducs sous l'empereur Nerva, a fait un traité sur ce sujet ; il y parle de neuf
aqueducs , qui avaient 13,594 tuyaux d'un pouce de diamètre.
Procope, qui a écrit après lui , compte 14 canaux portés par
les neuf aqueducs. Ces constructions servaient à faire venir l'eau
d'endroits distans de Rome de 30 , 40 à 60 mille. Ces aqueducs
ne vont que par des sinuosités fréquentes, peut-être pour rompre ,
par ces détours, la trop grande impétuosité de l'eau qui, coulant
en ligne droite dans un espace aussi considérable , aurait toujours
augmenté de vîtesse , et aurait nui aux canaux en peu de temps.

Ces aqueducs sont en général désignés par le nom du lieu d'où
l'eau venait, ou de la personne qui les a fait bâtir, joint à celui
aqua (eau). Quelques auteurs veulent regarder *l'aqua Marcia*
comme le plus ancien aqueduc, parce qu'on l'attribue aussi à Ancus Martius, tandis qu'il est dû au prêteur Quintus Martius Rex :
il est figuré sur les médailles de la famille Marcia ; mais *l'aqua Ap-
pia* est l'aqueduc le plus ancien ; il est dû au censeur Appius Claudius ; *l'aqua Maria* vient après ; les autres aqueducs renommés
sont : *aqua Tepula* , *aqua Julia* , *aqua Virgo* , *Anio vetus* , *aqua
Alsielina* ou *Augusta* , *aqua Claudia* , *aqua Crabra* ou *Dam-
nata* , *aqua Trajana* , *aqua Alexandrina* , *aqua Septimiana* , etc.
Le plus beau de tous les aqueducs de Rome est celui appelé *aqua
Claudia* , construit sous l'empereur Claude. Les Romains ont bâti
des aqueducs dans presque tous les lieux où leur domination s'était
établie ; à Catane, à Salone, à Smyrne , à Éphèse, à Alexandria
Troas , à Évora , à Athènes. On peut citer comme des chefs-d'œu-

vre en ce genre, l'aqueduc de Ségovie, celui de Metz, et celui de Nismes, connu sous le nom de *Pont-du-Gard*. On voit encore à Arcueil, quelques restes de l'ancien aqueduc bâti par les Romains.

Les modernes ont construit en ce genre peu d'ouvrages qu'on puisse mettre en parallèle avec ceux des anciens. Le seul qu'on puisse leur comparer est le grand aqueduc de Caserie, appelé *aquedotto Carolino*, bâti par Vanvitelli, et qui amène des eaux de neuf lieues aux jardins et au palais du Roi de Naples. L'aqueduc de Maintenon, s'il eût été terminé, aurait aussi trouvé sa place à côté des plus vastes ouvrages de l'antiquité, et eût effacé toutes les constructions modernes en ce genre (*V.* Millin, Dictionnaire des Beaux-Arts).

(24) La prétendue adoption d'Hadrien fut l'ouvrage des intrigues de l'impératrice Plotine. Il faut juger du caractère d'un homme par ce qu'il a fait lorsqu'il était maître de lui-même. Hadrien empereur a été le plus pacifique de tous les princes, et surtout du moment où Trajan, accablé d'une maladie mortelle, remit entre ses mains le commandement de l'armée ; il resta dans la plus grande inertie. Il n'avait, dit *Crévier*, ni le zèle, ni peut-être la capacité nécessaire pour continuer une guerre aussi difficile que celle entreprise par son prédécesseur ; ainsi l'éloignement du conquérant fut la perte de toutes les conquêtes. Les Parthes dédaignant le roi que Trajan leur avait donné, le déposèrent, se remirent en possession d'être gouvernés suivant leurs lois, et rappelèrent *Cosroès*, qui avait été détrôné par les Romains. L'Arménie et la Mésopotamie retournèrent à leurs anciens maîtres; et voilà à quoi aboutirent les grands et glorieux exploits de Trajan. Pour tant de dépenses, tant de dangers, tant de sang répandu, il ne resta aux Romains que la honte d'une entreprise manquée (*V.* Crévier, Vie des Empereurs Romains).

(25) *Aegypte*, ou Égypte. On ne voit point que les Égyptiens aient représenté leur pays par aucun symbole sur les monumens. Ces monumens avaient rapport à leur pays seulement, et n'expri-

maient rien de relatif aux autres contrées ; ils n'avaient pas besoin de les caractériser par des symboles. Le Génie allégorique des Grecs ne trouva point de difficultés pour désigner l'Egypte par des symboles. Les productions du pays, les objets du culte, ceux de l'art, avaient un caractère si particulier, si différent de ce qu'on observait chez les autres nations, qu'un seul, dans une composition, indiquait que le sujet avait quelque rapport à l'Egypte. *L'hippopotame*, le *crocodile*, le *sphinx*, le *sistre*, le *lotus* (*V*. ces mots), sont les symboles par lesquels l'Egypte est figurée le plus fréquemment sur les médailles romaines. Elle y est aussi personnifiée et représentée sous les traits d'une femme assise, tenant d'une main un sistre, et ayant auprès d'elle une corbeille remplie d'épis, et souvent un *ibis*. Quelquefois elle est figurée sous les traits d'un sphinx ailé, et ayant l'air d'une jeune vierge. Ces symboles, comme il a été observé plus haut, n'appartiennent pas aux Egyptiens ; ils ont été imaginés surtout par les Romains. Après la bataille d'Actium, qui soumit l'Egypte à Auguste, on représenta sur ces médailles cette province sous la figure d'un crocodile passant à gauche ou à droite, avec ces mots : *Ægypto capta*, *l'Egypte vaincue*. Sur les médailles de Nîmes, on voit le crocodile attaché à un palmier : c'est le symbole de l'Egypte vaincue *par Auguste* (*V*. Millin, Dictionnaire des Beaux-Arts).

(26) *Allocution*. Mot qui signifie proprement une harangue, et spécialement celles que faisaient aux soldats romains les généraux et les empereurs. De là on a donné aussi le nom *d'allocutions* aux monumens sur lesquels on voit l'*Empereur* avec un ou plusieurs chefs de l'armée sur une espèce d'estrade appelée *suggestum*, haranguer des soldats armés et portant les signes militaires de l'armée, placés en face de lui. On voit plusieurs allocutions sur les médaillons, les médailles, les bas-reliefs, et principalement sur ceux des colonnes Trajane et Antonine (*V*. Millin, Dictionnaire des Beaux-Arts).

(27) *Corne d'abondance*. Ornement de sculpture qui repré-

sente la corne de la chèvre *Amalthée*, nourrice de Jupiter, d'où sortent des fruits et des fleurs, et toutes les richesses de l'art et de la nature. D'autres veulent que ce fut celle qu'Hercule enleva à Acheloüs (*a*). La corne d'abondance se remarque sur une infinité de monumens antiques; elle est l'attribut caractérisque de la déesse *Euthymia*, des Grecs; *Abundantia*, des Romains. Elle est dans la main des villes, pour indiquer la richesse de leur territoire; dans celle des fleuves, pour indiquer la fertilité qu'ils procurent. La belle statue du Nil, dont il y a une copie aux Tuileries, a dans les mains une corne d'abondance pleine des productions de l'Egypte : au revers des médailles des reines d'Egypte, on voit deux cornes d'abondance attachées ensemble (*V*. Millin, Dictionnaire des Beaux-Arts).

(28) *Le crocodile.* Tous les fleuves de l'Afrique qui ont quelqu'étendue, nourrissaient autrefois de ces énormes animaux que l'homme a tant d'intérêt de détruire, et dont la race finit par s'éteindre dans les lieux qu'il habite. Le royaume de Fez, qui en paraît délivré actuellement, avait jadis des crocodiles. Il en existait encore dans la Mauritanie au temps de Juba le jeune, puisqu'il en

---

(*a*) Hercule, qui avait pris part à la chasse du sanglier de Calydon, devint épris de Déjanire, fille d'OEnée, roi de cette contrée. Le fleuve Achéloüs voulut lui disputer sa main : Hercule le combattit, le vainquit malgré ses continuelles métamorphoses, et enleva une de ses cornes qui devint la corne d'abondance.

C'est une fort belle allégorie des anciens d'avoir représenté sous la forme d'un taureau, l'impétuosité d'un fleuve dont l'onde bruyante imite, dans sa course, de longs mugissemens. A cette forme animale, se joint la figure humaine; l'association de la force et du génie est indiquée par ce mélange de deux natures, et fait voir que ce n'est point un taureau ordinaire, mais qu'il a quelque chose de divin. La corne que lui arrache le fils d'Alcmène, et qui devient la *corne d'abondance*, désigne la fécondité que procure un fleuve au pays qu'il arrose (*V*. Dumersan, *Numis. du voyage du Jeune Anacharsis*).

consacra un dans le temple d'Isis à Césarée, au commencement de l'ère chrétienne. Au siècle d'Hérodote, la Basse-Egypte était infestée de crocodiles ; maintenant il est fort rare d'en trouver dans le Delta, et nos voyageurs n'en rencontrent guère que dans la Haute-Egypte, au - dessus du 28e degré de latitude. Selon M. *Sonnini*, les Egyptiens d'aujourd'hui pensent que cet animal sait distinguer les Musulmans des Chrétiens, et qu'il ne mange que les Musulmans. Cette croyance, ajoute-t-il, est souvent très-funeste aux Chrétiens. Sénèque dit que Balbillus, préfet d'Egypte, rapporte avoir vu à l'embouchure Héracléotique, les dauphins venant de la mer, et les crocodiles descendant le Nil, combattre comme des armées. Le crocodile sur les médailles n'est, selon M. Zoëga, autre chose que l'emblème du Nil. Le crocodile ne se voit pas seulement sur les médailles, il est figuré sur la mosaïque de Palestrine, sur la base de la statue du Nil qui se trouve au musée Pio-Clémentin, et dont il y a une copie dans le jardin des Tuileries, enfin sur une infinité d'autres monumens. Quelques-uns, tels qu'une peinture d'Herculanum et une terre cuite du cabinet de la bibliothèque nationale, représentent la guerre continuelle qui lui faisaient les Tentyrites. Sur les monumens faits hors de l'Egypte, le crocodile est le symbole de cette contrée ; sur les médailles de Nîmes, un crocodile attaché à un palmier est le signe de l'Egypte soumise. Le crocodile était adoré dans plusieurs villes de l'ancienne Egypte, entr'autres à Thèbes, à Arsinoé appelée pour cela Crocodilopolis, à Coptos, etc. , tandis que, dans d'autres contrées, on le regardait comme un animal nuisible, et on le traitait comme tel. Le crocodile d'Afrique diffère du crocodile d'Asie et d'Amérique appelé Cayman (*V.* Millin, Dictionnaire des Beaux-Arts).

(29) Millin donne la description suivante de la belle statue demi colossale du Nil. Le fleuve est couché sur un socle dont le plan représente ses ondes ; il appuie son coude gauche sur un *Sphinx ;* dans la main gauche il tient une corne d'abondance d'où sortent des épis, des raisins, des roses sauvages, des fruits du *lotus* et de

la colocase; au milieu est un enfant qui a les bras croisés; sa tête est ceinte de fruits et de feuilles de lotus; dans sa main droite il tient des épis. Les seize enfans qui l'accompagnent sont les symboles des seize coudées auxquelles il devait s'élever pour rendre l'Egypte fertile; ceux qui sont à ses pieds sont occupés auprès d'un crocodile qu'ils veulent faire battre contre un ichneumon (animal qui détruit les œufs de ce redoutable amphibie) d'autres vont porter, sur l'onde qui sort de l'urne du dieu, un grand voile, symbole de l'obscurité qui couvre encore sa source; un autre enfant est sur le devant. Les deux compartimens inférieurs du socle représentent des plantes et toutes sortes d'animaux propres à l'Egypte, tels que des bœufs, des crocodiles, des hippopotames, des ibis, et un ichneumon : on y voit aussi deux bateaux montés par des *Tentyrites*, hommes d'une très-petite taille qui combattent un hippopotame et un crocodile (*V*. Mus. Pio Clem. 1, 30, et Gal. Myt., t. 1, p. 76. Pl. LXXIV, fig. 304).

(30) *Labarum.* A l'occasion d'un bas-relief gravé à la planche 22 du quatrième volume du Musée Pio Clementin, M. Visconti observe que probablement les anciens Grecs employaient déjà la forme de l'enseigne connue dans le Bas-Empire, sous le nom de Labarum : on le voit dans la main d'*Acratus* ou du génie de l'ivresse figuré sur le bas-relief, qui représente Bacchus sur un char traîné par des centaures. Ce même *vexillum* ou labarum se voit encore sur un autre bas-relief qui représente une Bacchanale, et qui est figuré dans Montfaucon, t. III, Pl. 155, et dans les Admiranda Romæ, Pl. 54.

Le labarum servit, depuis Constantin seulement, à désigner l'étendard impérial. Selon d'autres auteurs, les Empereurs Romains avaient toujours eu le leur, également désigné sous ce nom : opinion que pourrait confirmer une médaille de Tibère sur laquelle on remarque la forme du labarum; au reste, cette enseigne, telle qu'on la connaît, était une longue pique traversée à une certaine hauteur par un morceau de bois qui en faisait comme une croix. A la partie

supérieure qui s'élevait au-dessus de la traverse, était attaché une
couronne d'or et de pierreries, au milieu de laquelle paraissait le
monogramme du Christ formé par deux lettres grecques initiales XP,
jointes ensemble comme au bas de cette page (*a*) et souvent accompagnées des deux autres lettres A et R (*V*. monogramme). Des deux
bras de la traverse pendait un drapeau de pourpre orné de drape-
ries et de pierres précieuses ; au lieu de l'aigle romaine qu'on y
voyait d'abord, Constantin y fit mettre aussi le monogramme du
Christ. Dans l'intervalle qui se trouvait entre la couronne et le drapeau, l'empereur fit placer son buste en or et ceux de ses enfans ;
mais cette circonstance n'est pas rappelée sur les médailles. Cinquante hommes d'élite furent chargés par lui de porter et de défendre tour-à-tour le labarum.

Au rapport de quelques historiens, ce prince en fit exécuter
d'autres sur le même modèle, mais avec moins de magnificence,
pour servir d'enseignes militaires à tous les corps de troupes. On a
prétendu, sans aucun fondement, que les Romains avaient pris la
forme de cet étendard chez les Germains. Des médailles de Constantin nous retracent le labarum, que Montfaucon donne comme le
signe militaire de la cavalerie (*V*. Millin, Diction. des Beaux-Arts).

(31) Une admirable statue du Tibre représente ce fleuve couché
sur son vêtement ; sa tête est ceinte de laurier ; dans sa main droite
il tient une corne d'abondance remplie de raisins, d'épis, de fleurs,
de pampres et de fruits ; au milieu est une pomme de pin derrière
laquelle on voit un soc, symbole de l'agriculture. Il appuie le bras
sur la louve qui allaite *Romulus et Remus*. Dans sa main gauche il
tient une rame, qui indique que le fleuve est navigable : ses eaux se
répandent sur la première face de la base ; à l'extrémité gauche on
voit des collines et un mur qui indiquent la ville de Rome ; sur la
deuxième face est représentée l'apparition du Tibre à Énée ; à droite
on voit la truie et ses trente petits, et la ville d'Albe auprès d'elle,

(*a*) ꭓ.

assise sur un rocher. Le fleuve sort des flots jusqu'à la poitrine ; une figure semblable est derrière lui : c'est peut-être le dieu d'une autre rivière qui se jette dans le Tibre. Les deux hommes assis sur des monticules, entre des roseaux, sont des pêcheurs ; l'un a près de lui une corbeille ; plus loin est un bateau chargé d'un ballot de marchandises, et halé par trois hommes. Sur la dernière face sont deux autres bateaux, dont le 1ᵉʳ est mis en mouvement à force de rames ; dans l'autre on voit un des bateliers qui allume du feu sur le foyer ; un autre est assis devant sa cabane, et un troisième est auprès de l'espèce d'escalier destiné au transport des marchandises, que trois hommes y apportent : plus loin, il y a des arbres qui indiquent que les bords du fleuve fournissent du bois ; on voit aussi plusieurs animaux qu'on trouve sur ses rives (*V.* Mus. Pio Clem., 1, 39, et Gal. Mythol., t. p. 77, Pl. LXXIV, fig. 308).

(32) Souvent les héros après avoir dépouillé leur ennemi de son bouclier, l'offraient dans quelque temple à une divinité ; c'était ce qu'on appelle des boucliers votifs. Bientôt on en fit de métaux riches, et même de marbre. Pline dit qu'Appius Claudius consacra le premier des boucliers votifs, l'an 259 de Rome. On les ornait quelquefois d'un portrait, et quelquefois d'une inscription. Les Édiles P. Claudius et P. Sulpitius Galba, firent fabriquer, avec l'amende à laquelle ils avaient condamné les marchands de blés monopoleurs, douze boucliers dorés, et les placèrent dans le Capitole. Ce fut aussi dans le temple du Capitole, que Q. Martius attacha le portrait d'Asdrubal, qu'il avait trouvé parmi les dépouilles des Carthaginois vaincus en Espagne. Ce bouclier votif périt dans le premier incendie du Capitole. Le prétendu bouclier votif de Scipion du cabinet du Roi, est un plateau qui représente Briséis rendue par Agamemnon à Achille. Les boucliers servent quelquefois d'ornement aux frises des édifices militaires ; ils entrent dans la composition des trophées sur les monumens. On voit souvent la Victoire qui inscrit l'époque mémorable d'une grande action militaire sur ces boucliers (*V.* Millin, Dictionnaire des Beaux-Arts).

(33) Enée, au rapport de *Denys d'Halicarnasse*, avait appris
de l'oracle de Dodone que, lorsqu'il serait arrivé en Italie, il devait prendre pour guide un animal à quatre pieds, et que, dans
l'endroit où cet animal serait tombé de fatigue, il devait y bâtir une
une ville. Au sortir des vaisseaux, comme il se préparait à faire
un sacrifice, une truie pleine et prête à faire des petits qui devaient
être immolés, rompit ses liens lorsque les prêtres s'en saisissaient
pour commencer le sacrifice, et s'étant échappée de leurs mains,
se mit à traverser la campagne. Énée comprit que c'était le guide
annoncé par l'oracle et le suivit de loin avec quelques-uns de ses
compagnons de peur de l'effaroucher et de le détourner de la voie
marquée par les destins. La truie s'éloigna de la mer d'environ 24
stades, et gagna le sommet d'une colline où elle tomba de lassi-
tude. Énée, réfléchissant sur la situation de ce lieu peu commode,
doutait s'il devait obéir à l'oracle, lorsqu'il entendit une voix qui
venait du bois voisin sans apercevoir personne. Cette voix lui or-
donnait de bâtir au plutôt une ville en cet endroit, que les destins
réservaient aux Troyens un établissement plus considérable après
qu'ils auraient demeuré dans celui-ci autant d'années que la truie
ferait de petits. Enée obéit à la voix céleste, et bâtit en cet endroit
sa ville de *Lavinium*, en l'honneur de Lavinie sa femme. Le jour
d'après la truie mit bas 30 petits : ce qui apprit à Enée que, trente
ans après, les Troyens bâtiraient une ville plus considérable : Enée
immola à ses dieux pénates, sur le lieu même, la mère avec ses
30 petits.

(34) La tortue que Mercure a près de lui rappelle qu'il est l'inventeur de la lyre, appelée en latin *testudo*. Le *coq* est le symbole
de la vigilance, qualité nécessaire à son emploi, et comme les ber-
gers le prenaient pour patron, on le voit quelquefois avec un bélier (*V.* Noël, Dictionnaire de la Fable).

(35) Cirque, en latin *circus*, lieu destiné chez les anciens Romains pour les jeux publics, et particulièrement pour les courses
de chevaux et de chars. Cette espèce d'édifices ressemblait assez

1.   18

par sa forme et sa destination aux stades des Grecs. Dans les plus anciens temps, les Romains ne donnaient dans le cirque que des courses à cheval ou des chars; par la suite, les combats de gladiateurs, ceux d'animaux féroces, et sous les Empereurs, les naumachies même avaient lieu dans le Cirque. Romulus avait établi des courses qu'il fit célébrer en l'honneur du dieu *Consus*, et les appela *Consualia ;* mais dans la suite ils furent nommés *ludi circenses* (jeux du cirque) parce que les chars tournaient au tour de la borne *meta* en décrivant différens cercles. Le Cirque avait au milieu, dans sa longueur, une *spina*, et il était fermé par des *carcères*. La *spina* était un mur large, mais peu élevé, qui séparait le Cirque en deux parties égales (*a*) Les *carcères* étaient le lieu où se tenaient, avant la course, les chars et les chevaux. La *rêne* ou l'aire du Cirque était le champ où se faisaient les courses ; elle était couverte d'un sable fin, *arena*, d'où elle a tiré son nom. L'*area* était l'espace destiné aux jeux et aux courses. On entrait dans l'enceinte par différentes ouvertures fort larges qu'on appelait *vomitoria*, parce qu'elles semblaient vomir le peuple qui s'y portait en foule. Tarquin l'ancien fut le premier qui assigna dans Rome une place déterminée pour la célébration des jeux du Cirque, qu'on désigna par la suite sous le nom de *maximus*, parce qu'il était plus grand que tous ceux que l'on construisit successivement à Rome. Du temps de Trajan, le grand Cirque était extrêmement délabré; la population de Rome ayant considérablement augmenté, cet Empereur l'agrandit et le fit reconstruire avec beaucoup de magnificence. En mémoire de cette construction, on fit frapper des *médailles* sur les revers desquelles on voit la figure du Cirque. Sur beaucoup de contorniates, qui probablement n'étaient autre chose que des marques d'entrée aux jeux du Cirque, on voit d'un côté la tête de Trajan, de l'autre le grand Cirque ou les jeux qui y avaient lieu. Outre le

---

(*a*) La *Spina* était, pour ainsi dire, le sanctuaire du Cirque, elle était ornée d'autels, de statues et d autres objets consacrés aux Dieux.

grand, il y avait encore à Rome huit autres Cirques, dont le plus
ancien, après celui dont nous venons de parler, fut construit par
le censeur *Caius Flaminius* qui lui donna son nom (*V.* Millin,
Dictionnaire des Beaux-Arts).

(36) *Valère-Maxime* raconte la manière dont l'*Esculape* d'E-
pidaure fut transporté à Rome, sous la figure d'un serpent, l'an 462
de la fondation. « Rome ayant été trois ans de suite affligée de la
» peste, de telle sorte qu'il n'y avait plus aucun secours, ni divin,
» ni humain, les prêtres allèrent consulter les livres sibyllins, et ils
» y trouvèrent qu'il ne fallait pas espérer de remèdes, à moins
» qu'on ne fît venir le dieu d'Epidaure. On y envoya des ambassa-
» deurs qui furent introduits dans le temple, et trouvèrent le dieu
» propice à leurs prières. Le serpent que les Épidauriens ho-
» noraient comme *Esculape*, et qui ne paraissait que rarement,
» sortit de lui-même, et alla pendant trois jours dans les lieux les
» plus fréquentés de la ville, témoignant par un doux regard qu'il
» quittait volontiers sa demeure. Il se rendit enfin au vaisseau des
» Romains, et monta à la chambre de l'ambassadeur, où il roula
» son corps en plis et replis comme un peloton, témoignant qu'il
» voulait y demeurer et s'y reposer. Les envoyés partirent avec le
» serpent pour retourner à Rome, et abordèrent à *Antium*. Le
» serpent sortit alors du vaisseau et s'en alla droit au temple d'Es-
» culape, où il s'entortilla à une palme, ce qui fit craindre aux Ro-
» mains qu'il ne voulût établir là sa demeure : mais il dissipa bien-
» tôt leur crainte, et leur fit voir qu'il n'y était allé que pour pren-
» dre un gîte convenable. Il retourna donc au vaisseau : les am-
» bassadeurs arrivèrent enfin à Rome, et abordèrent à l'une des
» rives du tibre vis-à-vis de l'île. Alors le serpent se jeta dans la
» rivière, aborda à l'île, et s'arrêta à l'endroit où l'on bâtit de-
» puis le temple d'Esculape. Il fit cesser la peste pour laquelle on
» l'avait fait venir. » Depuis ce temps-là, on eut recours à Esculape toutes les fois que la peste parut dans Rome (*V.* également
Aurelius Victor de Viris Illustr.).

(37) *Ilus*, fils de Dardanus et de Batea, augmenta la ville de Troie que *Tros* avait bâtie, et y ajouta la citadelle, ce qui fit donner à cette ville le nom d'*Ilion*.

(38) Hercule *Macusan*, que les Rauraques et les Triboques nommaient *Kriegsmann*, et, par corruption, *Krutzmann* (le belliqueux ou le germanique) est le même qu'Hercule *Deusoniensis* ou de *Duiz*, ancien fort bâti par les Romains, actuellement un bourg au-delà du Rhin vis-à-vis Cologne. (*V.* Dom Martin, Religion des Gaulois, t. II, p. 29).

FIN DU PREMIER VOLUME.

ERRATA

DU

TOME PREMIER.

Chapitre IV, page 12, 3e ligne, *au lieu de* : (1), *lisez* : (2).

—— VII, page 41, 9e ligne, *après* : de fleurs, *lisez* : qu'on croit figurer la *manne*.

—— VIII, page 49, 25e ligne, *au lieu de* : quand on a pas, *lisez* : n'a pas.

—— XI, *Médailles Consulaires*, page 67, 11e ligne, *après* : vers 869, *lisez* et *V*. page 161 de ce volume.

—— XII, *Médailles Impériales*, page 93, dernière ligne, *V*. Pl. III, fig. 8.

——— — page 98, 2e ligne, *au lieu de* : Pl. III, fig. 2, *lisez* : fig. 11; et 9e ligne : *Activm*.

——— — page 99, 24e ligne, *après* : public, *V*. Pl. 3 : fig. 17.

——— — page 110, 23e ligne, *après* : beaux-arts, *lisez* et *V*. la note (7).

——— — page 111, 16e ligne, *au lieu de* : (7), *lisez* (8).

——— — page 112, 14e ligne, *au lieu de* : (8), *lisez* (7).

——— — même page, 18e ligne, *au lieu de* : Quincilius,

——— — *lisez* : Quinctilius.

——— — page 150, 6e ligne, *au lieu de* : Pl. I, *lisez* : Pl. IV.

——— — page 152, 8e ligne, *au lieu* : des villes, *lisez* : de villes,

——— — page 173, 8e ligne, *au lieu de* : Tullus, *lisez* : Tullius.

Chapitre XII, *Médailles Impériales*, page 176, 12e ligne, *au lieu de* : Amelius, *lisez* : Aurélius.

—— — page 195, 4e ligne, *au lieu de* : Antonivs, *lisez* : Antoninvs.

—— — page 196, dernière ligne, *au lieu de* : (10), *lisez* : (19).

—— — page 202, 6e ligne, *au lieu de* : Faecvnditas, *lisez* : Fecvnditas, et à la 24e, *après* Militvm il faut un point.

—— — page 205, 7e ligne, *lisez* : Pvpienvs, et non Pupienvs.

—— — page 222, 12e ligne, *lisez* : Devsioniensis.

Notes du Chap. XII, page 247, 2e ligne, *après* Daubses il faut une virgule.

— —— page 248, note (10), 6e ligne, *après* : congiarium, *lisez* : ou.

— —— page 261, 18e ligne, *au lieu de* : nationale, *lisez* : du Roi.

— —— note (35), page 266, 13e ligne, *au lieu de* : la rêne, *lisez* : l'arêne.

TABLE DES CHAPITRES.

PREMIÈRE PARTIE.

Pl. II

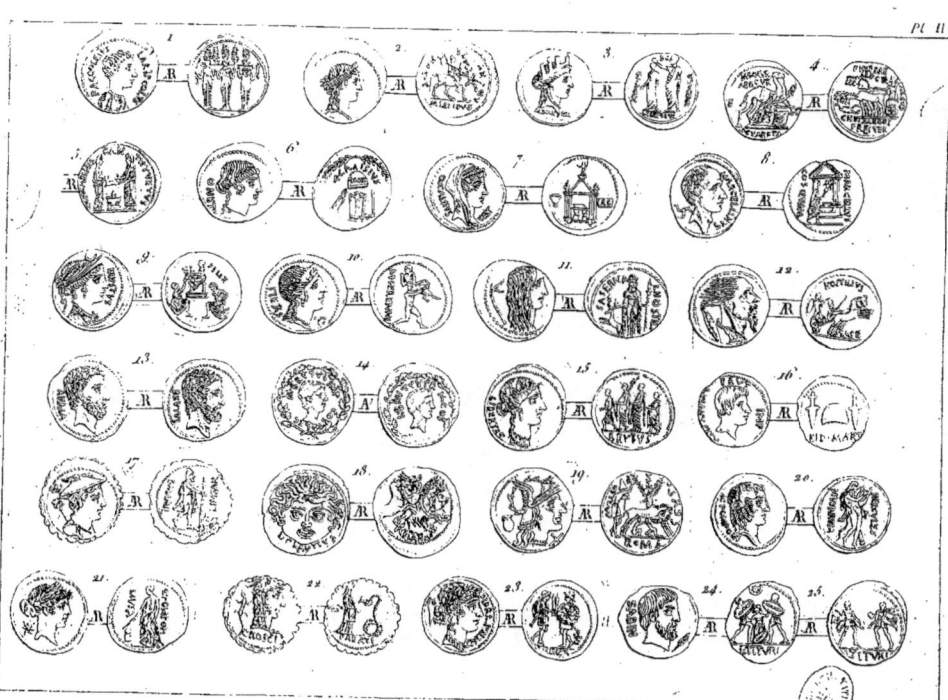

Pl. V.

www.ingramcontent.com/pod-product-compliance
Lightning Source LLC
Chambersburg PA
CBHW071848020726
47502CB00003B/653